糕手小村姑

上

風文創 1102

揮鷺 著

目錄

序文

揮鷺

當初寫這篇文，是源於生活中聽到的一則傳聞。

傳聞中的主角身世和經歷過於坎坷，讓人心生不忍，筆者就想，願這世上遭遇不公的人，最終都能討回公道。

因此，有了書中的男主角季恆，而後有了性格開朗、大剌剌的女主角佟秋秋。

故事沒有大綱，是這對主人翁給予的靈感，支持著筆者一路寫完這套《糕手小村姑》。

更令筆者沒想到的是，這篇故事有機會出版。即便寫的過程很順暢，但只靠著滿腔熱情發揮，難免有些缺憾。在此感謝出版方給了《糕手小村姑》出版的機會，一想到有更多的讀者能看到這套書，能溫暖到讀者，哪怕僅是博得讀者一笑，筆者就覺得寫得有意義。

這篇文的靈感讓人傷感，但風格還是輕快的。以女主角佟秋秋的視角為主，從異世穿越回來的她，帶著全家賣果汁、做果凍、售涼皮、開糕餅店，設法改善家裡窮困的境況。

之後，是她與季恆讓人啼笑皆非的相遇。經歷過上一世季恆為討回公道而付出代價的悲慘結局，這一世，即便勢單力薄，佟秋秋仍選擇盡其所能去幫助季恆。

佟秋秋與季恆的故事在筆者手中畫上了句號，但你我的生活仍在繼續。歲月漫長，難免有些波折坎坷，希望你遇到難題時，也有人守候在你身邊。

第一章

鐘鳴鼓響，和尚們誦念佛經的聲音，在整座小香山廟裡迴盪。

小香山廟西側殿內，佟秋秋跪在蒲團上，雙手合十，閉著眼，聽著主殿那邊傳來的陣陣佛音，感覺神魂都被洗刷了一遍，心情奇異般的安定下來。

「起來吧。」再次叩拜後，跪在佟秋秋身旁的金巧娘拉著她起身。

佟秋秋站起來，腦子裡還繞著佛音，人有些呆呆的。

「秋秋，想什麼呢？」金巧娘見女兒又失魂似的發起呆，心下一慌，忙拍了拍她的肩膀。「去給佛祖上炷香。」

佟秋秋略顯遲鈍的哦一聲，聽話地去了。

殿裡立著一尊泥胎佛像，佛前的几案上是個黃銅的大香爐。

金巧娘看著女兒插進香爐裡的香，星火點點，冒出一縷縷清幽的白煙，臉上才露出笑容，復又對著佛像合掌禱告。

「信女求小女安魂，平平安安，無災無難……」

佟秋秋望著那白煙纏繞在佛像周圍，而後慢慢消散，有種不真實的縹緲感。

她真的回來了？怎麼想都覺得不可思議。老天為什麼這般費勁折騰她？她不過是個平凡無奇、嘴饞還憊懶的小女子而已，她都要為老天不值。

十三歲時，她饞肉吃，下河塘抓魚陷入泥裡，窒息後穿到了男人留短髮、女人露胳膊露腿的異世。沒好命去好人家，醒來是被拋棄在孤兒院門口的棄嬰一枚。

她在孤兒院待到成年，進社會摸爬滾打，好不容易攢錢買了個自己的窩，還得了一筆意料之外的遺產，就倒楣遇上一個偏激的司機肇事，一命嗚呼，又回來了。

回到那個溺死人的河塘，當時的她根本來不及細想自己的處境，只能先用在異世學到的方法自救，爬上岸，便力竭昏了過去。

待她醒來，看見守在床頭的親娘，還以為自己在夢中，哇的一聲嚎起來，噼哩啪啦說起這些年的委屈。

親娘以為她被魘住了，一把抱住她，撕心裂肺地哭起來，哭聲比她還響。

待她在親娘的懷抱裡被勒得胸悶氣短，幡然醒悟、認清現實後，想解釋安撫親娘，親娘卻哭得更傷心，堅信她這是失魂了。

女兒魂魄不知道飄去過哪個鬼地方，危矣！

片刻不能耽擱，次日金巧娘就把女兒帶到遠近聞名的小香山廟燒香拜佛，祈求平安。

在佛祖跟前許過願，心裡踏實了的金巧娘，拿出用得有些發黃卻乾乾淨淨的舊荷包，摸出幾枚銅錢，又怕佛祖覺得她心不誠，咬咬牙，手抬了又抬，最後一鼓作氣，手一抖，割肉般的把荷包裡的二十多枚銅錢抖進了功德箱。

一旁的佟秋秋瞅著小沙彌的小眼睛跟著她娘的手忽上忽下，嘴角抽了抽，很想跟她娘說：捨不得，咱們就別捐了。

但她終究沒多說什麼，還是讓她娘捐個心安吧。

唉，像她娘這般一文錢當兩半花的女人，以前只在家裡拜個灶神、土地公的。如今為了她，竟來這小香山廟慷慨貢獻香油錢了。

也是，她這匪夷所思的經驗，別說她娘，就算講給廟裡的和尚聽，多半也不會信，最後不是當她發癔症，就是把她當妖孽收拾了。

佟秋秋想著，凝視還在念念有詞的親娘，挽著圓髻、插著木簪，一身粗布衣裙，瘦削臉上的神情再虔誠不過。

她的鼻頭發澀，好些年沒被人牽腸掛肚了……轉過頭，用袖子飛快抹了下眼角。

金巧娘終於禱告完，笑咪咪地向小沙彌討茶水喝。好不容易來一次，這廟裡的茶水想來也沾了點佛緣。

小沙彌張了張嘴巴，才道：「施主稍等。」住持和師兄們都在主殿做法事，他只得邁著短腿去後院尋茶水。

金巧娘帶佟秋秋喝了從小沙彌那邊討來的茶，才覺夠本，心滿意足地向小沙彌道謝後，攜著女兒離開。

從西側殿下山，朝主殿方向望去，還能瞧見住持帶著和尚做法事的情景。

佟秋秋瞅了兩眼，瞧人家那排場，就知道是個大戶。

金巧娘看到那邊有幾個眼熟的僕婦，替她解惑道：「想必是季家七老太太在這裡做法事。聽說每年這個時候，她都會來辦一場，祭奠早逝的兒子。」說著唸了句佛，為逝者惋惜。

季姓是她們所住的扶溪村的大姓，有半數村民都姓季。聽說季七太爺是前朝的進士，還當過大官。

佟秋秋有印象，季七太爺的名聲很好，在戰亂年間救濟村中孤寡，十年前新朝建立後，又出錢蓋了族學，無論在族中還是村裡，都頗受人敬重。因此，金巧娘也對這老爺子和他的家眷帶了幾分好感。

母女倆下山，慢慢走遠，身後只餘誦經的淡淡餘音。

佟秋秋聽著耳邊的鳥鳴，還有布鞋踩在枯葉上的嘎吱嘎吱聲，低頭去瞅腳下的鞋。鞋子小了，有些頂腳趾頭。

金巧娘做賊似的，瞅著四下無人，一手把女兒拽到近前。這般還不夠，用只有兩人聽到的聲音，悄聲開了口。

「已經求過神佛保佑，心裡別怕。以後那些事就爛在肚子裡，誰也別說。可明白？」

佟秋秋乖乖點頭。

見女兒這般乖順模樣，金巧娘懸著的心才放了下來。

山腳的樹蔭下，坐在牛車上、手拿鞭子的十七、八歲的少年瞧見她們下山，咧嘴一笑，揮鞭把牛車趕過來。

「二嫂，秋秋，快上車。」

這笑得略顯憨厚的少年，是佟秋秋三叔公家的么兒佟保信，排行第五，上頭還有用「仁、義、禮、智」命名的四個同胞兄長。今日他受金巧娘的請託，送母女倆來小香山。

小香山在梅縣南邊，從他們家所在的扶溪村出發，必須走上一個時辰。平常去縣裡，村人多半用走的，但因為擔憂女兒，金巧娘才請了佟保信駕車送她們。

「保信叔，你等會兒啊。」佟秋秋看見牛車，想到來時屁股的遭遇，轉過身，打算拾點乾草當坐墊。

「這點苦都受不得，有牛車坐就是享福了。」金巧娘瞪著女兒。哎，瞧這嬌氣的，也不知道隨了誰？拾個草都不麻利。

「這路上是顛。今兒出來，該帶幾塊草墊的。」佟保信笑呵呵，下車幫忙，三下五除二就把佟秋秋的坐墊弄好了。

牛車噠噠，經過一段土路，便進了梅縣縣城。

佟秋秋眼睛不住地看著街上的酒館、茶室等等，還有賣燒餅的小攤子、賣餛飩的鍋裡飄出的香味……

早上喝了碗粥，就跟著她娘出門，如今肚子空得作響。佟秋秋嚥了嚥口水，不由伸手探探兜裡，但兜裡比臉還乾淨。

此時，她就想到自己在異世掙的財產了，心中悲憤。白忙活了，她的血汗錢啊！

金巧娘見女兒看著人家的攤子挪不開眼，摸了摸懷中捐完功德箱後僅剩的幾枚銅錢，咬咬牙，下車貨比三家，在燒餅和饅頭中猶豫，最後買了兩塊燒餅。燒餅更頂餓，各分了一個給佟秋秋和佟保信。

佟秋秋將手上的燒餅掰成兩半，一半硬塞給金巧娘。「咱們都吃。燒餅也不是什麼金貴東西，以後咱們還能吃更好的！」狠狠啃一口燒餅，嚼勁配上麥香，在齒間擴散開來，味道竟然格外香甜。

「兜裡沒有半個子兒，就想得美吧。」金巧娘嘴上說著，心裡高興女兒體貼。

佟秋秋一聽，嘴裡的燒餅都不香了，把臉湊到她跟前，諂媚道：「要不，娘借我點本錢？等我掙了錢，加倍還您。」

金巧娘嚥下燒餅，張口便無情拒絕。「天還沒黑，妳怎麼作起夢來了！」

佟秋秋無言。還是那熟悉的口氣，她娘一如既往的一毛不拔啊。

「喔喔喔——」

屋外公雞啼叫跟打節拍似的一聲高過一聲，佟秋秋一整夜跟煎蛋餅似的，在床上翻來覆去睡不著。

佟秋秋睜眼望著帳頂，聞著燃燒艾蒿驅蚊後的殘餘氣味，耳邊嗡嗡直響，又有蚊子突出重圍，飛進帳子。

佟秋秋反手拍死一隻，還能感覺蚊子在自個兒手心裡的死狀。

不用多想，這些蚊子肯定是從帳子的窟窿裡飛來的。這帳子也是破了補、補了破，只比不用強了那麼一點。

由儉入奢易，由奢返儉難。佟秋秋趕著蚊子抓著癢，就覺得難熬了。還有一整個夏天要過，這拼拼補補、不知哪處又破了的帳子必須要換。

可是沒錢呀沒錢，做什麼能不要本錢？佟秋秋苦思中，一隻小手啪地搭在她肩膀上，把她嚇了一跳。

小手的主人正是她的小弟小苗兒，翻了個身，又睡得呼呼叫。

佟秋秋藉著窗外熹微的晨光，打量小苗兒，瘦小豆丁一枚，四歲了看著還不如異世的三歲孩子，心又疼了。

再瞅瞅睡在另一張木床上的大弟佟小樹，佟秋秋悠悠嘆了口氣。八歲的娃也是瘦巴巴的一個，吃飽都成問題，讀書上學更不用想了。

家裡侍弄著幾畝地，五年前爹去找了桂山村的師傅學木匠手藝，學費是拼湊借來的。不怪她娘小器，家裡還欠著債呢。

想著想著，佟秋秋迷糊地睡了過去。

等她醒來，已是天光大亮。

佟秋秋睜開眼，就看見小苗兒稚嫩的小臉，一雙烏溜溜的清澈眼睛對著她彎成了月牙。

「姊，吃早飯啦。」

任誰醒來瞧見這雙帶笑的眼睛，心情都會不覺好起來，她輕輕嗯了一聲，起床洗漱。

今日早飯是一碟酸蘿蔔丁、一碟清炒竹筍、一人一小碗豆飯，唯佟秋秋桌前有顆雞蛋。這份獨食，還是因為她病了才有的體貼待遇，可見親娘疼她。平常家裡的雞蛋大多被拿去集市賣錢，或換些油鹽醬醋。

佟秋秋看著目不斜視吃飯的佟小樹，再看偷偷嚥口水的小苗兒，咚咚咚跑去廚房，把雞蛋切成四份，在每人碗裡放了一塊。

「我已經好了，雞蛋分著吃才香。」

「吃吧。」金巧娘由著女兒，心想不愧是她生的，又想補償，便道：「以後可不許去那個池塘抓魚。要是饞肉了，等明兒到了大集，娘去妳外公攤子上割半斤。」

「不饞不饞，再不叫姊去摸魚。」小苗兒吃著美味的雞蛋，連忙道。

他沒忘記那天他姊被抬回來時慘白慘白的臉，雖然他最最愛的還是肉肉，但他不想讓姊姊因為這個出事。

「吃完再說話，飯粒掉了。」佟小樹用筷子頭敲小苗兒的碗，而後去看佟秋秋，怕小苗兒的話勾她回想起那天溺水的事。他可瞧見了，他娘半夜裡燒香，說著收魂什麼的，他姊肯定被嚇得不輕。

「嗯。」佟秋秋看著娘和兩個弟弟，鼻頭有些酸，心裡開始掛念已經有二十年沒見過面的爹。「娘，爹什麼時候回來啊？」記得這個時候她爹在學木工，好久才能回家一次。

「快了，最遲收稻子的時候能回來。」金巧娘道。

儘管還有些時日，但有了盼頭，佟秋秋不由高興起來，覺得嘴裡的豆飯也不是那般寡淡無味了，樂天地想，吃豆飯雜糧養生也挺好。

吃完飯，佟秋秋如往昔一般收拾碗筷，佟小樹擦桌子。金巧娘拿著鋤頭，要去侍弄後面的菜地。

小苗兒搶著幫忙拿筷子，佟秋秋帶他把碗筷拿去廚房洗。

說是廚房，其實就是用竹籬笆和草頂搭成的簡單土灶間。佟秋秋按著記憶拿出木盆，又用瓢子從水缸舀了幾瓢水裝進盆裡，便拿絲瓜瓤擦洗起來。

她洗著碗，聽見竹葉沙沙作響，朝廚房後頭望，便能看見碧藍天空下鬱鬱蔥蔥、隨風搖擺的竹子。

一看到竹子，她就想起今天吃的那碟清炒竹筍。

不得不說，她娘的廚藝挺不錯，雖然竹筍做得清淡，也很鮮嫩爽口。但身為「見過世面」的吃貨，她的舌頭覺得竹筍還可以燒肉、燉雞、炒鮮魚……

「哎，秋秋姊，發愣呢？」

佟秋秋正默默流口水，被這一喊驚得險些一屁股坐在地上，忙穩了穩足尖，就發現一個濃眉大眼的小姑娘睜著眼睛看她。

佟秋秋的眼睛不覺彎了起來，這不是她的堂妹佟香香嗎？三叔留下的遺腹子，比她小一歲，今年十二，自小和她感情好，常在一處玩耍的。

她祖母生了三個兒子，她爹佟保良排行老二，上有大哥佟保忠，最小的三弟佟保成早逝。如今祖父母已經不在了，佟香香跟著佟保忠一家過活。

佟秋秋顧不得手上的水漬，站起來便抱住佟香香一陣搖晃。「嘿，妳這丫頭，真是好久不見了！」

「秋秋姊，身體可大好了？前日我來看妳，妳還昏睡著。昨兒妳去了廟裡，又沒見著。」佟香香的小臉有點發紅，心裡高興佟秋秋待她這樣親熱。

「好著呢。」佟秋秋笑道。

「那就好。」佟香香沒忘今兒過來的正事，道：「季七太爺家田莊的棉花要採了，咱們去掙幾個銅錢吧。我聽到消息，今日就能去呢。」

佟秋秋看看天色，今日八成又是個大晴天，這有多曬啊。但一想手頭空空，咬咬牙，能掙一點是一點。

佟香香見她點頭，立時高興起來，就要拉她衣袖，一副怕錢溜走的急迫模樣。

「那咱們快走，不然來不及啦。這麼好的活兒，被人搶去多可惜呀！」臉上全是恨不得馬上飛過去的激動神情。

「好，這就去。」這是碰見比她賺錢還急的了。佟秋秋說著，飛快把碗擱到放碗筷的竹架上，收拾妥當。

金巧娘早聽見聲響，從後頭菜地過來道：「戴上草帽，不然要曬脫了皮。」說著拿了掛在竹架上的草帽，幫兩人戴上。又招來佟小樹，也幫他戴好。「跟著你姊一道去，看著你姊。要是不舒服，趕緊回來。」

「娘，我的呢？」小苗兒看見草帽沒自己的分，踮著腳道。

「你還小，棉花田裡扎人，等你大了再去。」金巧娘摸摸小苗兒的小腦袋瓜，豆丁高的人還想摘棉花，去了又得讓兄姊看著。見他噘起嘴，便哄道：「地裡活兒多，你搭把手。」

聽金巧娘這麼說，小苗兒才萬分不捨地對兄姊擺手。「你們去吧，我幫娘幹活。」

「哎，小苗兒真乖。二伯母，我們走了。」佟香香急不可待地拽著佟秋秋就跑，還不忘叫佟小樹。「小樹，別落下了。」

佟秋秋就這樣被風風火火帶上了路。

第二章

「呼呼……呼呼……」佟秋秋用嘴艱難地呼著氣，喉嚨裡都是乾澀的灼痛感，採完左右邊棉花桿上的棉花芯，丟進繫在腰間的麻布兜裡，就往前走一步。

越走越累，越走腰間越沈重。

頭頂的太陽跟火炭似的，佟秋秋眨了眨流進眼睛裡的熱汗，眼睛又痠又澀，也不知道能用什麼擦。手、胳膊上全是汗不說，還黏上了棉花的枯葉跟碎屑。

她瞧了在隔壁壟摘棉花的香香一眼，這丫頭已經領先得只能看見後腦勺了。

要靠這份辛苦錢攢本錢？佟秋秋甩甩腦袋，今天能活著回去就好。再來？還是算了吧。

她已經快累趴，一點也沒有吃苦耐勞的精神，她有錯。不過來都來了，總不能半途而廢，在弟妹跟前丟醜，索性慢慢把棉花上的枯葉、碎屑摘得乾乾淨淨，一點點地往前挪。

佟小樹摘滿一兜，回頭看落在後頭的佟秋秋，喊道：「姊，還行嗎？」

「還行。」佟秋秋有氣無力地答應一聲，喘口氣都覺累得很。

好不容易熬到日頭西斜，佟秋秋把腰間的布兜拿去莊頭那裡秤重，換了四文錢。

佟秋秋面如蔫了的茄子。重新回來，深刻地感覺到生活艱難，自己累得快脫水，才掙了這麼點，還是莊頭看在她摘得乾淨的分上，沒在意缺的那些斤兩。佟小樹幹活時分心看她，都掙了六文錢。三人中佟香香最拚，掙得也最多，一共九文。

佟小樹見他姊蔫頭耷腦的樣子，把手中的銅錢往她跟前遞。「身子沒好，妳別逞強。」

佟秋秋看著佟小樹小大人的模樣，貼心懂事得彷彿他才是哥哥，心尖如暖流淌過，推了推他的手。

「你自己收好。」

站了一天的腿有些發軟，得歇會兒。佟秋秋找了塊草地，直接坐在地上，還用草帽使勁搧風。也不講究什麼髒不髒，她身上就不乾淨。

佟小樹和佟香香在她旁邊坐下，樣子沒好到哪裡去。頭髮濕答答的，汗水裡和著泥。

三人正歇腳，一個十二、三歲的黑小子走過來，挑釁道：「佟秋秋，聽說妳才得了四文錢。」說著，又嘖嘖兩聲。「小娘兒們就是沒用。」

這小子皮膚黝黑，但還能看得出眉清目朗。佟秋秋打量一會兒，認了出來，原來是季家族裡愛惹人生氣的季子旦，以前和他沒少打過架，這又挑釁到她跟前來了。

她拍了拍灰，站起身，朝季子旦招招手。「來，咱們倆聊聊。」不說從前打架沒輸過，今時不同往日，現在收拾這小子更不是問題。在異世無依無靠的，防身術也成了必學技能。

季子旦瞧佟秋秋那有氣無力的病貓樣子，大搖大擺地走過去。「怎麼——」

不等他說完，佟秋秋突然出腳襲擊他的小腿，未給他反擊的機會，一把擰著他胳膊反剪，另一隻手把他的頭摁到了地上。

不過轉瞬間，季子旦的臉和大地相貼，吃了一嘴灰，想掙扎著起身，又掙扎不開。

佟秋秋笑道：「還嘴壞不？」

「不了不了。」季子旦覺得他大丈夫能屈能伸，不和娘兒們一般見識。

佟秋秋手一推，把他鬆開。「不錯，挺識時務。」

旁邊圍觀的季族子弟中，有人反應過來，拽起季子旦。還沒反應過來的，眼睛追著佟秋秋的身影。

季子旦沒那麼弱吧？看不出來呀，她那瘦乾巴模樣，動作卻是快狠準。才一會兒工夫，季子旦就被壓到地上去了。

扶溪村裡，季族子弟向來底氣足，還沒有哪個外姓子弟敢在他們跟前打他們的人。佟秋秋是頭一個，還是個女娃。

用巧勁收拾完人的佟秋秋瀟灑走了半路，便齜牙咧嘴起來。

「怎麼了？」佟香香一路敬仰地瞧著她秋秋姊，見狀趕緊問：「是不是發功受傷了？」

什麼發功，當她是何方高手不成？她不過是有技巧地趁其不備，打了季子旦一個措手不及而已，所以看著挺俐落的。

佟秋秋好笑，又要忍著痛。「你倆腰不痛、腳不痠？」

這不走動不知道，越走腰上越覺刺痛，她隔著衣服都能摸到勒出來的痕跡，肯定紅腫了，必是被那摘棉花用的布兜勒的。粗布的衣裳一摩擦，又瘦又疼。

腰上痛也就罷了，走遠了些，腳底板也變得沈重起來，感覺腳掌都不是自己的了。

相較於她這累成風燭殘年老人模樣，佟小樹和佟香香除了表情疲累些，沒什麼異樣。但瞧這兩人今天那賣力勁，不應該啊。

佟香香咧嘴一笑。「一點痛，忍忍就好啦。」完全不當一回事。

因為掙了錢，佟香香臉上都是笑意。一年到頭見不著幾文錢，她一個小姑娘也沒其他能掙錢的地方，就盼著棉花成熟時候，好去掙幾枚銅錢。

再看佟小樹，就見他跟著點頭。「又不是天天有這活兒幹。」半點不以為意。

佟秋秋覺得汗顏，瞧異世環境把她慣的，還不如兩個孩子。剛想反省一下，便聽佟小樹的肚子咕咕叫了起來。

佟小樹那秀氣小臉蛋頓時紅了。

佟秋秋看他往日老愛裝老成持重，這會兒卻發窘的樣子，心裡怪樂的。

可這聲音會傳染，她和佟香香的肚子也開始唱起了空城計。

佟秋秋摸著肚子，她也好餓。反省什麼呀？吃這樣的苦，掙上的錢能吃幾口肉？現在，她只想立刻有錢買肉吃！

佟秋秋痛定思痛，不能蘑菇，必須盡快想到辦法賺錢，不然這日子沒法過了。

也不是沒掙錢的法子，但問題是沒本錢呀，沒本錢能幹什麼？佟秋秋抓了抓頭，決定問兩個小的，集思廣益一下，說不定就有頭緒了呢。
「咱們想個不要本錢，還能賺錢的辦法，得吃上肉。」
佟小樹看了佟秋秋一眼。「等爹回來買肉吃。」
那得等多久，況且能吃幾頓？吃上一頓再等下次，不知猴年馬月。
「不成，咱們得自己想辦法。不然那點肉哪夠分，爹回來一趟都不夠吃的。」佟秋秋不能等。
佟小樹知道他姊愛折騰，上樹掏鳥蛋、下河摸魚，就沒有不敢的。也不管她怎麼琢磨，只提醒道：「不准去河塘摸魚。」
佟香香聽他們說的肉呀肉的，情不自禁嚥了嚥口水。
「大伯母不常買肉打牙祭嗎，香香姊也饞了？」大伯家比他家富裕，堂哥佟大貴就用肉饞過他和小苗兒。佟小樹看佟香香這模樣，比他這許久沒吃肉的還饞。
「哎。」佟香香只嘻嘻笑了幾聲。
佟秋秋轉頭見佟香香摩擦著手心裡捂得濕答答的銅錢，心有所感。
她這個堂妹在大伯母家過活，雖然有她爹留下的撫恤銀，但到底是寄人籬下。大伯母家還有三個兒女，她恐怕吃不上幾口肉。唉，也是個可憐孩子。
「咱們以後一定能吃上肉，想吃多少就吃多少。」佟秋秋摸了摸佟香香的頭。
「那真好呀。」佟香香抬頭，咧開嘴傻笑。她看著佟秋秋臉上的神采，比路邊的小野菊還要精神，心裡跟著高興起來，彷彿未來就是吃肉不愁的日子。

路邊野花爛漫、草木蔥蘢，與異世的空氣污染相較，這裡到處都散發出自然清新的味道。佟秋秋邊瞅邊想，等她有錢有閒，建個好宅，帶著爹娘安安樂樂養老，想想就挺美。

從田莊走來，拐了幾個彎，便到了自家屋前的村路。

佟秋秋一行人遇到一個揹著書箱的高大健壯少年，他瞥見佟秋秋頭上的枯葉、碎屑和白絮，一看就知道幹什麼去了，好笑道：「今兒姪女怎麼這麼勤快？」

嘖，又來個取笑她的，可見她好逸惡勞的名聲。

佟秋秋笑咪咪地看著來人，此人是她小姨母金雲娘的小叔子錢宗治，現在在季家族學讀書，向扶溪村的季姓同窗家裡租了房間住。

他生就一副五大三粗的模樣，揹著書箱不像書生，倒像是武夫。看起來有十八、九歲，其實才十四，比佟秋秋大一歲，慣愛提一提自己的長輩輩分，要她跟著她兩歲小表弟錢元茂喊他小叔叔。

當初佟秋秋不屈服，這傢伙就開懷大笑，好不開心。

「唉，還不是兜裡沒錢嘛。」佟秋秋說著，想到本錢還沒著落，看向錢宗治的眼神，彷彿對方是塊金元寶，諂媚道：「叔叔瞧我這麼可憐，要不要借我一點？」

小丫頭連叔叔都喊出口了，錢宗治趕緊捂緊自己的錢袋子，生怕被哄騙了去。

佟秋秋瞧那模樣，簡直無語。好歹錢家是開糖作坊的，在十里八村小有名氣，真是越有錢越吝嗇啊。

「錢是沒多的。」錢宗治呵呵笑了兩聲，把手裡的東西往佟秋秋跟前一遞。「拿去吧，給你們甜甜嘴。」原來是用荷葉包著的烏黑桑葚。

「呀，桑葚熟了？」佟香香叫了一聲，拉佟秋秋的袖子。「姊，咱們自個兒去摘。」想吃多少摘多少。

佟秋秋看見桑葚後，眼睛亮得跟燈泡一樣，忙不迭點頭。

佟小樹無奈，只能跟在兩個姊姊屁股後頭過去。

伸著手、沒人搭理的錢宗治站在原地，失笑搖頭。「好歹是叔叔的心意。哎，真是三隻饞嘴貓兒。」

一條小河流從扶溪村村中穿過，將整個扶溪村劃分為前後兩半。

佟秋秋等人沿著河流，走到村子最西邊，就看見沿河有三棵果實累累的桑樹。

潺潺流水歡快叫著，如佟秋秋的心聲。果然天無絕人之路，老天爺還是眷顧她的。

佟秋秋跑過去，看到落在地上密密麻麻、熟透了的黑色桑葚，全都爛了，心痛得捂胸口。真是太浪費了，浪費得天怒人怨。

佟小樹機靈地摘來三片荷葉，佟秋秋擼起袖子就開始採桑葚。那烏黑的色澤多誘人，手上的動作越發俐落。

「夠啦夠啦。摘多了，回去吃不完就壞了，要吃再摘便是。」佟小樹不知他姊急什麼。

「是呀，這裡都沒人管的。」佟香香看著摘下的桑葚，舔了舔唇。

三棵桑樹樹根粗壯、枝繁葉茂，和季七太爺大宅後的銀杏樹林隔著一條小河。它們不知多少年前就在這裡扎根，經年肆意生長，無人看管，任由村裡孩子們春日爬樹，夏日摘果。

被這一打岔，佟秋秋看了看天色，打消心思。今日是來不及做了，不如等明日摘新鮮的做才好。

三人捧著荷葉離開。走之前，佟秋秋朝河流的對岸望去，樹林前頭，還能看見些許掩映在樹葉中的高牆黛瓦。

她心裡默默流下羨慕的淚水，自己什麼時候能建個這樣的大宅院啊？一摸兜，聽到叮噹響，安慰自己，好歹是有四文錢身家的人了。

鼓勵完自己，佟秋秋扭頭看見佟香香、佟小樹捧著桑葚的滿足模樣，想到爹娘、小苗兒、外婆外公那許多的人，心也充盈起來。以前只在夢中回憶的親人，都在這裡呢。

三人帶著桑葚回去。分別前，佟秋秋跟佟香香說，明兒她不去摘棉花了，要摘桑葚。

「哎，桑葚什麼時候不能摘呀。」佟香香把頭上的草帽取下來遞給佟秋秋，心裡挺為她放過這麼好的掙錢機會可惜。

「摘了來做好東西。」佟秋秋神動色飛地道：「明兒妳下工來找我就知道了。」心情飛揚，老天還是很給面子的，讓她找到了掙錢的來路。

當晚，佟秋秋睡前的腦子裡都是桑葚汁、桑葚酒、果醋、果醬、果乾……再想想家裡能用上的、少得可憐的材料，睡夢中一會兒咧嘴笑、一會兒皺眉苦惱。

第二天，天一亮，佟小樹把皺眉咧嘴的佟秋秋推醒。雖然他也為沒去掙錢可惜，但又替他姊的身體擔心。昨兒摘棉花的時候，瞧著就有些沒力氣，今兒還是留在家裡好了，摘桑葚輕鬆許多。

兩人洗漱完，各挽了一個籃子出門。

佟秋秋感受著清晨空氣中的濕潤，覺得每一次呼吸，肺腑都為之一清。

寧靜的鄉間小路旁，鳥雀在枝頭啾啾叫個不停，佟秋秋腳步輕快地到了那幾棵桑樹前，兩眼亮晶晶盯著桑葚，開始捲袖子。

佟小樹挽著籃子，乾脆爬上樹摘起來。

佟秋秋看著靈活如猴子般的小樹，心裡癢癢。她也好久沒爬樹了，不知還能不能好好掌握技巧。

她理智地挑了根樹杈低、比較好爬的，藉著手上的力道，腳往上蹬，沒承想幾步就穩穩地上去了。

佟秋秋穩住身形，站在一節粗壯的樹枝上，心裡有些得意，又爬上了一條更高的枝幹，才伸手摘桑葚。

那果實還帶著晨露，晶瑩欲滴，看著讓人垂涎不止。

就在她摘得忘我的時候，小河對岸的樹林裡傳來凌厲的劈砍木頭聲，伴隨著的，還有樹葉落地的沙沙聲。

佟秋秋伸著脖子，朝河對岸張望了下，卻被樹葉枝條擋住，看不清楚。這會兒她覺得自己在樹上也能如履平地，膽子大了，抓住身前的枝幹，順著聲音，身子朝後仰面下去，在樹葉的縫隙裡往對岸瞧，就見一白衣男子的背影。

他正舉著刀瘋狂劈砍樹樁，每一次揮刀都能激起一大片落葉，整個身形如尖刀狠勁，連隨著刀風飄動的髮絲都透著幾分凌厲，叫人看了心驚。

儘管那背影散發著暴躁狂怒的戾氣，但仍舊與林間的美景相映襯，彷彿隨意取一幅都能入畫。

佟秋秋摸了摸自己的胸口，突然覺得有些難受。

相較於佟秋秋的異樣，佟小樹隨意瞟了眼，沒多好奇。以前他聽村裡的孩子說過，季七太爺家的孫子有點怪癖，鮮少在村子裡出現。他碰巧見過兩回，沒承想碰到人家練刀了。

他轉回目光，看了他姊一眼，心立時吊到了嗓子眼，忙喊道：「姊，妳小心點！」

愣怔的佟秋秋一驚，一不留神，腳底一滑……

「啊——」佟秋秋不受控制地往後栽下，慌亂中，只來得及抓住一根枝條。

好險好險，佟秋秋拉著枝條，喘著粗氣，低頭發現手上的籃子和桑葚落入河中，順著水流漂走了，來不及管。她朝向岸邊，身體用力，試圖把自己盪到岸上去。

「姊，妳抓穩了！」

佟小樹心裡懊悔不迭，都怪他突然出聲嚇到姊姊，跳下樹，使勁伸手也搆不到他姊，急得不得了。

佟秋秋所處的位置，河面挺寬，人又在河中央，折騰幾下，搆不到岸邊不說，還把自己弄得精疲力盡。

佟秋秋放棄，不費那個力了，手一鬆，任由自己咚的掉入水中。

咕嘟咕嘟，佟秋秋嗆了幾口水，掙扎著冒出水面，在湍急的河裡穩住身形，朝河岸游。

佟小樹趕緊折了枝條遞去。「拉住！」

佟秋秋抓住枝條，賣力上了岸，一屁股坐在岸邊的草地上。

這下好了，又掉進河裡。想想她娘，她就覺得回家沒有好果子吃。

佟小樹見她沒事，順著河流跑去勾籃子，回來時卻見她背對著河，蹲下身，盯著面前的一叢綠草傻笑。

「姊，妳沒事吧？」佟小樹問。他姊難不成被水泡傻了？

「小樹，咱們今日走運了啊！」佟秋秋把一頭亂糟糟的頭髮往後一抹，露出一張瘦削蒼白卻五官靈動的臉來。

走什麼運啊？佟小樹心道，落水又被水嗆的好運？

佟秋秋卻笑得露出牙，朝他招手，嘰哩咕嚕起來。

佟秋秋身上濕答答的，說得開心，卻不知對岸宣洩心情的地方被她搞得氣氛全無。

原本沈浸在暴躁中的季恆，胸腔裡燃燒的戾氣被生生攪散。

這小女子一會兒尖叫、一會兒如垂死掙扎的魚在樹上盪來盪去，現在又不知為何對著草叢傻樂，笑聲如小公雞啼叫，一聲比一聲高。

林子裡都是這笑聲的回音，好比魔音穿腦。

意外發現薄荷草的佟秋秋，把砍樹樁的男人丟到腦外，離開時才記起來，轉頭朝對岸看一眼，林子裡早就沒了他的蹤影。

第三章

金巧娘和小苗兒正在飯桌上吃早飯，聽見腳步聲，抬眼便瞧見佟小樹和一身濕漉漉的佟秋秋進門。

金巧娘放下碗筷，幾步上前，擰住女兒的耳朵。「才幾天工夫就忘了溺水的事，又去玩水？膽子越發大了！不教訓，不知道長記性！」

佟秋秋痛得扭著身子，多少年沒被擰過耳朵，都失去了對親娘攻擊的靈敏反應。親娘的手還是那般辣手摧花，忙皺著臉喊——

「親親娘親饒命啊～～」

小苗兒一雙小手捂眼睛，有好玩的都不帶他去。還有，姊姊真是太慘啦！

佟小樹在旁邊求情。「是意外。不是去玩水，姊是從樹上掉下來的。」

「還上樹？都十三了，是大姑娘，還不成個樣子！」金巧娘更火大了。

佟秋秋立刻殺豬般嚎叫起來，心裡怨念：老弟，你這不是火上澆油嗎？

被好一通收拾後，佟秋秋揉著耳朵，被勒令回房換衣裳。

佟秋秋換好衣裳出來，佟小樹已經把親娘溫在鍋裡的兩碗飯端上了桌。

小苗兒好奇，兄姊進門時，帶回來一籃子桑葚和一籃子他不認得的草，問為什麼要摘那種草？

佟小樹坐下吃飯。「姊以前聽遊方郎中說，那叫薄荷，煮水或泡水喝清涼，還發汗解熱，就摘回來了。」

最近遊方郎中來村裡，還是開春時的事，金巧娘瞅了眼觀鼻、鼻觀心乖乖吃飯的女兒一眼，嘴唇翕動兩下。算了，就當是遊方郎中說的吧。

「好喝嗎？」小苗兒眼巴巴地問。功效不功效的，他不關心，只想知道味道怎麼樣。

佟秋秋笑起來。「滋味挺不錯。你乖乖吃飯，做好了就叫你嚐。」

小苗兒這才高興了，但總覺得兄姊有好玩的不帶他，不太甘心。「下回定要叫我一起去，可不能丟下我。」

「嘿，也不知是哪隻小豬，我們起床的時候，還打小呼嚕呢。」佟秋秋逗他。

「那可以把我叫醒嘛。」小苗兒被他姊說像小豬，臉蛋紅紅的繼續掙扎。

「叫醒不就睡不飽了，要是長不高怎麼辦呢？」佟秋秋壞笑。

小苗兒小眉頭擰得緊緊的，顯然是在早早起床好和兄姊一起出門，還是睡飽長高中難以取捨。

金巧娘見狀，忍笑板著臉道：「好好吃飯。」就不能給女兒好臉色瞧，不然她越發沒了顧忌。

佟秋秋嚥下嘴裡的飯，看向金巧娘。「娘，家裡還有糖塊嗎？」

她記得小姨母的婆家做賣糖生意，每回來看望他們，都會帶點碎糖塊過來。這些糖，可讓村裡的小玩伴羨慕極了。

「有，放在我房間那紅木箱裡。你們姊弟三個省著喝，還能喝久一點。」金巧娘道。平常金巧娘把糖算得明明白白，隔一段日子或孩子受了涼，便煮糖水給他們喝。佟秋秋溺水那晚，就被餵了一大碗糖水。

「嗯。」佟秋秋點頭。等做出來了，也讓她娘嚐嚐鮮。

「妳看著拿，待會兒娘還要去田裡。今兒記得帶兩個弟弟拾點柴火回來。」家裡男人不在，大事小情都要金巧娘安排妥帖。

佟秋秋剛要張嘴答應，就被一道突如其來、似洪鐘般的女聲打斷了——

「弟妹吃飯啊，我給秋秋送肉來了！」人未到，聲先至。佟秋秋覺得這聲音格外耳熟，扭臉就見一個膀寬腰粗、約三十多歲的婦人大搖大擺進門，正是她大伯母曾大燕。

「我這做大伯母的心疼孩子，有點好的就送了來。」

曾大燕大嗓門，聲音恨不得傳到二里地去，跨進門，就把一只粗陶碗往他們跟前遞。

只見碗裡有一小塊紅褐色的肉，邊角還帶了點灰綠，隨著她遞過來的動作，飄來一股可疑的臭味。

「大嫂，不用了，妳帶回家吧。」金巧娘壓下火氣說道。

不說她娘家是做殺豬買賣的，一眼便能瞧出這肉有問題。就算沒問題，她也不會收。

當了這些年妯娌，曾大燕是什麼人，金巧娘清楚得很，覺得人家占了一分一釐，都能鬧得沸沸揚揚。早些年吃過的虧，她可沒忘。

如今，曾大燕主動送上門來的東西，一旦收下，豈不是要利用女兒嘴饞的名聲，替她臉上貼金。

曾大燕見金巧娘不接，臉色就有幾分不好看，哐的一聲把碗擱在桌子上。「要不是看著秋秋饞肉差點丟了命，我會巴巴地送過來？別不識好人心。」

「那我多謝大伯母，留著給堂哥和堂姊吃吧，不用想著我。」佟秋秋只想把碗丟遠點，這臭味實在難聞。

佟小樹皺眉，小苗兒還不曉得在大人面前掩飾，堵著鼻子說：「臭的！」

曾大燕一聽，臉霎時沈下來，橫眉指著小苗兒的鼻子。「金巧娘，妳看妳教的好兒子有沒有晚輩的樣子！」

這副凶相把小苗兒嚇得直往佟秋秋後頭藏。

佟秋秋頓時心火直冒，拿起那碗肉，把曾大燕往外推，邊推邊喊：「殺人啦！我怎麼這麼慘哪，差點沒了命啊！」

「死丫頭，推什麼？」曾大燕被佟秋秋突然暴起的動作和叫喚嚇了一跳，腳步踉蹌地被推出了門。

「我的命好苦！」佟秋秋不管，繼續聲嘶力竭引來村民。

左右鄰居跟聽見聲響的村人趕至，就看見佟秋秋伏在門邊哭嚎。「我好不容易從鬼門關裡出來，還沒兩天呢。那天溺水被抬回去的淒慘模樣，大夥兒都看到了。」

她說著，抹了把哭不出眼淚的臉，揉紅眼眶，硬擠出幾滴淚來，抬頭瞥見站在前面、插著手看熱鬧的季子旦，道：「人虛得不得了，不信你們問大旦。」

季子旦去摘棉花的路上，正巧聽到佟秋秋的哭聲，連去摘棉花都不急了，興匆匆來看好戲。突然被點名，瞧著眾人投來的目光，有點懵。

曾大燕覺得這情形有些不妙。「妳這個野丫頭，東拉西扯說什……」

佟秋秋當作沒聽見，打斷她的話，只盯著季子旦問：「昨兒我摘棉花，是不是只得了四文錢？」

「是……」季子旦更納悶了。往日佟秋秋幹活的本事，也不怎麼樣啊。

「大家聽到沒有，我身體虛到這個地步。」佟秋秋邊說邊擦眼角。「本來就不怎麼能幹活的身子，如今越發不成了。」

圍觀的村人紛紛點頭。摘一天棉花才掙個四文錢，他們家八、九歲的娃也比佟秋秋強。

佟秋秋乘機把碗中的肉露給大家看。「我都這樣了，我大伯母還叫我吃這壞掉的肉，說是特意送給我的，不能不領情。」

大家一看光顏色就不對勁的肉，八成是餿了。鬧飢荒時，可能真不介意填填肚子，但這會兒給個剛救回來、身體正虛的小姑娘吃，萬一拉肚子拉壞了怎麼辦？以前拉肚子拉得丟了命的，也不是沒有。

眾人打量曾大燕的目光，頓時多了點意味。妯娌間處不好的不少見，但這做得也太難看了些。

「大伯母怎麼就見不得我好呢？以前在外面說我是野丫頭，是惹禍的根苗，我只是有點難過，也不往心裡去。這回我好不容易從鬼門關出來沒兩天，她就拿壞肉來，要害死我呀。」佟秋秋說著說著，說出了真情實感，眼淚吧嗒吧嗒往下落。

曾大燕氣得要命。「我幾時要害死妳了？」

佟秋秋道：「肉不是妳剛拿來的？不是妳非要我娘接下的？我娘說咱們家不需要，不是妳說咱們不吃就是不領情、不敬長輩？」

佟秋秋三連問，曾大燕被堵得說不出話來。「妳……」想說不是，但話都是她說的。心裡氣惱，這死丫頭嘴巴快得跟下刀子似的。

今早她開櫥櫃，看見這塊被放壞的肉，不敢給自家人吃，覺得可惜，就送去老二家，讓人瞧瞧她多體貼饞肉饞得快丟命的姪女。再者，這肉吃了頂多拉肚子，哪有那麼嚴重。

「這不是要害死我是什麼？大叔、大嬸評評理。」佟秋秋抹淚。

佟三叔公聽見動靜過來，看到素愛胡攪蠻纏的大姪媳婦張口結舌，就知道這不省心的女人又找老二家的麻煩了，氣得鬍子直翹。

「保良不在家，老二家沒男人主事，妳就是這樣做大伯母的？」

「不是，三叔別聽這丫頭……」

「還狡辯！」三叔公不客氣地道：「送個肉卻不送塊好肉，又非叫孩子吃，妳是強盜還是土匪，想叫秋秋硬嚥下了謝妳不成？」

曾大燕一聽，頓覺顏面盡失，又不敢跟三叔公頂嘴，掩面轉身跑了。

等曾大燕跑遠，三叔公見佟秋秋還伏在門邊，溫和道：「妳這丫頭，身體虛就好好養著，再別去河塘裡。有個好歹，妳爹娘豈不心疼極了。」

佟秋秋順勢站好，看著頭髮斑白的三叔公。在他老人家跟前演戲，她心下愧疚，但想到之後要辦的事，只得先對不起他了。

「我知道三叔公是為了我好，我就是饞肉，才一時想岔。我一定會找別的出路，讓家裡吃肉不愁。」

「哎，妳這孩子。」三叔公不知該說什麼，他經過戰亂歲月，吃過飢荒的苦，知道看老天爺臉色過活的艱難。想想在外掙命、屍骨無存的佟香香她爹，頓時有些傷感，叮囑道：「那也不能做危險的事。要是命沒了，就什麼都沒了。」

「嗯。」佟秋秋點頭，她可是惜命得很。

三叔公見她還受教，嘆口氣走了。

三叔公一走，便有村人感慨起來。「這孩子有心了，就是心大了些。頓頓吃上肉的日子，誰不喜歡，但哪是容易的？」

「咱們扶溪村裡，也就季族幾位老爺家裡能有這福分。」

等人都散了，季子旦還留在原地沒動，臉上帶了幾分彆扭，對佟秋秋道：「瞧妳這麼可憐，我就不跟妳計較了。」他可沒忘昨日吃癟的事。

佟秋秋收拾好心情，看他起了點作用的分上，對他露出個笑容。「多謝你啊。」下一刻就揮手。「滾吧。」

「妳……哼，饞鬼丫頭！」季子旦脹紅臉，頭也不回地跑了。

「嘿，真不經逗。」佟秋秋用手摸了摸臉上的淚痕。

原本也被女兒控訴大伯母的場面弄得心痛萬分的金巧娘，被佟秋秋突然逗季子旦的這一下折騰沒了。再看女兒，哪有什麼傷心？一時被女兒表演迷惑的心清明起來。女兒溺水後，身體是有些虛，但也沒到那地步，八成是懶的。

金巧娘又好氣、又好笑，上來幫佟秋秋用袖子抹臉。「妳這鬼丫頭糊弄人，害得老娘白擔心一場。」

嚴陣以待、隨時準備衝上去護住他姊的佟小樹摸了把臉，不承認自己也被唬住了。

小苗兒跳起來，拍著小巴掌。「姊真厲害，把凶凶的大伯母趕走啦。」小臉笑成一朵花，不知多開心。

佟秋秋把臉擦乾淨，整了整衣襟，一本正經道：「哎，我這不是為了治大伯母嗎？誰叫她不聽人話，非要我撒潑趕人。」

她說著，對兩個弟弟眨眨眼。「怎麼樣，是不是比大伯母還厲害？我都是跟她學的。」

佟秋秋回憶過往，這個大伯母可是有濃墨重彩的一筆，撒潑攪渾水是拿手好戲，她娘可是受了不少氣。別看她娘管教他們凶，但從不會在外頭撒潑。

金巧娘沒好氣地拍她一巴掌。「妳還學？好的不學學她。」

「沒辦法呀，跟她講道理也是白講，我專治不講道理。」她從來不是忍氣吞聲的性子，人敬她一尺，她敬人一丈。若撒潑不講理，那就看看誰技高一籌。

另一邊，季恆回到老宅，把刀遞給丁一。

他梳洗好，到了母親阮氏養病的院子，臉上已經看不出任何思緒，和樹林裡那個暴躁狠戾的少年判若兩人。

他走進一處清幽的小院，也不進去，只遠遠地看著，就見母親坐在窗邊，望著院子裡的一棵老桃樹出神，彷彿定住了一般，不知這樣坐了多久。

早晨的曉風一吹，老桃樹的枝葉搖擺，一、兩片葉子無著無落地隨風飄落。窗邊瘦骨嶙峋的母親，彷彿風一吹，也要將她吹走。

季恆的手不由捏緊，指尖深深沒入肉裡。這個瘦削蒼白的婦人，她曾經帶著他玩遊戲時康健愛笑的模樣，彷彿是他夢裡編織出來的幻象。

母子倆一個坐在窗前、一個站在院外，時間似乎靜止了一般。

端著藥碗的方嬤嬤進來，打斷了空氣中壓抑的氣氛，溫和道：「少爺來啦。今兒夫人精神還不錯，不吵不鬧，早起用了一碗清粥。」

季恆點點頭。「有勞方嬤嬤。」不再多說什麼，抬步離開。

「唉。」方嬤嬤心裡嘆口氣。可憐了她家少爺，夫人這病時好時壞，好的時候就像是如今這樣，不吵不鬧，呆呆愣愣看著外頭的桃樹，也能乖乖吃飯喝藥。只是不能見少爺，一見便發瘋般的哭喊尖叫。

親眼看著母親在自己面前瘋癲，不說少爺，就是她這老婆子見了都傷心落淚。

操碎了心的方嬤嬤進屋，溫柔地哄阮氏喝藥。「今日府裡進的蜜餞，老奴嚐了口，味道可好了。小姐喝完藥，吃一口，嘴裡就不苦了。」

這是她一手帶大的小姐呀，要不是姑爺出了事，本該和美過一輩子，哪會是如今這般模樣？方嬤嬤暗自擦了擦眼角，當初要不是她時刻守著，小姐怕是已經自戕，隨姑爺去了。

阮氏乖順張嘴，恍若嚐不到苦甜般，嚥了下去，也順從地吃了方嬤嬤遞到嘴邊的蜜餞。吃過藥，阮氏兀自呆呆坐著，一整日不言不語。

方嬤嬤知道這是心病，也不強逼她說話，坐到一邊，拿起針線簍子做針線，默默陪著。

村人散後，金巧娘去了田裡，佟秋秋指揮著佟小樹、小苗兒一起清洗桑葚，然後浸泡。

「姊，怎麼還有這些紅桑葚，怪酸的，要幹什麼呢？」小苗兒蹲在水盆旁，兩手捧著小腦袋瓜，兩瓣嘴唇烏黑得像是塗了口脂，可見剛才清洗時吃了不少。

「做桑葚汁，酸酸甜甜的。」佟秋秋故意摘了一些沒熟透的桑葚，想著夏天還是喝酸甜滋味的比較爽口。

她反覆清洗鍋子，洗得乾乾淨淨，再把浸泡好的桑葚和薄荷葉用竹篩子濾掉水，拿去灶間，倒入鍋中，加適量清水熬煮。

小苗兒聽了，兩隻眼睛亮晶晶，跟他說廚房熱，叫他去外面待著，也不出去，亦步亦趨地跟著佟秋秋，迫不及待想知道做出來的桑葚汁是什麼味道。

佟小樹早已把灶火點燃，臉上的表情沒有不耐煩，亦沒有期待，心想難喝也不要緊，頂多浪費柴禾，反正桑葚不要錢。

佟秋秋手上忙個不停，剛開始還有些手忙腳亂，這會兒用土灶順手了，木鏟不停在鍋中攪拌，又用勺子擠壓桑葚，流出汁水便拿紗布過濾，再將汁水倒入鍋中繼續熬煮。

佟小樹見她打開糖紙包，忙道：「姊，糖加進去，可就沒了。」要是難喝，糖也跟著糟蹋了。

「沒事，小樹別擔心，不好喝就沒下一回。」這也是佟秋秋沒有選擇的選擇。在異世時有蜂蜜、白糖等各種糖類挑選，現在只有這些碎糖。

佟秋秋知道這點糖很珍貴，放糖放得很克制，一點一點加入鍋中，還半點不浪費地把桑葚殘渣擠出的汁水加入鍋中。

隨著熬煮的時間變長，鍋中汁水更濃，空氣中的酸甜香味越發濃郁。

小苗兒激動得直蹦躂。「好香呀。」

佟小樹也不由舔了舔唇。

在兩人的期待下，佟秋秋嚐了嚐味道，點點頭，終於能出鍋了。佟秋秋盛了三小碗擱在灶臺邊，其他的全被倒入一只陶罐裡。

小苗兒人矮，搆不著，去扯他哥的衣角。

佟小樹便端了一碗，擱在廚房外的板凳上，叮囑道：「小心燙。」

「嗯嗯。」小苗兒對著碗呼呼吹氣。

佟小樹也吹了吹，輕輕嚐了口，眼睛一亮，又喝一口，細細地在嘴裡品著好滋味，抬眼見佟秋秋抱著陶罐出去，問道：「姊幹麼去？」

佟秋秋笑道：「借隔壁栓子家的井一用。在井裡鎮涼，大熱天的喝著，肯定爽口。」

佟小樹放下碗，接過她手中的陶罐。「妳歇著，我去。」

佟秋秋也不推辭，拿了布巾擦汗。忙的時候不覺得，一停下來，就發現後背都汗濕了。

佟秋秋拿了蒲扇搧風，呼口氣。好多年沒這麼累了，讓她想起在異世最初擺攤的日子。

在孤兒院不愁吃喝，但手裡是捏不到錢的，她沒有任何倚仗，哪能安穩度日？有的小孩被領養，再也不見；有的被領養後，又退回來，她不能將自己寄託在旁人的良心上。

她仗著「早慧」，處心積慮、堅持不懈討好食堂大師傅，學了手藝；把好心人捐助分到手裡的糖果零食賣了，一點一點攢本錢。然後開始做吃食，提著籃子出去叫賣。

慢慢積攢，她有了攤車，有了自己的店鋪，找了店員，又學新手藝，賺錢更快了。

有錢了，吃喝穿用不苛待自己，在她身上絲毫看不出曾經吃過苦的影子，只一雙手有起早貪黑做吃食買賣磨出來的繭。即便後來她親自動手的時候少了，細心呵護雙手，表面看不出來，細細撫摸，還是能感覺有硬硬的凸起。

對著光，佟秋秋打量自己的手指，膚色白皙，沒有一個繭。她娘嘴上厲害，其實是個疼孩子的，從來捨不得叫她幹重活。

第四章

下午，佟秋秋幫屋後的菜地澆了水，又帶著弟弟們去拾柴禾。天氣乾燥，村前的林子裡不缺枯枝。

沒多久，佟秋秋的背簍裡就裝滿了；佟小樹也揹了一簍，手裡還抱著一捆。小苗兒就撿那些他拿得動的短枝，格外賣力，嘴裡還時不時念叨，涼涼的桑葚汁什麼時候喝？

佟秋秋都被他說得口渴，看柴禾拾得差不多了，就帶著兩個弟弟打道回府。

到家放下柴禾，佟秋秋做飯，小苗兒跟著佟小樹去栓子家拿陶罐。

佟秋秋剛蒸上豆飯，就聽見腳步聲，用麻布擦乾手，拿了竹舀子和幾個乾淨的碗去堂屋，就看見佟小樹把陶罐放在桌上，跟著進來的還有小苗兒和栓子。

栓子不好意思地摸摸頭。「喊我來幹什麼？」其實他也好奇陶罐裡的東西是什麼，聽佟小樹說是桑葚汁，但他沒打開看過。

「叫你來嚐嚐。」佟秋秋笑道。借了人家的井用，總得禮尚往來一下。

她用竹舀子替大家各舀一碗，小苗兒接過就喝了一口，呀了聲。「清涼清涼的，酸酸甜甜，好好喝。比上午喝的還要好喝。」

佟小樹默默一小口、一小口的喝，栓子也喝得心滿意足。

佟秋秋嚐了，和她做過的味道有些差別，但也覺得別樣美味爽口，直接一口乾了。

佟小樹幾個看她這樣，眼神裡都透著牛嚼牡丹的惋惜。這多好喝，一小口、一小口的，還能多嚐一會兒。

佟香香從莊子摘完棉花回來，汗津津累得很，還記得昨天佟秋秋要給她看的好東西，顛顛地過來，看到的就是佟小樹他們一臉享受地彷彿喝著仙露的情景。

看見她來，佟秋秋招手。「快過來喝。」倒了一碗，把陶罐蓋好，剩下一些留給娘親。

佟香香在佟秋秋揭開蓋子的時候，便使勁嗅了嗅，真好聞，是桑葚的味道，卻是更濃郁、更香甜。但又有點不同，有種特別的清香，讓人覺得清爽極了。

佟秋秋把碗遞給她，才發現門邊還站著一個十二、三歲的姑娘，眼巴巴地瞧著，抿著嘴，也不說話。

這是村裡劉痦子家的閨女劉翠兒，平日和她家不怎麼來往，她和劉翠兒也沒玩在一起。說實在的，佟秋秋不太喜歡劉翠兒這般姿態，看了看自己喝完的空碗，總不能讓小樹他們分吧？就算劉翠兒不嫌棄，小樹他們也不樂意啊。

「來得不巧，已經分完了。」其實陶罐裡還剩一些，是要留給娘親的。雖然不值什麼，但總不能因為突然來人，就把留給親娘的捨出去吧。

劉翠兒咬了咬唇，淚珠在眼裡打轉，見還是沒人理她，才磨磨蹭蹭地走了。

「今兒我摘棉花的時候碰上她，沒承想她會跟著我來。」佟香香有些不好意思。家裡不富裕的人家都省著吃喝，少有窮講究、窮大方的，去人家家裡碰上吃飯時，都懂得避開，免得雙方尷尬。她沒想把劉翠兒帶來，這下豈不是讓佟秋秋為難。

佟秋秋搖頭，沒當回事，她不會因為劉翠兒擺出來的可憐樣子，沒分給她便心存愧疚。又不是餓得吃不了飯，這桑葚汁不過是飽點口腹之欲罷了。

幾個孩子美滋滋地喝完，栓子拍胸脯道，要用井就去找他，心滿意足地回家。

佟香香還留戀地咂嘴。「秋秋姊，是不是放糖了呀？」

「哎喲，妳舌頭挺靈。」佟秋秋真的很節制了，要是從前，她放糖是洋洋灑灑地放，那才爽快。不過這回做出來的滋味也不差，不知是不是那幾棵桑樹結的桑葚格外甜的緣故。

「姊，下回什麼時候做呀？」小苗兒舔完碗，眼睛綻著期盼的光。

佟香香也想問，卻不好意思，畢竟加了糖呢。

佟秋秋想了想剩餘的糖，道：「過三天不就是初一大集了嗎，前一天下午咱們再做，到時候帶去賣。」

大集就在錢家糖作坊所在的甜水村，她外公家也在那個村子。每月逢一、逢五，附近幾個村的村人就會聚到甜水村趕集。

「真的？」佟香香跳起來。「需要我做什麼？秋秋姊說什麼，我幹什麼。」反正摘棉花的好活計只剩這兩天了，她來幫幫忙。

「能賺到錢嗎？」佟小樹是覺得好喝，但人家會花錢買？

「不試試怎麼知道。」佟秋秋心寬得很，現在一窮二白，試試不吃虧。「就是摘桑葚、洗桑葚。要是掙錢了，就給你們工錢；要是掙不到，白忙活一場，也有桑葚汁喝。」

「這點活兒，哪用什麼工錢呀。」佟香香還在不捨嘴裡殘留的酸甜美味。有這樣好喝的桑葚汁喝，她就滿足。

這日，佟秋秋向屋後的竹林伸出了罪惡的手。

「閃開！」她用家裡唯一一把菜刀劈斷一根竹子，竹子隨著她的話音落下，喀嚓倒地，倒下的瞬間扯得一片竹林沙沙作響。

哎，累死她了。佟秋秋抹了抹腦門的汗，明兒就是大集，都摘了兩大籮筐桑葚回來，她才想起，沒有盛的容器怎麼行，自己家就那麼幾個碗。

佟秋秋喘了幾口氣，活動手腕，便聽旁邊傳來女孩的聲音問道：「你們在玩什麼？」

佟秋秋等人發現，劉翠兒正一臉好奇地看著他們。

「砍竹子，做竹筒。」佟小樹一板一眼道。他不喜歡劉痦子夫妻，對劉翠兒也沒什麼好印象。

「這個我會。」劉翠兒慢慢挨過來，挨到她覺得最好說話的佟香香身邊，意思是她也想一起玩。

都是同一個村裡的，不好叫人離開。佟秋秋沒說什麼，歇息過，接下來就是砍竹節了。

她不用人扶，揚起刀，手起刀落地砍向中間的竹節。

這時，一道高亢的女聲從遠處傳來。「翠兒，妳這死丫頭哪裡去了？」朝聲源望去，是劉翠兒的娘，劉痦子媳婦找來了。

劉翠兒的身子往佟香香後頭避了避，但氣勢洶洶而來的劉痦子媳婦衝上前，一把擰住劉翠兒的胳膊，把佟香香帶得險些摔倒，幸虧一旁的佟小樹扶穩她。

「妳弟弟在家哇哇哭，妳還跑出來瞎玩！」劉痦子媳婦說著，轉過來剜了佟香香、佟秋秋一眼。

佟香香被撞了下，沒看見，但佟秋秋看得真真的。

佟秋秋氣結。她招誰惹誰了？這人莫不是有病，難道是她教唆她家姑娘跑出來的？遂回以一白眼。

劉痦子媳婦被這一眼氣壞了，果然是那金巧娘生的，都不是好貨。

她拽著劉翠兒，邊走邊指桑罵槐地道：「妳腦子壞了是不是？跟妳說了多少次，別跟她們玩。小心被帶壞了，嫁不出去。」

「不願妳家女兒和我們來往，妳管好，可別跑到我跟前。不然到時候劉翠兒因為妳這個娘怎麼了，反而賴在我們這些不相干的人身上。」佟秋秋跟踩到狗屎一般，心情糟糕極了。

「一個剋父剋母剋奶奶，一個一看就是隨了娘的不要臉壞種！呸！」劉痦子媳婦扭臉吐了口唾沫，邊走邊罵。

這還如何忍得？

「我呸呸呸呸！不瞧瞧自己什麼缺德樣，嘴上不積德，一臉刻薄相，一身倒楣運，財神爺從妳家門前經過都嫌晦氣！劉家先人有靈，都要怪妳臭嘴壞了風水，妳這個……」佟秋秋扠著腰，對著劉痦子媳婦背影叫罵起來。

兩人隔空罵架，驚起了一群飛鳥。

佟香香本來還因為劉痦子媳婦那句剋父剋母剋奶奶的話傷心，就被佟秋秋毫不輸陣的罵人架勢逗得破涕為笑。

小苗兒撇著嘴，牽著他哥的手。「翠兒的娘為什麼這樣？我討厭她。」

佟小樹抿了抿嘴，一雙眼睛黑沈沈的。這就是他為什麼不喜和劉翠兒來往的原因，他從小感覺敏銳，劉痦子夫妻對他們姊弟的嫌惡，他早有察覺。

直到罵得不見人影了，佟秋秋才停下來喘氣，摸了摸小苗兒的頭，又拍拍佟香香的肩。「沒事了，咱們繼續。」

隨著喀嚓聲響，竹子被分成一截一截。因為要當杯子用，佟秋秋挑竹子的時候，便仔細挑了粗細合適的，每一截不會太小，也不會太大，讓買賣不划算。

佟香香悄悄看佟秋秋一眼，眼神發光，要是她也跟佟秋秋一樣厲害就好了，手上的活做得更加賣力。

她和佟小樹接過砍下來的竹節，用石頭打磨，讓切口光滑不扎手。

小苗兒就在旁邊守著，把一個個磨好的竹筒放進籮筐裡。竹子磨好、清洗完，日頭也快下山，佟秋秋趕緊熬桑葚汁，這次把糖碎都揮霍光了。再用木桶裝好，送去隔壁井裡放涼，才揮汗如雨地宣佈收工。

幾個小的激動得小臉紅彤彤，恨不得一眨眼就到了明天。

第二天，公雞啼叫，佟秋秋和佟小樹就醒了。應昨晚小苗兒爭取的，也把他叫起來。

佟秋秋去敲隔壁家的門時，見屋裡已經點起燈。栓子的娘春喜嬸聽到聲音來開門，發現是她，笑著讓她進去。

「秋秋來啦。」

「麻煩嬸子。」佟秋秋和佟小樹向她道謝。

春喜嬸擺手。「我們早起，這有什麼麻煩的，待會兒就要上大集去。你們兩個孩子起得忒早，栓子還在床上睡得呼呼叫呢。」

佟秋秋姊弟被春喜嬸領著進了院子，栓子的爹吳永和栓子的奶奶吳婆婆正忙著整理弄好的豆腐板，一看便是早早開始忙活了。

哎，這個時代做點小買賣，就沒有容易的。

佟秋秋向兩人打了招呼，才去井邊拉他們的木桶，見吳永要拄楞杖來幫忙，忙道：

「叔，我倆力氣大著呢。」和佟小樹一起使力，把木桶拉上來。

吳家正忙著，佟秋秋不便打擾，領著佟小樹招呼一聲，帶著木桶離開。

吳婆婆看著走遠的身影，道：「多好的女娃，那些長舌的不積德。」

春喜嬸手裡忙個不停，聽見吳婆婆的話，便說：「幸虧咱們家裡有栓子的爹在，您又開明，不然日子怎能這麼好過。」雖然累了點，但有豆腐手藝傍身，過得比許多村人強些。

吳婆婆聽了高興，她對這個勤快的兒媳婦是滿意的，兒子吳永雖然早些年跛了腿，但她和兒媳婦也把這個家撐起來了。

哪像那個佟老婆子，活著的時候耳根子軟，聽著大兒媳婦攛掇，非鬧得二兒媳婦臉面盡失，生意也做不成。當初金巧娘要不是有娘家撐腰，拚著把家分出來，日子可沒法過了。

回到家後，佟秋秋摸著涼沁沁的桶壁，蓋子也蓋得好好的，心裡踏實了，趕緊用事先準備好的乾草圍了桶子一圈捆好，又拿一床乾淨的舊棉被裹上。

金巧娘看著兒女忙前忙後，不知道想到了什麼，臉色暗淡下來，而後才慢慢恢復。之前她已經嚐過了，滋味的確不錯，可以試著做買賣。孩子們自己拿得住主意，她這個做娘的，難道還要當他們路上的攔路虎不成？

至於女兒，既然上天給了那般際遇，總有緣法，她在旁看顧著就是。

「準備怎麼去？」金巧娘故意問道。到大集要走一段路呢，佟秋秋這細胳膊細腿的，還要帶一個裝滿的桶子。

「嘿嘿，娘，家裡不是有雞公車嗎？」佟秋秋笑，這個家裡唯一不缺的就是小木凳、小桌子之類的。她爹是木匠呢。家裡雜物間還有她爹做的雞公車，每年的稻收都少不了它。

雞公車就是古代的獨輪手推車，用途廣泛得很。不僅能運東西，若新嫁娘回娘家，被丈夫推著去，都是極有面子的事。

「小機靈鬼。」金巧娘笑著點她，然後去後頭雜物間裡把雞公車推出來。

藉著晨光，金巧娘揹著雞蛋、推著車，車上放著木桶和小苗兒；佟秋秋揹著竹舀子和竹筒，和佟小樹一左一右幫忙穩住車身和木桶。

到了甜水村的大集，已經有小販擺攤了。這裡是金巧娘娘家所在的村子，有不少人看到金巧娘就打招呼。「巧娘來趕集啦。」

「嗯。」金巧娘笑著點點頭。

金洪一眼就瞧到這行人，道：「爹，大妹他們來了。」說著，放下手中的活兒，快步走去幫忙推車。

「大舅！」佟秋秋和兩個弟弟叫人。

「哎！」金洪推著車，還能分出手挨個摸了摸三個孩子的頭，問金巧娘。「大妹怎麼來得這麼早，家裡缺什麼了？」

「什麼也不缺。」金巧娘笑著搖頭。

金洪拿她沒辦法，看了眼車上的木桶，又問：「帶的是什麼？」

「我做的果汁，來賣的。」佟秋秋忙道。

「哎喲，咱們秋秋會做生意啦。」金洪笑著答應一聲，然後看向自個兒大妹，怕她想起以前那些難堪事兒。

金巧娘一看他這樣就笑。「孩子自己想的主意，我半點沒插手，也沒有攔著的道理。」說著，臉上有幾分輕嘲。「我婆婆都去了幾年，看她還能拉著誰作筏子？敗壞我的名聲不說，還說孩子的閒話。」

佟秋秋聽著這話裡有話，肯定有她不知道的故事，還關係到過世的奶奶。就不知這個「她」是誰，難道是大伯母？按照大伯母那性子，就算不是她，八成也在裡頭攪風攪雨了。

佟秋秋努力回想奶奶沒過世前的時候，只有零星記憶，但知道她娘和奶奶之間的關係絕對稱不上好。她爹這一房在奶奶去世前就分家，在村裡看來，還是比較出格的事。

雞公車停在大舅攤子隔壁，外公金大川挨個抱起佟小樹、小苗兒，小苗兒高興得尖叫。輪到佟秋秋的時候，佟秋秋赧然道：「外公，我都大了。」

「哎，是大姑娘了。」金大川笑得臉上皺紋開花。

金巧娘把雞公車支好，木桶放在上面穩穩當當。佟秋秋取出竹筒和舀子，掀起棉被，打開桶蓋，怕涼氣跑了，趕緊舀了一勺蓋上，幫金大川和金洪各斟一杯。

「外公，大舅，你們嚐嚐。」

金大川與金洪打量著竹筒裡好看的紫色汁水，啜了一口，金大川便嘖了一聲。「酸甜適口得很啊，還涼絲絲的，這種天氣喝這個就很好。」剩下的也捨不得喝，準備帶回去給孫子、孫女嚐嚐鮮。

金洪對外甥女豎起大拇指。「秋秋小小年紀，手藝倒是很不錯。」心裡默默一嘆。大妹夫去學木工，大妹跟娘家借了錢後，便不願再受娘家接濟，又和婆婆鬧僵了分出來，還要養三個孩子，日子艱難可想而知。這不，佟秋秋小小年紀，都想方設法地要掙錢了。

金大川是心裡安慰，又有些生氣，氣女兒性子拗，又欣慰外孫們懂事。摸了摸佟秋秋的頭，問她。「打算怎麼賣？」

「一杯一文錢。」佟秋秋回答。

金大川點點頭，摸了摸鬍子。他還是有些見識的，要是去大些的地方，賣貴一點也成，但在這大集上，一文錢就夠了。有幾個閒錢的會買，價錢再高，便無人問津。

「好好賣，賣……」賣不出去有外公包下，家裡還有妳幾個表哥表姊呢。但金大川隨即把話收回去，不能一開始就讓外孫們洩氣。

「嗯嗯。」佟秋秋和兩個弟弟連連點頭。

第五章

這會兒工夫，東邊泛起紅雲，來往大集上的都是挑著擔子的買賣人，或趕集的村人。

佟秋秋在桶蓋上放了一小杯果汁，是用竹尖上的那些小竹筒削成的杯子盛的，就一口的量，可以讓人品嚐。

佟秋秋也不怯場，開口就叫賣起來。「好喝的果子飲，冰冰涼、甜絲絲，解熱消暑，一文錢一杯……」

小苗兒學著喊：「好喝甜滋滋啊！」

佟小樹紅了臉蛋，憋了好一會兒，才跟著叫道：「一文錢一杯……」剛開始還小小聲，漸漸地放開了，雖然臉紅，但整個人都自在了些。

有人聽見叫賣，上前看新鮮。「哎，這是用什麼做的？」瞧那紫色澄清，漂亮得很。

「是果子調出來的汁，酸酸甜甜，解暑得很。您嚐嚐？」

「呀，不錯啊。」

有認識金大川一家的，便笑道：「這幾個孩子挺會招呼人呀。」

金家父子見佟秋秋安排得有模有樣，心中誇她腦子機靈，嘴裡還謙虛。「孩子第一次做買賣，見笑見笑。」

「來，我也嚐一嚐。」

「給我來一杯。」

有小孩試喝了喊還要，家裡有餘錢的，就給孩子買上一杯。一個月才有幾回的大集，帶著孩子來的大人多半不小器。

有一就有二，慢慢地，周圍聚了一圈人，一個個小孩捧著竹筒，喝得津津有味，時不時還要砸吧砸吧嘴，把路過的孩子饞得眼巴巴看著有之，哭鬧有之，簡直是人形廣告。

佟秋秋腦子一轉，有了主意，趕明兒就讓小苗兒在大集上好好發揮。

佟秋秋收錢，佟小樹則麻利地裝桑葚汁。有時候，不願出錢、想拿東西來換的，佟秋秋見到有需要的也肯換，比如說薑啊醋啊，這些家裡沒有，又用得著。

一會兒後，金雲娘抱著一個養得白胖的男娃過來，瞅見她爹攤子旁邊的熱鬧，好奇往裡頭一看，喲，是她的三個外甥。

小苗兒最清閒，喊累了就被佟秋秋塞了一杯桑葚汁，喝得樂顛顛的，瞧見抱著表弟過來的小姨母，高興地揮手喊人。

金雲娘笑著點頭，不打擾外甥們做生意，轉頭去隔壁找兄姊說話。

「這是賣什麼呀？這麼熱鬧。」

「秋秋自己做的果汁。」金巧娘笑道：「沒想到還挺受人喜歡，多虧了妳送的糖。」

「那算什麼。」金雲娘不以為意。「就算有糖，也不是哪個孩子都能想出好招。」

小苗兒捧著一杯過來，拉金雲娘的衣角。「給元茂喝。」

金雲娘哎喲一聲，把錢元茂放下來。「快謝謝表哥。」

「謝謝表哥。」錢元茂奶聲奶氣，兩歲半的娃兒，聞著味道，便迫不及待地就著小苗兒的手舔了一口。

小苗兒嘿嘿直笑，學著平日裡兄姊的樣子道：「元茂乖乖慢慢喝。」

金家幾人都被逗得直笑。

等到日頭高掛，佟香香才呼哧喘氣地趕來，看見佟秋秋幾個正吃著買來的烙餅，木桶被放在一邊，急忙道：「我來晚了，賣出去沒有？」

佟秋秋笑著遞上一塊烙餅。「都賣完啦！」

「真的呀！」佟香香也跟著高興，擺著手推拒。「我吃了早飯才出門的。」

「特意留給妳的。」佟秋秋把餅塞進她手裡，又從布兜裡掏出五文錢給她。

這回，佟香香紅了臉，縮著手不肯要。「秋秋姊，妳這是做什麼？」

「快接著，這是妳幫我忙的工錢。既然掙到錢了，當然要給。」

「我就摘個桑葚、磨了幾根竹筒而已，還沒半天工夫。」佟香香有些羞赧。

「這是妳幹活換來，應得的。小苗兒都給了兩文呢。」佟秋秋故作生氣。「妳不要，下回不好叫妳幫忙了。」
被點到名的小苗兒眉飛色舞地揚了揚自己的手心。他也是有錢的娃了，回家就要娘替他縫個錢袋。
佟香香這才慢吞吞地接過錢，覺得佟秋秋有好處都想著她，眨了眨有些痠的眼睛，決定下次定要更賣力幹活。
「那下回有什麼難幹的活兒，記得交給我呀。」
「好。」佟秋秋拍拍佟香香的肩。真有什麼難幹的活兒，也不能交給一個小姑娘，但還是答應下來。「快吃吧，烙餅都要涼了。」
吃完餅，佟秋秋逛逛大集，去錢家鋪子買了糖。今兒小姨夫錢宗淮看鋪子，不僅抹去了幾文錢，還送了許多碎渣糖末，打趣道是他做小姨夫的一點心意。
「那謝過小姨夫了。」佟秋秋笑著接過糖，看著這些深棕色的糖塊，猜想這應該是用甘蔗熬出，卻沒有析出雜質的糖漿凝固而成的。
離開錢家糖鋪，佟秋秋拿出一塊糖塞進佟香香嘴裡，讓她甜甜嘴。
佟香香來不及拒絕，只好紅著臉含了糖，甜甜的味道沁入心裡。
買完糖，佟秋秋又陪著佟香香買了線，才去找娘和兩個弟弟，一起回家去。
金巧娘割了半斤肉，金大川硬塞了根帶肉的骨頭給她。見女兒又要推辭，板著臉道：
「喝了孩子們孝敬的果汁，我這做外公的給一根骨頭怎麼了？」

「爹說的什麼話。」金巧娘無奈接過。再推拒，就顯得她這個做女兒的跟父親生分了。

「回家就有肉吃嘍！」小苗兒格外高興，覺得今天是他最最開心的一天，掙到了錢，還有肉吃。

到家後，金巧娘點燃柴禾，把骨頭敲碎，和著蘿蔔放入陶罐，埋在灶膛裡煨著。

吃晚飯時，每個人都分到了一碗蘿蔔骨頭湯，噴香的滋味，讓佟秋秋滿足地睡了個美美的覺。

村裡沒什麼打發工夫的事，各家一點新鮮事，就變成了嘴邊的話頭。佟家二房的丫頭做起了買賣，而且據去過大集的人說，那天生意可是好得很。

曾大燕聽說了，在家裡罵罵咧咧。「野丫頭，跟她娘一樣不安分，傷風敗俗，看她能有個什麼好下場。」還在記恨佟秋秋害得她那天沒臉。

佟香香拿著一把大掃帚掃地，日頭正烈，照得空氣裡都是灰塵。

「呸呸呸！」曾大燕在地上吐了口唾沫，上來就擰佟香香的耳朵。「妳掃的什麼地啊？要嗆死我。一點兒活都不會幹，叫妳在家吃白飯！」

佟香香耳朵刺痛，也不頂嘴反抗。她知道，只要她頂一句嘴，就不是擰個耳朵了事，還會餓肚子。

昨兒之所以去遲，就是發現她藏錢的地方空了，心痛得要死，到處翻都找不到，曉得摘棉花的錢是被大伯母摸了去。現在她手裡就藏了昨兒佟秋秋給的幾文錢，捨不得離身了。

曾大燕見她這副傻子模樣，沒好氣地推開她。「別在老娘跟前礙眼。」

佟香香悶著頭走到門口，碰到回來的堂姊佟貞貞，低頭叫了聲。「貞貞姊。」

佟貞貞無可無不可地應了一聲，拿著手絹，自顧自進了屋。

佟香香挨著門邊溜出了門，離得遠了些，就跑起來。

她摸出昨天分別時佟秋秋塞進她手裡的碎糖粒，把糖又敲得更碎了些，飛快地把一小點碎糖放入嘴裡，死水一樣的眼睛有了神采。

路上碰見季子旦，佟香香被他攔下來。

季子旦好奇地問：「佟秋秋弄了什麼水在賣？」

佟香香扭頭，不理睬他。「關你什麼事。」

季子旦抓抓頭髮。「我這不是好奇嗎？妳是佟秋秋的跟屁蟲，肯定知道。」

他一個男人卻落在佟秋秋那野丫頭後面。野丫頭掙到錢了，他不能比小姑娘沒出息。

「我就跟著秋秋姊怎麼了，你想跟都沒份。」佟香香被說成是跟屁蟲，一點不生氣，哼了一聲，撒腿跑了。

「嘿，我倒要瞧瞧你們搞的什麼花樣。」季子旦沒放過，跑著跟在她身後了。

被惦記的佟秋秋剛給後院的菜地澆完水。夏天裡，菜地容易乾，現在每天早晚澆水。天上的日頭火辣辣，佟秋秋坐在竹林裡的一塊石頭上吹風，旁邊的雞正在自己啄食。她在想，桑葚汁的買賣若在甜水村大集做，就得每個月等。可最近的就是這處大集，要去縣裡，走路去得花一個時辰……

「姊，我瞧見魚啦！」小苗兒的叫聲傳來。

佟秋秋家的屋後是一片竹林，穿過竹林，往右幾十尺，就是個碧波蕩漾的小河塘。這會兒，佟小樹、小苗兒和栓子在河邊洗腳，貪這點涼爽，便被他們發現了魚兒游動的影子。

佟秋秋咚咚咚跑過去，眼見著魚兒沒了影，恨不得一頭扎進水中，把魚撈到懷裡來。可惜可惜，懾於親娘的摧花之手，沒膽子。

她舔了舔嘴唇，剛吃上肉骨頭，就想吃魚了。盯著湖水一會兒，眼珠轉了轉，轉向身後的竹林沈思一下，一拍腦袋，怎麼把那個法子忘了？

佟秋秋的手蠢蠢欲動，就要去拿刀。在異世時，她曾經見識過一個生存達人弄陷阱捕魚，當時想著，要是她上輩子知道這法子，也不至於摸個魚把自己弄死啊，便記在心裡。沒承想，她真有回來的一天，記憶中的方法也能實現了。

佟小樹見佟秋秋那表情，就知道她想抓魚了，無奈道：「姊，妳可別下水。」

小苗兒附和，跑過來用小手拽她衣角。

「放心，我不下水。」佟秋秋道。

佟小樹和小苗兒兩兄弟，外加栓子，全都丈二金剛摸不著頭腦。

佟秋秋又想了想，把方法大致說了一遍。「咱們先做一個試試。」又抬腿往家裡跑。

「我去拿鋤頭和刀。」

這時，佟香香和季子旦一前一後來了，瞧見她步履飛快地離開，疑惑地問留下來的人。

「幹麼去啊？跑這麼快。」

「秋秋說要捕魚。」栓子摸了摸頭，聽說要捕魚也好奇。

佟小樹心想，只要他姊不下水摸魚，他就沒有意見；小苗兒已經露出牙花，對他姊很有自信，心裡叫喚著有魚吃嘍。

季子旦抖著腿。「你們就跟著她胡混。」

佟小樹瞥他一眼。「沒叫你攙和。」

佟香香撇嘴。「你來這裡看什麼戲啊？」

季子旦嘴壞，但等佟秋秋拿來工具，要分配任務時，就趕著參與，挖坑挖得極賣力氣。

佟秋秋砍了一根竹子，再把竹子每三節砍一段，然後把每一段的竹節打通。做好這些，見季子旦已經挖得差不多了，就道：「不用挖太深。」怕小孩不注意掉下去。

而後，她把挨著河那邊的土扒推到一邊，竹筒架在河與坑上，又用泥巴固定，再往坑裡注點水。

「這樣就行了？」季子旦覺得被佟秋秋耍了。還必須放點餌料。佟秋秋就著河邊的水洗手，出聲問：「你們誰家有豆餅？」

現在這條件，她沒辦法加工做好一點的餌料。豆餅就不錯，村裡常見，用起來簡單方便，可惜她家沒有。

「妳不會是想騙我的豆餅吧？」季子旦一臉「妳這個黑心肝」的譴責表情。今早，他家正好吃豆餅。

「就說借不借。你不借，我找別家借去。」佟秋秋一臉「用你家的是你走了大運」的表情。「我明白告訴你，我還真不確定能捕到魚。但萬一捕到了呢，你不願意出力，到時候怎麼好意思和咱們分魚啊？」

季子旦哼了一聲。「妳等著。」

等季子旦拿來豆餅，佟秋秋回去把豆餅捏碎成小粒，用小火炒香盛出。她取了一點她娘紅木箱子裡存的麵粉，和豆餅裹在一起，加點水攪拌均勻，揉捏擠壓成一小塊、一小塊的。

「姊，妳怎麼知道這樣做能當魚餌？」小苗兒問。

「有一次我在河邊吃豆餅，順手在河面上撒了點，突然見一條魚出來吃了，便記在心裡。想著，光豆餅碎屑就這樣，那我把它炒香，豈不更能吸引魚來？」佟秋秋醞釀許久，這會兒張口就編，心裡為自己抹了一把汗。

「姊姊真聰明。」小苗兒這小馬屁精開始拍馬屁。

最後，佟秋秋在這堆小孩的目光下，把少許餌料抹在竹筒裡側，其餘的撒在挖出來的水坑裡。最後，再用小苗兒和佟香香折來的竹枝、竹葉蓋住坑口。

「明天咱們再來看看有沒有收穫。」佟秋秋宣佈完工。

做好陷阱，日頭也快落山了，佟秋秋領著兩個弟弟回家做飯。

佟秋秋在灶間忙活，忽然聽見外頭有人喊。

她在圍裙上擦了擦手，到前屋就看見一個約莫十五歲，穿淡黃色衣裙、雙螺髻上戴著紫色絹花的姑娘等在門口。

「秋秋，我找妳有點事，方便進來嗎？」

等這姑娘開口，佟秋秋才想起，她是季族長家的孫女季雲芝，平常很少出來和村裡其他小女孩一起玩，一下子認不出也不奇怪。

「哦哦，雲芝姊姊進來。有什麼事？」

季雲芝見這屋子打理得齊齊整整、乾乾淨淨，對自己的打算滿意了幾分，道：「我想從妳這裡買果汁……」

昨兒三叔家的小堂弟在大集上買了果汁，分給大家嚐，小嘴叭叭地說如何如何好喝。起初她不以為意，村裡的東西能有多好？但堂弟的好意不好推拒，只矜持地略沾了沾唇，沒想到便讓她品到清香的果味，抿唇輕嚐一下，竟是說不出的酸甜適口。

趕巧，七太爺家的表姑姑來扶溪村做客。這表姑姑是七太爺的外孫女，父親任府學教授，久居府城，自然見多了好東西。她正為想不到用什麼特別吃食招待為難，就嚐到這果汁，想著雖然算不得什麼，也是鄉裡野趣，遂有了今日這一趟。

生意送上門，佟秋秋挺高興。時間是有點趕，但也來得及，商量好明日巳時交貨。送走季雲芝，佟秋秋忙得腳打後腦勺，飛快做好飯溫在鍋裡，便帶著佟小樹、小苗兒去摘桑葚。

金巧娘從田裡回來，就見幾個孩子在洗桑葚。「明兒不是大集，怎麼今天就在弄了？」

佟秋秋眉開眼笑地說了季雲芝訂桑葚汁的事。

隨後，一家人一起吃了飯，金巧娘搭把手，才在天黑前把桑葚汁做好，放入栓子家的井裡吊著。

緊趕慢趕地忙活，第二天收到的銅錢卻是實打實的。佟秋秋覺得這實在是個好開頭，要是以後能在家門口做生意，就輕省多了。

又賺了錢的佟秋秋，中午看到陷阱裡的收穫時，心情更美妙。

「哇啊！」栓子和季子旦驚訝出聲，佟秋秋心裡也頗有成就感，沒想到試驗成功了。

「魚呀，好多魚。」小苗兒眼睛亮晶晶。

佟秋秋把幾條才手指頭長的小魚放回河裡。季子旦可惜了一聲，佟秋秋就道：「咱們等牠大了再吃不香嗎？」野生野長的魚大尾，不用在意那點小魚。

「說的好像妳想吃，牠就會回來似的。」季子旦哼了聲，但也沒阻止的意思。

佟秋秋看出來了，這是個不嘴賤一下就不舒服的娃。

一人分一條魚，還多一條。佟秋秋想了想，道：「大旦、香香、栓子，你們三個先拿魚回家。多的那條，咱們中午加菜。」

季子旦和栓子眼疾手快，各挑了條大的，等不及問怎麼個加菜法，就高興地帶魚走了。

佟小樹見兩條最大的被挑走，為佟香香急，見她非但不拿大的，反而拿了最小的，忙指著盆裡那條最大的叫她拿。

「這條就好。」佟香香抿著嘴，對佟小樹笑了笑，用枝條串了魚走。

「怎麼就不聽呢？」佟小樹念叨一句，抱起剩下的魚，先回家去。

小苗兒在後頭又蹦又跳地叫喚。「吃魚嘍！」

佟秋秋跟在兩個弟弟後面，瞅著佟香香遠去的背影，若有所思。

第六章

曾大燕見佟香香帶了一條魚回來，哎喲一聲，伸手接過。

「哪來的？在池塘裡摸的？比秋秋那野丫頭有能耐啊。剛好這幾天妳大貴哥讀書費腦子，好好補補。」

「秋秋姊給的。」佟香香咬了咬唇。她就曉得，就算是她拿回來的魚，也沒她的分，說完便跑了。

曾大燕轉眼發現佟香香不見人影，嘴裡又開始罵罵咧咧。「哼，那個野丫頭，要魚不要命了。算她還有點良心。」

要是佟秋秋知道她大伯母以為她讓佟香香送魚回來是賠禮道歉的，估計會呵呵兩聲，那真是個誤會！

「拿去。呆頭呆腦的，要不是秋秋帶著你，你能分到魚？」吳永見兒子帶回一條魚，問清楚情況，叫他端兩塊今兒做的豆腐去佟家。

季子旦則帶來一盤豆餅，磨磨唧唧地說：「今天就這些，妳將就一下。」他娘一腳將他踹出門，非要他來謝佟秋秋，他的嘴都要撇到天上去了。

這會兒佟秋秋已經殺好魚，抹上鹽醃了，見他倆帶來的東西，笑道：「這麼客氣。」
佟香香空手來的，捏著手指，紅了臉。
佟秋秋看到她臉上的窘色，便說：「前兒我才和大伯母吵過架呢，她要叫妳送東西上門，那太陽得打西邊出來。」
話落，佟秋秋將竹筒中間劈出一個口，清洗乾淨，把醃好的魚抹上一點油，再切豆腐。
「這是幹什麼？」季子旦盯著她的動作，一愣一愣。
「做竹筒魚湯。」佟秋秋說著，指揮他們去河邊生火。
季子旦舔舔唇，忙不迭地去了。
火生好了，佟秋秋把竹筒架在火堆上，先把魚的兩面煎得焦黃，加入蔥薑蒜辣椒，把豆腐塊倒入其中，注水後蓋上竹蓋，又用一個清洗乾淨的竹筒來放豆餅。
煙霧裊裊，烤了兩刻鐘後，魚香飄了出來，一個個開始猛吸鼻子。
習慣早晚兩頓的孩子們，這會兒肚子卻受不住地咕咕叫起來，盼星星盼月亮，終於等到佟秋秋用竹葉揭開蓋子，用筷子戳了戳說：「可以了。」
幾人就著清洗好、劈成兩半的竹筒和竹筷，紛紛動筷子挾魚肉。
佟秋秋見小苗兒小胳膊小手的，怕他年紀小著急，來不及挑魚刺便吞，只能眼明手快地幫他挾了塊魚肚皮上的肉，挑完刺給他先解解饞，嘴裡念叨。「你們吃慢點，別讓魚刺卡在喉嚨裡了。」

幾人哪裡聽得進去，筷子都要使出殘影，轉眼魚肚肉就沒了。那魚香味誘得他們動作急了些，之後便放慢下來，就著烤熱的豆餅嚼得噴香。

「姊，妳吃，我來。」佟小樹見佟秋秋沒吃幾口，過來幫小苗兒挑魚刺。

佟秋秋笑著應了，才開始品味這帶有獨特竹子清香的魚湯，心想要是再加點枸杞，那就更好了。

佟香香把豆餅搗碎，就著魚肉和魚湯，吃得嘴角帶油光，心想真好吃啊。吃著吃著，鼻頭便有些酸，要是奶奶還在就好了，她不會被大伯母苛待，回家也能吃上魚。

季子旦吃飽喝足，看佟秋秋的眼神不一樣了。「妳還挺有本事的。」他沒吃過這麼好吃的飯，感覺他娘那廚藝也就比豬食強點。

佟秋秋瞥他一眼。「還曉得吃人嘴短，看來有救。」

咂嘴回味的季子旦，這會兒飽了嘴福也不惱，眼睛盯著河邊的陷阱瞧，瞧著瞧著，心裡燃起了一把火。要是多弄幾個這樣的陷阱，能吃上魚不說，還可掙不少錢吧？

佟秋秋吃飽，犯了懶勁，坐在一邊讓他們幾個善後。

其中，季子旦最勤快，叫他熄火就熄火，叫他挖土就把土往火堆裡填，還用腳踩得平平整整。

佟小樹等人見狀，乾脆全交給他幹，自己坐下歇息。

佟秋秋瞅著季子旦這殷勤勁，覺得肯定有事。她在心裡琢磨了下，有了猜測，而後嘴角翹起，真是打瞌睡遇枕頭，一舉雙得，就等著魚兒上鉤。

季子旦忙完，瞟佟秋秋一眼，見她笑得跟偷了魚吃的貓似的，搓搓手，趁著佟秋秋心情好，正是說的好時機啊，於是便上前。

「佟秋秋，跟妳商量一件事？」

「什麼事啊？」這時若有人給佟秋秋一根牙籤，她能剔出有錢老爺的氣勢來。

「抓魚的法子，咱們先瞞著。」季子旦覺得其餘幾人不成問題，只需要問佟秋秋這個想出法子的人。「咱們可以多做幾個這樣的陷阱，到大集上賣魚。」

「你很有想法嘛。」佟秋秋一副讚賞的表情，還點他道：「那賺錢怎麼分？」

「妳指點，我出主力，豆餅也由我出，各占三成。其餘人幫忙，得一成。」季子旦說完，轉頭問其他人。「你們覺得行嗎？」

栓子聽季子旦如此一說，有些意動。佟香香則覺得她跟著佟秋秋占了大便宜，可季子旦奸猾啊，占的分額能跟她姊相比了。

佟小樹和小苗兒都看著佟秋秋。法子是由她想出來的，答不答應，得她說了算。

佟秋秋看季子旦腦子靈活，吃水還不忘挖井人，讓他們家占了一半，心裡滿意，推拒道：「我也不要占三成，和其他人一樣，占一成就行。多的都給你。」

季子旦一聽，咧開了嘴。「哎喲，佟秋秋妳辦事就是爽快！」佟秋秋姊弟占了一半，再加上佟香香這丫頭，就是六成，他還有些肉痛呢。沒想到，佟秋秋對他這般大方，頓覺驚喜，沒把好處往外推的道理。

佟秋秋一臉算你走運的表情，又問：「你在季家族學上過幾年學吧？」

「兩年。怎麼了？」季子旦摸著後腦勺。

季家族裡的孩子可以不用交束脩，在族學上三年課。三年後，資質好的繼續上學，族裡繼續資助；資質一般、家裡沒錢繼續學的，也能出外當個帳房學徒，或是夥計。最差便是回家勞作，也比當睜眼瞎強。

正是這個緣故，讓季姓孩子的說話底氣都不一樣。

季家族學也收村裡的外姓孩子和其他村來求學的，不過，這就需要交束脩了。

佟秋秋暗暗瞥了眼一旁的佟小樹，見這娃手裡玩著的竹籤都停下來，雖然沒有看向這邊，但仔細一瞧，便能發現他正豎著耳朵聽呢。

佟秋秋心裡嘆口氣，都是窮鬧的。佟小樹肯定渴望讀書，只是懂事，自尊心又強，從不願給家裡添麻煩，這才不說。

她大伯家的堂弟佟大貴那小胖子在季家族學念書，見到他們這些堂兄弟姊妹，就一副斜眼的高傲模樣，佟小樹從不湊到他跟前去。

佟秋秋收回目光，看季子旦也不是個蠢的，這麼好的機會不把握。但一想，他家中只有娘和姊姊，爹早年病死，怕是惦記家裡，要替家裡減輕擔子，遂不忍戳破。

「認的字還記得不？」

「當然。」季子旦哪能叫佟秋秋小瞧，嘴裡索利說完，又有些心虛，他好久沒碰書了。

「厲害呀。」佟秋秋一臉對他刮目相看的表情。

「那是。」還沒被人這樣誇過的季子旦，挺了挺胸脯。

「這麼厲害，教教我們肯定不成問題吧？」

「那肯定……」嗯？剛才她說了什麼？教?!季子旦恨不得吞了自己的舌頭。

佟秋秋打蛇隨棍上，一拍巴掌。「爽快！我那不要的分成就當交了束脩。從明兒起，你抽空教我們幾個認字。」

她一副鄉下姑娘沒見識的模樣，卻極有心計地安排得明明白白。「那什麼《千字文》的，一邊教我們背、一邊學字。」本來打算賺夠了錢，她再送兩個弟弟去讀書。現在一想，賺錢和讀書完全可以一起進行。

佟小樹眼睛一亮，目光灼灼地看著季子旦。

這下，佟香香瞧季子旦也順眼了。「你還有點用嘛。」

栓子摸摸頭，大家都覺得好，那他也跟著學吧。

被所有人矚目的季子旦氣結。就知道佟秋秋的好處燙手，說出口的話又收不回來。

一會兒後，季子旦火燒屁股地回家。「娘，我的書還在不？」

「什麼書？」季子旦的娘抄著燒火棍出來。「你還惦記書呢，不是拿去墊桌角了？」

季子旦用兩根手指捏出桌角下髒兮兮的書，流出慘痛的淚水，咬著拳頭，重新一頁頁仔細翻看起來。

吹出去的牛，跪著也要圓滿了。

那廂季子旦苦大仇深，這邊佟秋秋正美滋滋地看著自家盆裡的三條肥魚。

她摸了摸下巴，決定一條留著晚上娘下田回來時紅燒。其餘兩條，一條醃了做魚乾，一條剁碎了做辣魚醬，平日配著飯吃就是極好。

這天傍晚，幾人的家裡都飄出了魚香。

相較於其他幾家吃得歡喜，佟香香看著碗裡彷彿施捨般的一勺魚湯，默默吃了。

大伯佟保忠吃著飯，對於媳婦分配吃食的方式似無知無覺般，愜意地喝著一杯小酒。

曾大燕把魚肚皮都挑到小兒子佟大貴碗裡，心疼不已。「哎喲，讀書吃苦了吧，多吃點。」滿臉的笑都要溢出來。

她生了兩兒一女，大兒子佟大富今年十七，大女兒佟貞貞十五，小兒子佟大貴九歲。以前沒錢讓大兒上學，大兒也就這樣了，如今就指望小兒出息了。

佟大富知道娘偏疼小弟，盼著他讀出名堂幫她長臉，習以為常，只是伸出筷子的動作仍然又快又準。

佟貞貞用筷子戳著碗裡的魚背脊肉，撇了撇嘴。不就是條魚嘛，就知道偏心小弟。

嚐到了好處，接下來幾天，季子旦帶著幾人，開始尋找隱蔽的位置做陷阱。

大集前一天，佟秋秋提醒季子旦。「明兒可得早點起來。對了，你要怎麼把魚送去？魚可不輕。」現在她和季子旦家的水缸都裝滿了，就等著明天去賣呢。

「雞公車我找我四叔家借好了，明兒來妳家拿魚。」季子旦說著，嘿嘿笑了兩聲，瞅著佟秋秋。「那什麼桑葚汁，我能嚐嚐嗎？」他老聽佟香香幾個說那桑葚汁如何如何好喝，就他沒喝過呢。

「行啊。」佟秋秋見季子旦這段時日認認真真，又弄陷阱抓魚、又是教他們認字的，當天將桑葚汁放進井裡前，替他留了一碗。雖然沒有鎮涼，但也令他喝得直咂嘴。

大集這天，豆腐攤子前的春喜嬸看兒子忙得恨不得多長出一雙手來，就對婆婆笑。

「我說今兒栓子起這麼早幹什麼呢，自家攤子沒來過幾回，倒是幫別人家賣魚去了。」

吳婆婆笑得露出牙。「這樣好，咱們家就這根獨苗，往常叫我們養得嬌了些，該叫他出來做做事。」就算不掙錢，鬧著玩，也能長點本事不是？窩在家裡當姑娘養，以後撐不起家，才真是壞了事。

春喜嬸點頭，眼熱地瞧著。「哎喲，大旦那小子收錢收得索利，也不曉得算錯沒有？」

第一回賣魚這般火紅，叫季子旦心裡火熱，但他知道，要是沒有佟秋秋，就沒這好事。兜裡的銅錢實打實，想著佟秋秋姊弟這幾天學字的勁頭，他也不是沒良心的人，得把這老師當好了。

於是，他去隔壁找族兄弟討教《千字文》忘記的內容，弄清楚了，就每天八個字、八個字教著，比之前教的認真許多。過個幾日，還要挑幾個字考考。

考了一次、兩次後，季子旦懷疑人生，看著佟家姊弟。「你們家的人記性都挺好啊。」接連幾次抽考，這三個人一字不錯，而小苗兒才四歲呢。他對自己教的水準，心裡還是有點數的，根本沒辦法跟先生相提並論，難道真是他們腦袋太聰明？

他轉頭看字寫得缺胳膊少腿，或是乾脆記不起來的栓子和佟香香，心裡才安慰了些。想當年他開蒙的時候，沒少因為記錯字被打手板。

「嘿，過獎過獎，這不是不能浪費你教一回的工夫嗎。」佟秋秋笑，為了不讓自己表現得太突兀，也為了讓兩個弟弟記得牢，每早起床和每晚睡前都帶著他們複習一遍，拿根棍子在地上劃，洗個碗、刷個鍋也能哼上兩句。

栓子和佟香香的臉有些紅，問佟小樹和小苗兒是怎麼記的？

佟小樹如此這般說了，小苗兒還小嘴叭叭地說：「姊還會唱歌呢，把學過的字像歌一樣唱出來。我跟著唱，就記住啦。」

「哎？」幾個沒聽過的，好奇地看著佟秋秋。

「那是為了記住才想出來的。」佟秋秋說著，把季子旦教過的字唱了一遍。

「真好聽。」佟香香跟著哼起來。

佟秋秋呵呵笑了兩聲，有用就成。哼個歌兒，還是調子簡單的，應該不算出格。

在異世的孤兒院，她長大些後，就照顧年紀小的孩子。因為小孩子沒耐心，她就在網上學了《千字文》歌這樣的國學歌曲教他們唱，既有樂趣，還能教教認字，一舉兩得。

後來，收到的效果果然不錯，孩子們上小學時比旁人有基礎，很給孤兒院長臉。因為這個緣故，院長媽媽對她用院裡的廚房做吃食睜一隻眼、閉一隻眼，包容了許多。

異世種種，彷彿還在昨日。佟秋秋不禁想，經歷過的總會留下痕跡，就如她學到的手藝，應該是上天給她的珍貴禮物吧。

「妳的腦子是好，這下我服。」季子旦把書翻開，決定加快，叫佟秋秋趕緊按照這個調子把《千字文》唱完，怪好聽的。

季子旦想到了什麼，一拍腦袋。「我可以教你們九九歌呀。」這是上族學時，先生上算術課教的，也是他覺得最有用的學問，所以記得尤為清楚。

接著，季子旦把九九歌唱了一遍，有些得意地看佟秋秋。看吧，也不就她佟秋秋聰明。

佟秋秋眼睛一亮，她還想著等《千字文》學完，再教幾個娃算術呢。讀書讀不好，頂多考不上功名，要是基本算術都不會，說不定哪日就被忽悠著吃虧，真是瞌睡來了遇枕頭啊。

「讀過書的就是不一樣，懂得真多。」佟秋秋不吝誇讚。

季子旦揚了揚下巴，咳了一聲。「一般一般，也就比你們聰明一些。」

嘿，說他胖還喘上了。佟秋秋心裡一樂，而後帶著兩個弟弟、佟香香、栓子，如好學生般跟著學了起來。

有了佟秋秋這個偽學生充數，幾個娃你追我趕地唱著歌較勁，背得飛快。

季子旦嘖嘖有聲，不由回想當初他上學時，是不是也背得這般快？嗯……那時好像還因為背得結巴，被先生罰過。

季子旦心虛地瞧了小玩伴一眼，個個背得認真，沒人注意他，不由輕呼一口氣。

不過兩天，栓子跟佟香香字還沒認得多少個，就先把兩首歌學會了。

然後，佟小樹幾人學字快了許多。季子旦這個半調子老師當出了點成就感，不需要佟秋秋時不時敲邊鼓，自己便上了心，得空拉著哪個就要考校幾個字。

之前見著季子旦就要拌拌嘴的佟香香，開始想扭頭逃走了。

佟秋秋喜聞樂見的同時，也學得和他們一般快。不能因為她這個冒牌學生，打擊他們學習的自信。

第七章

曉風拂過，耳邊是銀杏樹葉的沙沙聲，伴著小河潺潺的流水聲，靜謐和諧，舒緩人心。

季恆躺在銀杏樹粗大的樹枝上，閉著眼，讓自己融入這舒緩的氛圍中，稍解憂悶。

然而，這時卻來了幾個不速之客。

臥在樹上的季恆瞇著眼假寐，聽著突然傳來的聲音，是幾人唱著歌而來。

罷了，也不算太刺耳。

「這兒魚好多呀，還是秋秋姊會選地方。」一個女聲說道。

「今晚讓我姊做紅燒魚吃。」是稚嫩的童音，說完便吸溜了口水。

「小苗兒，別說了，口水要流下來了。」幾個少年男女紛雜的聲音響起。

季恆微微側頭瞥了一眼。

有抓魚的、有拿竹簍的，個個歡快地做著自己的事，唯有那個上次掛在樹上亂撲騰的小姑娘，閒適地蹺著腳坐在石頭上，時不時指手畫腳。

「小苗兒別下去，在外邊守著竹簍就行了；大旦，你急什麼呀，魚又不會跑，別滑到河裡；哎，香香……」

季恆又閉上眼睛，清脆的女孩聲音響個不停，捏著枝條的手腕微微抬起，手指一彈——

啪！是枝條砸在某人頭頂上的聲音。

佟秋秋哎喲叫了一下，摸摸腦袋，見是一根枝條。

「砸在頭上還怪疼的。」佟秋秋抬頭瞧瞧頭頂，沒發現異狀，覺得自己有些倒楣，這樣都能砸到她。

她輕拍銀杏粗壯的樹幹。「怎麼能把樹枝掉在女孩子頭上呢？這樣沒有風度，將來娶不到媳婦的。」

在後面銀杏樹上躺著的季恆無語。「……」

不知過了多久，聲音漸漸遠去，他再轉頭看時，已經沒了那些人的蹤影。

須臾過後，他一躍跳下樹，朝剛才幾個孩子折騰的地方走去，拿起竹葉蓋，駐足打量片刻，眉梢挑了挑。

「小腦袋瓜倒是機靈。」

他把竹葉原封不動地蓋好，轉身離開。

季恆回到自己的院子，拿著茶壺，剛想給自己斟杯茶，倒出來的卻是紫色汁水，帶著一點淡淡的果香。

丁一想起來道：「是表小姐送來的，說是在雲芝姑娘那裡做客，喝到這果汁，覺得有點野趣，滋味還不錯，遂也買了些來，送來讓少爺嚐嚐。」

季恆擱下茶壺。「換一壺茶水來。」

「是。」丁一答應一聲，麻溜地收拾茶壺杯盞，下去換茶，心裡不由搖了搖頭。

表小姐的心思昭然若揭，可惜他們家少爺是塊石頭。

這邊廂，佟秋秋在家就做了幾單果汁生意，每天睡前都樂得要數一遍錢。

隨後連著兩次大集，佟秋秋發揮了小苗兒小吃貨的招人本事，每次準備的果汁售賣一空。季子旦幾個也已輕車熟路，做起買賣越來越得心應手。

又到了期盼已久的大集日，季子旦他們賣魚攤的生意興隆，佟秋秋這邊就慘淡許多。

看著小苗兒蔫頭耷腦的小模樣，佟秋秋摸摸他的頭。「咱們小苗兒最好，幫了姊大忙。生意不好，咱們想辦法，可不能遇到一點小挫折就喪氣。」

佟小樹看看被他姊幾句話又說得挺起小胸脯的小苗兒，瞥了西北角那個攤子一眼。

佟秋秋的目光也朝那邊掃過。生意不如前幾次，原因很簡單，也有人賣起了桑葚汁。

桑葚汁確實沒什麼高深技術，除了薄荷可能不知道，其他的配料一琢磨，也就猜出來了，她心裡早有準備。

當初沒本錢，才想出這個最便宜的招數。只是沒料到大家學得這麼快，她本想著行情好，可以再賣幾回呢，大概是這段時日賣得好，惹人眼紅了。

過了一個時辰，還剩下小半桶。人家賣得比她便宜，她賣一文，人家就賣一文兩杯，但滋味許是比不上她這邊，不然她準賣不出了。

好歹還賺了點，佟秋秋安慰自己。幸好桑甚不要錢，不然得虧慘了。

值得欣慰的是，季子旦的魚攤生意還不錯，佟香香跟栓子在那邊幫忙，熱得汗津津，好不容易賣完了，這會兒正收拾攤子呢。

佟秋秋讓佟小樹去叫表兄弟姊妹們。她打了四杯果汁遞給季子旦，讓他們解解渴。

季子旦的姊姊不像她娘是個潑辣的，也不像她弟嗆嗆呼呼，是個靦覥的姑娘，十五、六歲的年紀，弟弟塞了一杯果汁給她，推拒不得，道了謝，紅著臉對著佟秋秋笑。

沒一會兒，一個姑娘和兩個小子跟在佟小樹後頭過來，又是一番表兄弟姊妹的問候。

姑娘是佟秋秋的大表姊金惠容，今年十六，是大舅母生的；大點的小子金百順和佟小樹同年紀，今年八歲，是金惠容的弟弟。小點的叫金百吉，今年六歲，是小舅金波家的。金惠容還有一個雙胞胎的兄弟金百昌，今兒沒來。

「妳大表哥跟著爺爺去田裡了。」金惠容笑道：「前次妳叫我爹帶回來的幾竹筒，都讓我們分了。早好奇妳怎麼做生意的，想來看看卻被奶奶攔住，說我們來了吵吵鬧鬧的，耽誤生意。」

「是外婆心疼我。你們得空了就來，不礙事。」佟秋秋把果汁遞給他們。「今兒剩下一些，請你們來幫我清清存貨。」

金百吉接過竹筒喝著，對著今兒看攤子的老爹做了個鬼臉，惹得金波想揍他。

金波心疼外甥女今日生意不好，他可聽爹和大哥說了，前幾次都賣光，生意好得很。

金百順小口小口地喝著，好奇道：「這麼好喝，怎麼會賣不完？」

金惠容拍拍他的腦袋，指著斜對面那個攤子。「人家跟著做呢。」她來的時候就發現了，這會兒還在叫賣。

「大表姊的眼力真好。」佟秋秋對金惠容豎起大拇指。

「我常來這大集，見多了搶生意的。」金惠容見佟秋秋沒有半分氣餒和介懷的樣子，便問：「妳就不擔心將來怎麼辦？還要不要繼續做？」

「要做要做，真好喝呀！」金百吉叫道。這樣的好東西，怎麼能不做呢？

「別搗亂。」金波過來，在他小腦袋瓜上輕拍了下，擔憂地看著外甥女。

佟小樹也瞧他姊，怪自己無能，沒有好主意。

一想到那落地的桑葚，佟秋秋大為可惜，該怎麼再利用一下？

忽然間，她叩了叩腦門。

「有了！」

一會兒後，佟秋秋收了攤，買點肉給家裡開葷，還沒到巳時，便推雞公車回去。

佟小樹見他姊到了家，就拿出半袋子豌豆，抖進大木盆裡，又要去倒水，忙道：「姊，妳做什麼？用掉這麼多豌豆，不怕挨娘的揍？」

這些時日，他姊又是買果汁、又是捕魚來賣，但全是無本生意。這下用這麼多豌豆，他不由有些擔心，要是有個萬一，他姊就慘了。

「沒事，用了再補上。」佟秋秋手裡有賣果汁和賣魚分的半兩多銀子，這便是有了錢的底氣。

趁著今日天氣好、日頭大，佟秋秋趕緊把豌豆洗淨浸泡。泡好後，便拿擀麵杖搗碎。佟小樹還能怎麼辦？只能同流合污了，擼起袖子幫他姊的忙。

小苗兒自己給自己找活兒幹，在旁邊替兄姊搧風。

為了多弄出些澱粉，佟秋秋只能儘量將豌豆搗得稀碎，胳膊都痠了。

片刻後，她終於把豌豆弄成綠色糊糊，把手洗淨，再加清水搓洗，而後用紗布濾掉殘渣。待靜置幾個時辰之後，倒掉多餘的水，風乾即可得到豌豆澱粉。

日暮西山，金巧娘從田裡歸來，就見自家廚房旁邊的木架上晾著一團團像白牆粉一樣的東西。好奇地打量兩眼，心知定是佟秋秋那丫頭弄的玩意兒。

「娘回來啦！」佟秋秋聽見動靜，滿臉堆笑地跑出來。「今兒煨肉粥，清炒豆角，還煮了絲瓜，就等著娘吃飯呢。」

瞅女兒這諂媚樣，金巧娘依著她安排，洗手上桌吃飯。

三個娃今日格外聽話，乖乖看著她笑。她按兵不動，等著他們自投羅網。

佟秋秋坦白從寬。「娘，我把咱們家的豌豆用光了。」見她娘看過來，忙說了做新鮮吃食的主意。「娘放心，我定會補上。」

見老娘沒有生氣，佟秋秋打蛇隨棍上。「到時候賣得好，娘幫我去別家收些豌豆。」最好是拉著老娘一起做買賣，那就是「沆瀣一氣」的一家人啦。

「看妳賣得怎麼樣再說。」金巧娘哼了聲。

「那就這樣說好啦。」佟秋秋端起肉粥，美滋滋地吃了起來。

佟小樹喝著用陶罐煨的肉粥，心裡熨貼，以前作夢都不曉得自己可以如此滿足地吃上肉。他看著正笑咪咪吃肉粥，還念叨著缺了點佐粥酸菜的姊姊，不由露出笑來。

小苗兒吃得飯碗見底，打了一個小嗝，用筷子在碗底刮了刮，含在嘴裡吮乾淨。

金巧娘品著嘴裡香軟的粥，看著三個孩子自己幹活、自己吃飽的饜足模樣，一時思緒飄遠。好久不曾想起，當年她賣麵掙到第一筆錢，高興得像隻第一次學會飛的鴿子，那種滿足至今難忘。

如今……金巧娘打量圍著打轉了十多年的家，竟生出悵惘來。

飯罷，佟秋秋把風乾後的豌豆澱粉捏碎裝進布袋，再把布袋放進缸裡，用蓋子蓋好，如此才放心。不然要是被老鼠啃了，她找誰哭去？

第二日吃了早飯，佟秋秋帶著佟小樹去摘桑葚和薄荷葉。

灶裡點上小火，佟秋秋把乾淨的水、桑葚、薄荷和糖塊加入鍋中煮，用鍋鏟慢慢攪拌。循環往復，昨兒累得胳膊痠，今兒就有點使不上力。佟小樹看著灶上的活，見他姊齜牙咧嘴的模樣，就和她接替著攪拌。

好不容易將鍋裡的桑葚熬化，佟秋秋讓小樹歇著，拿紗布濾掉殘渣，而後加入豌豆澱粉，一邊煮、一邊攪拌。待果汁變得濃稠以後，也不用模具，直接倒入木桶中。

「又要借栓子家的井一用了。」沒口井真不方便，佟秋秋心裡的小本本又添了樣將來家裡要置辦的東西。

日暮西山，佟秋秋拿了竹籤、碗和勺子去栓子家。

春喜嬸看見佟秋秋就歡喜。之前她便仔細從兒子那裡打聽了，抓魚的法子是佟秋秋想出來的，一起玩還能帶玩伴們掙錢，昨日她打開兒子的錢袋，可有近百文啊。

現在她看佟秋秋這娃，覺得人家以前絕不是瘋玩，是腦子靈活，將來絕對差不了，自己和她家交好不虧。

所以，佟秋秋來借用井，她十分熱情，招呼道：「怎麼現在過來，要拿井裡的東西？」

「嗯。」佟秋秋笑著點頭。「我看東西成什麼樣了，待會兒嬸兒和栓子可得嚐嚐。」

春喜嬸心裡熨貼。「那我沾妳的光了。」

栓子一見佟秋秋，便跟在後頭幫忙拉井繩。「做的還是桑葚汁？」

木桶被拉上來，佟秋秋解開綁住木蓋的繩子，揭開木蓋。

栓子盯著裡頭的紫色晶瑩之物，一時忘了言語。「這……」

春喜嬸湊過來瞧了一眼，哎喲一聲。「這是什麼？好漂亮的東西！」她也不知道怎麼形容，就覺得好看得不像給尋常人吃的。她活了半輩子，從未見過這樣好看的吃食。

栓子呆了呆。「佟秋秋，妳怎麼這樣厲害呢！」

佟秋秋看著眼前的果凍，如深紫色寶石晶亮透明，表面覆著一層紫紅汁水，在陽光照耀下，流光溢彩。用鼻子輕輕一嗅，是桑葚濃郁的甜香。

一旁的栓子和春喜嬸忍不住嚥了口口水。

佟秋秋十分滿意，取竹籤輕輕切開果凍，幫春喜嬸、栓子和自己舀了幾勺。

「夠了夠了。」春喜嬸忙擋開她的手，曉得這是要拿去賣的，給多了豈不白費。

三個人細細品嚐，佟秋秋咂咂嘴，嫩滑彈軟，入口即化。就著清涼汁水，酸甜適口，格外鮮爽。

栓子吃得恨不得把舌頭吞掉；春喜嬸嚐了一口，捨不得再吃，撥了一點給兒子，剩下的留下來，給婆婆和丈夫嚐嚐。

佟秋秋滿意了，拿勺子將果凍舀入她帶來的大碗中。苦了什麼也不能苦了自家人，回家讓娘和兩個弟弟嚐鮮。

接著，她蓋上木蓋，用繩子捆好木桶，放進井裡，告辭回家。

此時，小苗兒和佟小樹從河邊回來，一邊走、一邊問他哥。「陷阱裡的魚怎麼越來越少了，是河裡的魚快沒了嗎？」

他有點小失落，魚可是好東西，不僅能做好吃的，還能賣錢。因為魚，他的錢袋鼓起來了，可以買肉買糖。現在他睡前最喜歡的事，就是學他姊數銅錢；數上幾遍，心裡就美。自從弄了這個陷阱，他們每兩天去看一看、放點魚食，最近卻感覺越來越抓不到魚了。

「可能吧。」佟小樹抿嘴。這幾天他總覺得後面有動靜，去看也沒見到什麼人，難道是他聽錯了？

兩兄弟無精打采地回來，見到佟秋秋手裡的東西，眼睛立刻發亮。

佟秋秋留了一碗給金巧娘，擔心佟小樹和小苗兒噎著，把果凍劃成小塊小塊的，再分成兩碗讓他們吃。

在異世時，她就見過孤兒院裡有小孩吃果凍噎住，不過片刻便嘴唇發烏，透不過氣，要不是院長嬤嬤及時趕來急救，命差點沒了。

所以，該小心的還是要小心，尤其是喉嚨細的孩子。

小苗兒吃得兩隻眼睛都瞇起來了，完全忘了魚的事，樂得露出兩排小米牙。佟小樹也嚐得津津有味。

果凍果然是孩子們的最愛呀，不管顏值還是口感，都具極大的吸引力。

佟秋秋看著兩個弟弟吃，看得入神，好一會兒才拍拍腦袋，差點把重要的事忘了，趕緊出門。

「三叔公，保信叔在嗎？」佟秋秋跑到三叔公家門前，就看見三叔公拿一把大蒲扇搖著搧風。

三叔公家人丁興盛，生了五個兒子都養活了。雖然人口多，但家裡和睦，力往一處使，是村裡除了季姓外，為數不多添了耕牛的人家。

「在呢。」三叔公沒多問，朝屋後喊了一聲。「保信，你出來！」

佟保信腳步匆匆地跑過來。「爹，怎麼啦？」

佟秋秋看著精神十足的佟保信，笑道：「保信叔，明兒你和我去梅縣，用牛車送我來回，幫我和弟弟撐場面。不叫你白去，每天我給十五文的工錢。」

據她這段日子的了解，附近村裡的壯丁出來做工，好一點的，一個月能賺四百文左右。她的這份工不累，主要是用三叔公家的牛，就開了這個價。

她也是沒辦法，甜水村大集沒市場，且間隔時日長，要做這個買賣，得去梅縣。但以她現在的身板，再推個雞公車，去一趟最少得花一個時辰，耽誤時間呀，沒有牛車真不行。

這個時候，她就痛心疾首，明明掌握著優厚條件，怎麼扶溪村就沒個渡口？扶溪村和附近的村子沿著大麯河聚居而成，對岸就是梅縣和府城，但沿河河岸亂石堆積、灌木叢生，唯有兩頭尖尖的小漁船能通過，不然就得繞遠路步行。

想帶著貨物乘船沿水路去梅縣，那是作夢！佟秋秋心裡唉聲嘆氣。

另一邊，佟保信心裡激動，雖然讓姪女發工錢有點難為情，但那可是每日十五文啊。他一年到頭沒捏過幾個錢呢，遂一臉希冀地望向他爹。

這段時日，三叔公也知道佟秋秋在大集做生意，現在看她眼神清明，安排得有條有理，略想了想，便點了頭。

佟秋秋高興地和佟保信商量好明兒出發的時辰，才回家去。

到家後，金巧娘親眼見到她做出來的東西，當即拍板，明兒去村裡問哪家還有多的豌豆，幫著買了。

第八章

清晨的空氣帶了絲絲涼意，穿著粗布衣衫、綁著同樣髮型的佟秋秋和佟小樹，眉宇有三分像，一瞧就如小哥兒倆一般。

兩人分坐牛車兩邊，把中間放著的木桶、桌椅等什物護得好好的。

佟保信坐在前面車轅上趕車，沿著大麴河河堤駛去。伴隨著噠噠的牛蹄聲，空氣中混合了泥土的芬芳和綠草的清新，令佟秋秋有種安謐的感覺，閉上眼，享受地深深吸了口氣。

就在這時，一匹馬從她身側疾馳而去，馬蹄落下，塵土飛揚——

「咳咳咳！」佟秋秋吃了一嘴塵土，還被迷了眼，連騎馬的人的側影都沒看清楚，就受了這無妄之災。

佟小樹坐在另外一側，用袖子擋了擋，免受波及。

佟秋秋拿出袖中的帕子擦臉，瞅瞅人家坐在寶馬上，好不瀟灑，她還坐在牛車上吃灰，真是讓人鬱悶。

她朝馬上的背影望去，莫名覺得眼熟，不由問佟保信。「剛剛騎馬過去的是誰啊？」

「妳不認識也正常，那是季七太爺的孫子，不常在村裡走動的。聽村裡的人喚他恆哥兒，大名應該是季恆。馬跑得這麼快，定是有急事。」佟保信笑著回答。

「就是那天砍樹椿的季家少爺。」佟小樹道。不怪他姊不認得，他也是湊巧見過兩回。

佟秋秋想起那天在林子裡砍樹椿的少年，可不知怎的，心裡有種怪異的熟悉感。

路途無聊，架著牛車的佟保信有了談興，回憶道：「這小公子面冷，心卻好著呢。兩年前我大哥去梅縣渡口扛貨賺家用，不小心被從高處掉落的貨砸破頭，當時東家管事不僅不給任何補償，還把大哥趕走。那時真是無處喊冤，幸虧走運遇到季小公子，不僅送大哥去醫館包紮，又用馬車把大哥載回家。」

佟保信說著，就是一嘆。「但是，季家族人太重學業了些，這麼好的小公子，只因不愛讀書愛經商，便受族人挑剔，有些碎嘴的就說什麼小公子上流不走下九流，季七太爺沒了繼承云云，常把可憐掛在嘴上。也不知是誰可憐，人家住在大宅院，不愁吃喝，他們遇到飢荒時，還要靠人家接濟呢……」

佟秋秋兩眼放空地聽著佟保信絮叨，進了梅縣縣城，又行一段路，抵達梅縣東大街。這裡的街道、店鋪都比別處齊整，是梅縣最繁華的街道。

佟保信拴好牛。街道兩旁鋪子、酒館林立，小販叫賣聲此起彼伏，來往行人絡繹不絕。好的位置已經沒了，佟秋秋乾脆在巷口把自家帶來、擦得乾乾淨淨的桌椅擺上，就開張了。

這次沒帶小苗兒來，那麼小的孩子，要是一個不注意被拐走，哭都沒地方哭去。

一切妥當，佟秋秋忽略掉那點奇怪的感覺，收拾好心情，揚起笑容，大聲叫賣起來。

「走過路過不要錯過，寶石一樣透亮晶瑩的果酪，又涼又甜滋味美，只剩最後一桶啦，錯過了悔斷腸喲！」

果酪是佟秋秋取的雅致名稱，一切都為了吸引顧客嘛。

向來老實的佟保信聽了，紅著臉、憋著氣，生怕別人知道姪女說謊。

哪來的最後一桶，明明總共才一桶！若是被人發現他們說謊，會不會被打？

這邊佟保信操碎了心，那邊佟秋秋的吆喝成功吸引一波好奇的過路人，見他們看過來，她適時地揭開桶蓋。

果香味甜絲絲飄出來，看著又晶瑩漂亮，大家瞅了幾眼，正心癢難耐，佟秋秋啪地輕輕蓋上桶蓋，抱拳道：「各位見諒，我這果酪涼絲絲的，夏日吃最好，可不能散了涼氣。」

其中一位紮著頭巾的中年大叔立刻問：「一碗多少錢？」

「五文。」集市上的陽春麵一碗三文錢，她訂的價是高，但賣點就是新鮮。且桑葚過了季，以後若是想做，得買別的水果，成本還不得蹭蹭往上漲，價錢乾脆訂得高些。

佟秋秋高聲道：「各位別覺得貴，咱們獨家秘方，別無分號。口感一絕，嚐了不虧。」

一道清越聲音響起。「玉露晶瑩美不勝收，水晶豆腐不外如是。煩勞姑娘給我一碗。」

佟秋秋抬眼看去，人堆裡不知何時站了搖著摺扇、氣質舒朗的少年，含笑朝佟秋秋點了點頭。

「好！」佟秋秋就喜歡這等爽快的客人，俐落地用竹籤把果酪劃成一小塊一小塊，舀入碗中，再加一勺果汁。

晶瑩透亮的果酪配上清香的紫色汁水，一端上桌便吸引眾人的目光。

少年輕嚐一口，眼睛瞬間亮了，清涼爽滑，酸甜滋味美到心裡，衝佟秋秋讚道：「味道極好，還解熱。」

看熱鬧的眾人本就被那果酪的賣相驚了眼，聽著穿著錦繡、滿身富貴氣的少年如此一說，更好奇其中滋味。有手邊牽著孩子的，孩子個頭矮，佟秋秋揭蓋子時沒瞧見，這會兒看人家吃，眼睛都直了，鬧著要嚐，抓著大人的衣袖猛搖。

「哎喲，你這孩子不曉得柴米貴。多個一文，能叫兩碗陽春麵了。」話雖如此，還是依了孩子，叫了一碗，畢竟大人見了也是新鮮啊。

小孩子是一股龍捲風，吃得美滋滋，遇到認識的娃，便炫耀他吃的東西有多麼了不得。然後，其他小孩不依了，家裡稍有幾個錢的，回家哭爹喊娘，拽著大人來吃，替佟秋秋這小攤做足了生意。

佟秋秋摸了摸良心。有點痛，但很開心是怎麼回事？她果然是當無良奸商的料子。

當天賣完收攤，佟秋秋掙了個兜兒滿。有了錢，她去布店扯了一疋青紗，打算換個新床帳。雖然她如蟑螂般的適應力已經讓她練就躺平任蚊子叮還能呼呼大睡的本事，但身上被叮咬的包是真礙眼，也是真癢啊。

買了布，佟秋秋低頭瞧瞧已經快頂出腳趾頭的鞋，再一想，娘親和兩個弟弟的鞋都是破了補、補了破。好吧，買點做鞋面的布和鞋底料子回去，幫一家子做雙新鞋。

銅錢噼哩啪啦去了大半，她本來還想存一點的，可惜，經過香料鋪沒忍住，那味道一飄過來，她便聯想到許多用香料燉煮的肉食，口水都要流下來。

好了，餘錢都買了香料，一天掙的錢徹底敗完。

佟保信從梅縣回到家，還跟作夢一樣，不知是被佟秋秋掙錢的速度驚呆，還是被她花錢的速度驚呆了。

佟保信跟著佟秋秋去縣裡掙錢，家裡的哥哥跟嫂子們心裡早好奇了，下田回來便打聽。他上頭有仁義禮智四個親哥哥，還有進門的四個嫂子。人口眾多，問話的聲音圍攻而來，讓他立刻從夢中驚醒。

「果真那般賺錢？」大媳婦問小叔子。「你一個來回不到一天工夫，真給了十五文？」

「哎喲，秋秋這丫頭大方得很。」

「有本事呀，像她娘膽子大。要是我，哪敢說去梅縣做生意就去的。」

姪兒跟姪女們也插嘴。「那果酪果真極美味？」

一個又一個問題，佟保信一張嘴說不上來，愣愣地只曉得點頭。

三叔公敲了敲碗。「好了，吃飯。」

老爺子發話，飯桌上才安靜下來。

三叔公見一屋子人都老實了，神情嚴肅地道：「在外口風緊點，不要得意地出去說秋秋掙了多少錢。她小孩子家家的，做點買賣不容易。」

佟保信無言。佟秋秋那生意，做得也沒有很難吧？這樣想，卻不敢說。

其他四個兒子及媳婦們忙不迭點頭。有個愛攪和的曾大燕在，他們也怕把佟秋秋的營生攪黃，老五的活兒便丟了。老五掙的錢大半都交給公中，他們又不傻，遂轉頭叮囑兒女們不要在外亂說。

即便三叔公一家沒說，村裡也有不少人盯著呢，看著佟秋秋搭牛車、載著做買賣的傢伙去縣裡，道這女娃野心不小的同時，都覺得她掙上了錢，不然能折騰到縣裡去？

既然能掙上錢，自家也不比她家缺什麼，就不能幹了？

這不，觀察細些的，就知道她常去摘桑葚，也有曾經在集市上看過佟秋秋做買賣的，合計起來，覺得八成是用桑葚製出的湯飲。桑葚又不要錢，自家試著做做，說不定就多了條賺錢的路子呢。

如此，便有不少人眼熱心動，但大人還要幾分面子，就吩咐自家兒女去。

於是，佟秋秋樂滋滋地賣果酪賺錢、數錢的日子，不過三天便夭折了。

當佟秋秋領著兩個弟弟和佟香香來時，見到的就是姑娘、小子熱熱鬧鬧摘桑葚的情景。人多免不了爭搶，地上踩的、河裡落的，只剩幾顆桑葚稀稀疏疏掛在枝頭。

她稀奇地發現人群中的大堂姊佟貞貞，和攀在樹上、格外顯眼的劉翠兒一家。他們顯眼，是因為一家子出動，劉翠兒她爹劉痞子還教訓旁邊的小姑娘，說人家和他搶位置，說得小姑娘捂臉哭著跑了。

佟貞貞挽著籃子站在外圍，生怕地上的爛果子髒了她的鞋。

之前聽季雲芝說桑葚汁滋味好，還招待了她的表姑姑——季七太爺家的外孫女，那可是府城的官家小姐。這樣的小姐都覺得不錯，那定然是差不了的。

她和季雲芝年紀相仿，兩人常在一處做針線。她看不上村裡那些窮酸姑娘家，一身好衣服都沒有，更別提學刺繡了，她覺得和季雲芝這樣的相交才不跌了身分。

但季雲芝畢竟是季族長家的孫女，父親還是縣衙主簿，尋常用的東西總比她好，她知道比不過，也不去較那個勁。可那次看見季雲芝髮髻上戴的宛如真蝴蝶般的絹花，她第一眼就喜歡上了，聽說是她表姑姑從興東府帶來的新式花樣，就是最便宜的，據說也得幾十文。

季雲芝說了，若她想要，錢準備足了，想辦法幫她帶一朵。

佟貞貞真是極喜歡那絹花，可手裡沒那麼多錢，一直惦記著。她長得比季雲芝好看，要是能有一朵簪在頭上，定是比季雲芝還要出挑。

她正愁沒錢呢，就聽她娘這兩天總念叨佟秋秋那丫頭有心計，悶聲掙了錢，遂有了心思。不然，她才不會去摘什麼桑葚呢。

不就是個桑葚汁，有什麼了不起的？反正桑葚是現成的，趕明兒她做好了，季雲芝也不用去找佟秋秋，找她就成。再者，叫大哥去賣，也不用她拋頭露面，她從中得些錢就好，絹花也就有了。

可是，她萬萬沒想到會有這麼多人來，桑葚早被採得差不多了，還踩得一地骯髒。

佟貞貞後退幾步，跺了跺腳，轉身就要走，便和佟秋秋幾個迎面撞上。

她也不走了，抱怨道：「秋秋呀，有這個巧宗兒，也不早知會大姊一聲。」這樣說著，眼睛盯的卻不是佟秋秋，而是站在佟秋秋身旁的佟香香。

佟秋秋張嘴想刺幾句，瞧了佟貞貞看的方向，又把嘴裡的話嚥下去。她隨口得罪了佟貞貞沒關係，但佟香香還在大伯家生活。

於是，她一臉為難模樣地道：「哎喲，還不是饞肉鬧的。貞貞姊是吃肉吃厭了，哪像我家饞肉饞的喲。早些時候，我和小樹、小苗兒在外面玩，恰巧聞到大伯母家飄出來的肉味，真要香死人了。可就算這樣，我們也沒想上門討口肉吃。」

她對溺水那天的記憶深刻，攤了攤手。「可妳猜怎麼著，我們好好玩著呢，大伯母在窗戶前瞧見我們，像揮趕乞兒似的要我們走。」所以她才下河摸魚的。

佟貞貞臉色脹紅，依照她娘嘴裡對二叔家的嫌棄，這件事八成幹得出來。

「既然饞肉，我們自己掙，我會傻得到處宣揚？」佟秋秋一臉得意。「就算妳問香香，她也不知道我怎麼做的。」

「不說就不說，有什麼大不了的。」佟貞貞走之前，瞥了佟香香一眼。「瞧妳跟屁蟲一樣跟著人家，人家也不拿妳當回事。」

佟香香見佟貞貞走了，心裡輕輕吁了口氣。

「這可怎麼辦？」佟香香心下一鬆，開始擔憂佟秋秋沒了桑葚，做不成生意。

劉痦子媳婦摘了滿背簍的桑葚從樹上下來，瞥見佟秋秋，道：「喲，這不是秋丫頭，妳也來摘桑葚了？可是不巧，都快被摘乾淨了，只得趕明年的嘍。」心裡幸災樂禍，這死丫頭沒了桑葚，絕對做不成買賣。

佟秋秋連面色都沒變一下，和這種渾人有什麼好講的，她不搭話，轉身離開。見佟小樹和佟香香擔憂的眼神，笑道：「這有什麼，反正過一段時間，桑葚也是要過季的，如今不過提前而已。」但看那一地的爛果子，心裡覺得可惜。好好的東西不小心摘，多浪費呀！

回去的路上，佟小樹還在憂心忡忡。「姊，咱們做的那些豌豆粉怎麼辦？」那可費了好些豌豆，但沒了桑葚，用什麼做果酪？

佟秋秋摸摸他的眉頭。「你還小呢，總愛操心。放心，姊有辦法，肯定物盡其用。」她心裡早有主意，豌豆澱粉的用處多了去。

見佟小樹舒展眉頭，她笑了笑，扭扭有些痠的脖子跟胳膊。「正好歇幾日，再開始張羅新營生。」

佟小樹點點頭。接連三天，他姊不僅要做豌豆澱粉，還要在灶間製作果酪，他這個給灶上添柴的被他姊趕出去，還能在外頭涼快涼快，她卻得一直站在灶上，熱得汗透衣衫，到了晚上歇息時還喊胳膊疼。起早又得去梅縣，來回奔波。這幾天累壞，合該休息休息了。

暮色靄靄，幾個小子揹著背簍，轉到一處河邊，看見竹子掩蓋處，驚喜地嘎嘎低笑。

「季子全，還是你這小子機靈。快快，又發現一個。」小子們蜂擁而上。

「你們做什麼？」

一道冷冽的男聲在耳邊響起，他們剛掀開竹葉做的掩蓋，就被這聲音驚了一跳，來不及分辨是誰，心怦怦直跳，以為是被季子旦那夥人發現了。

季子全安慰自己，有什麼好怕的，在河邊沒人照管，就是無主，誰能證明這處陷阱是季子旦的？

想通的他掩下心虛，轉頭道：「這地方又沒寫名字，我們想怎麼……」待看清眼前人，卻被他一身威勢所懾，不由後退兩步，話斷在口中。

「你們很吵。」季恆面若寒冰，自有一股不怒而威的氣勢，看向來人，彷彿看著什麼髒東西似的。

被這眼神刺得羞憤的季子全想發火，旁邊的同伴扯了扯他的衣角，指指竹林那頭的季家大宅。

「十六叔……」其他小子心慌起來，聽說這個族叔性格暴烈，陰晴不定，以前遠遠見過幾次，現在靠近看著，越發感覺他眼神狠戾，不容得罪，腿肚子不覺哆嗦。

「滾！」季恆懶得說廢話。

幾個小子連滾帶爬，忙不迭跑了。

季恆走過去，看了看那個水坑，幾條魚在裡面活蹦亂跳。他用腳一勾，就把竹葉蓋拋到坑口上，蓋了個嚴實。

第九章

這天，日頭掛在東邊，季子旦興匆匆地來到佟家，就看見佟家兩兄弟和佟香香、栓子正在門前的空地上寫寫畫畫。

季子旦這個老師滿意地點點頭，朝屋後瞅了瞅，喊道：「佟秋秋，妳人呢？快出來！」

「我姊還沒起來呢，你小聲點。」佟小樹繼續在地上寫字。今日日上三竿了，他姊還沒醒，許是之前累著了。

小苗兒輕輕噓了兩聲，對季子旦小小聲地說：「姊累，要睡覺。」

季子旦剛想說，太陽都曬屁股了，累什麼累啊？睡一覺起來就是一條好漢！就見佟秋秋打著哈欠出來了。

「睡著也能聽見你的大嗓門。」佟秋秋沒好氣道。

前些日子，她早起習慣，今日早早醒了，只是賴在床上跟抽了筋骨似的不願起來罷了，門外的動靜自然聽得清楚。

昨天夜裡下了場雨，吹散夏季的悶熱。今日天氣放晴，還有點涼爽的風悠悠吹著，讓佟秋秋舒服地打了個哈欠。

季子旦翻白眼。「誰像妳這麼懶。趕緊收拾，昨兒下了雨，今日去石頭縫裡扒拉扒拉，螃蟹肯定不少。」

「這個時候螃蟹肥嗎？」佟秋秋迷糊道，還沒到吃螃蟹的好時節吧？

「正肥的時候，還輪得到咱們？」季子旦衝她擺手。「別耽誤了，趕緊出門，我幾個族兄弟都去了。」

「我去拿簍子。」栓子聽了，就往家裡跑。

被季子旦一說，佟秋秋舔舔唇，也饞了，遂叫佟小樹拿背簍，等她洗漱完就跟去瞅瞅。

「香香姊，妳用背簍不？」佟小樹問佟香香。

「不用。」佟香香搖頭。她幫忙抓就行，不打算帶回去。

佟秋秋聽著身後的聲音，飛快洗漱完，綁好頭髮出來。其他人早就準備好，就等著她一起走了。

金巧娘看著幾個孩子離開，心裡默默想著，好好的果酪生意做不成了，女兒心裡不知怎麼難受呢，出去玩就出去玩吧。

她手裡做著鞋，打算先讓佟秋秋換上。這幾日她幫女兒買豌豆，又忙著用女兒買來的青紗做床帳，想勸女兒節省些，別大手大腳地花用，但一瞅女兒胳膊跟腿上被蚊子咬的一個個紅包，就不忍心了。

是她這做娘的粗心了，之前沒發現女兒被咬得那般厲害。佟小樹和小苗兒都沒事，那蚊子就像叮準了女兒的一身細皮嫩肉似的，使勁地咬。

金巧娘暗嘆一聲，她怎麼就生了個過不了苦日子的閨女呢。

因為自慚形穢，她讓小小年紀的兒女出去為家計掙錢，心裡不由發了狠。她不能躲在孩子們身後，那壞她名聲的無賴早不知死在哪個旮旯，那些愛嚼舌根的婆娘，就讓她們嚼去。

她得賺錢，怎麼也不能靠孩子養啊！

下定決心的金巧娘，頭上的烏雲散去，神采飛揚，歡喜全寫在臉上。原來，重新開始也不是那般難以決斷。

去玩耍的佟秋秋不知她娘冉冉升起的事業心，腳步輕快地沿著村道往河堤方向走。走個幾刻鐘，翻過河堤，看到的就是一副遼闊的景象。

長長的河流淌過，遠處還有行駛的船隻。對岸綠樹環繞，碧草如茵，遠遠還能看見衣著鮮明的遊人。

「對面就是興東府，聽說富得流油哩。」季子旦見佟秋秋盯著對面看，羨慕地道。

一河之隔，貧富相差甚遠。佟秋秋剛想這麼好的條件，背靠資源好乘涼啊，垂眼便看到河岸邊雜草叢生，地面也是坑坑窪窪。從河岸延伸開來，七、八尺之內的水域亂石突起，稍大的船靠不了岸。

她止不住扼腕嘆息，到梅縣做買賣乘牛車約莫要三刻鐘，如果這裡有個渡口，乘船很快能抵達對岸興東府；去梅縣不必繞路，也比牛車方便。

要想富，先修路。水路不暢，也是阻礙發展的。

可惜呀可惜，她沒錢。以現在她兜裡的那點銀子，還是回去洗洗睡比較快。

有什麼條件辦什麼事，辦不成的多想也無益。佟秋秋收拾好心情，踮著腳跳過一個個石頭，抓螃蟹嘍！

「哎喲，這個蟹肥。」佟秋秋眼明手快地，在石頭縫裡發現了一隻。

早來的兩個季族子弟看見季子旦，過去和他勾肩搭背，笑嘻嘻道：「叫你和我們一起來，你偏不，非和他們一起。你是賤骨頭，還是有什麼意思？」說著，眼睛就往佟秋秋身上瞟。想當初，季子旦這傢伙還被佟秋秋收拾得灰頭土臉呢。

「有什麼意思，我們那是不打不相識。」季子旦毫不尷尬地格開他們的手。這群人就是不懂，沒看佟秋秋多能掙錢，現在他手裡捏著一兩多銀子，都是賣魚掙的。要不是他機靈，還輪不到他呢，他才不會跟這兩個傻蛋說。

見季子旦這欠揍的表情，季族子弟翻了個白眼，其中年紀小的忍不住問：「你那弄魚的法子是怎麼想的？我們都發現河邊有陷阱，怪有意思的，竟然真能弄到魚。」他們早就看季子旦賣魚眼熱，聽說最近賺了不少。

「我說這幾次抓到的魚怎麼越來越少了，別是你們撬了兄弟的魚。」季子旦瞪眼。

「哎哎，沒有。」年紀大的那個尷尬地咳了一聲，他們也是最近發現的，還沒好意思動手，又想到一事，低聲道：「不要怪兄弟沒提醒你。我之所以發現，是因為瞧見季子全那個胖子鬼鬼祟祟，跟上去才發現的。」

發現陷阱的人會越來越多，即便他們兄弟不動歪心思，別人難道不會順手牽羊？他們只是想在這賣魚買賣要黃之前，跟著蹭點好處罷了。

季子旦氣得頭頂生煙。「等著，被我抓住了，要他好瞧。」這會兒也沒心情繼續抓螃蟹，恨不得立刻去看那幾個陷阱，遂叫上栓子，跟佟秋秋幾個說一聲就跑了。

佟秋秋抓螃蟹抓得不亦樂乎，腦袋裡瘋狂報菜名，也不多問，點點頭表示知道。

半天工夫，佟秋秋就收穫了不少。

回到家門口，就見季子旦和栓子垂頭喪氣地蹲在一只竹筐前。

季子旦抬起頭，滿臉失望。「就這一點，賣了也分不到幾個錢。」相較於前幾次收穫的幾十條魚，這些魚就不夠看了。

「只剩季七太爺宅子後頭小河上的陷阱裡有魚，不然全空了。」栓子也是蔫頭耷腦。

佟秋秋面色不改地走過去，瞧了瞧他們抓魚的竹筐，有點驚訝。「還有幾條魚呢。」

季子旦瞪大眼睛。「妳早就知道季子全那傢伙偷魚？」眼神在說，沒有這樣為了親戚坑兄弟的。

「誰？季子全？」佟秋秋覺得耳熟，片刻後才想起來。這傢伙還真和她家有親戚關係，季子全的外婆小朱氏和她外婆朱氏是堂姊妹，都嫁到甜水村。巧的是，兩人的女兒袁細妹和金巧娘也都嫁來扶溪村。

說起來，佟秋秋得叫袁細妹一聲表姨母，季子全就是袁細妹的兒子，比她大幾個月，是她表哥。但佟秋秋從記憶裡發現，她娘和袁細妹的關係比普通村人還不如，很久沒來往了。

「用你聰明的腦袋瓜想想，我家和他家這些年可有走動？」佟秋秋甩了個白眼。「讓他抓魚，我能得半分好處？」

其實季子旦也不信，但這不是被氣著了嗎？抓了抓腦袋。「那咱們就這樣吃悶虧？絕對不能這麼算了！」

「可以揍他一頓。」佟小樹八歲大的嫩模樣，板著一張嚴肅臉。「但就現在看，很多人都發現了陷阱，之後還守得住嗎？」看來之前聽到的聲響不是他多心，是有人在偷魚呢。

「露天沒主的，你說是你的就是你的，人家不認，你沒辦法；認了不改，你也沒轍。要拿的，找著機會照樣拿。」佟秋秋不疾不徐地說：「不用太生氣，陷阱做得粗糙，只能糊弄一下。天長日久，被人發現是遲早的事。」

「妳早預料到了？」季子旦一臉頹喪。

佟秋秋道：「不是預料，想想就知道嘛。」村裡的人不是聖人，有現成的，還是沒主的，順走便順走了。

所以，賣魚賺得快，又不需要加工，為什麼她還在灶上累死累活？當然是因為更長久、更有保障啊。琢磨出個點子，即便沒了桑葚，也可以做其他的嘛。

至於為什麼她沒說出來，當時季子旦那個高興勁啊，她也不好潑冷水不是？還有，就是讓他們自己思考，算是個教訓。哪有那麼好的事呢，知道不可能一直使用時，就得做好隨時失去的準備。

「好了，咱們又沒虧，賺進兜裡的錢實打實。」佟秋秋放下背簍。「咱們倆難兄難弟，我桑葚的買賣，不也做不成了。」

季子旦聽佟秋秋一席話，若有所思，聽見最後一句，喊了一聲。「誰跟妳是難兄難弟？丫頭片子！」

嘴賤一時爽，結果就是被佟秋秋和佟香香按著捶了一頓。

「那也不能這麼算了。」季子旦心裡還是過不去，怎麼著也要揍那小子一頓。將來也不放魚食了，再把坑填起來。

「是得給點顏色瞧瞧。」佟秋秋摸了摸下巴，季子全坐享其成，心也太黑了，只留一個陷阱沒動，應該不是這傢伙好心，而是沒被他發現罷了。且魚被分了，即便不賣，也能給家裡的飯桌上加菜不是。

看著季子旦等人頹喪的樣子，佟秋秋拍拍背簍。「今兒我做螃蟹，你們有口福了。」

幾人聽了，又有了精神，口水不覺洶湧而出。雖然還沒吃過佟秋秋做過的螃蟹，但憑她的手藝，便期待起來。

佟秋秋進家門，喊了聲娘，無人應答，心下奇怪。她出門的時候娘還在，這會兒不知去哪了。

她打量簍子裡的螃蟹，留下一些給她娘也足夠，遂開始派活計給佟小樹幾人。

「擦洗乾淨，洗乾淨了再開殼。」佟秋秋站在旁邊，口頭指揮。「去掉蟹腮、蟹心、蟹腸、蟹胃……哎，弄錯地方了！」

「我說佟秋秋，妳真是越來越懶。睡懶覺便罷了，做個菜也準備只動鏟子？」季子旦被夾到，哇哇大叫，手忙腳亂，嘴裡還一個勁地念叨。

「你連螃蟹都不會做，打算直接丟下鍋，熟了就吃？」佟秋秋覺得站著累，拿了張板凳坐下。「不花錢教你還不樂意？」

季子旦呿了一聲，手上動作卻沒停，想想他娘和姊姊的廚藝，他只能忍辱負重了。

佟小樹的動作就索利多了；栓子雖笨拙，但人家有耐心啊；小苗兒洗薑蒜跟香菜，佟香香負責切，切完再取清洗剁好的螃蟹，均勻抹上她娘做的辣醬。

佟秋秋滿意地點點頭，一切準備就緒，她挽起袖子，等鍋燒熱加入豬油，炒出油花後，再放薑蒜，鍋鏟翻炒。聞到豬油煸出來的香味，在鍋底鋪好螃蟹，上面加點香菜，蓋上蓋子，小火焗幾刻鐘就可以出鍋。

佟小樹幾個在灶旁站了一排，眼巴巴地瞧著。

佟秋秋擦了擦手，道：「今兒做的螃蟹多，香香是留下吃，還是帶回去？」

「在這裡吃。」佟香香毫不猶豫地回答。

「你倆呢？」佟秋秋又問栓子和季子旦。

栓子嚥了嚥口水，和季子旦對視一眼。「我們帶回家去吧。」心裡還是記掛家人。

螃蟹出鍋，佟秋秋用乾淨竹筒盛了遞給他們，兩人接過，樂顛顛地回家去了。

佟秋秋幾個圍著桌子，在後院吃了起來。

「真香。」佟香香吮著螃蟹殼，佟秋秋也很滿意，看看盆裡剝好的螃蟹，等她娘回來，還能再做一鍋。

小苗兒伸筷子挾不動，就用小手拿著吃；佟小樹的桌邊已經堆起了殼。

佟秋秋看他們吃得高興，心情愉悅。這樣也不錯，晚上再睡個美美的覺，就是什麼都不換的悠閒好日子啊。

晚上入夢，帶著對未來的憧憬，佟秋秋嘴角是微翹的。

夢裡，她躺在躺椅上，拿著扇子搖啊搖。眼前野花爛漫，溪水潺潺，一個白衣的少年拿著刀在樹林裡舞動，舞大刀居然能舞得這般好看。

就在她看得如癡如醉時，畫面一轉，少年捧著金光閃閃的元寶轉過臉，她徹底醉了……

「姊，醒醒！」

佟秋秋覺得自己的臉上濕了，不知是口水還是淚水，抹了又抹……怎麼總也抹不盡呢？

「姊！妳醒醒！」佟小樹和小苗兒看著用手背擦臉卻不醒來的佟秋秋，使勁推了推。

「嗯？」佟秋秋迷迷糊糊眨了眨眼睛，兩滴水剛好從床帳頂滴在她眼角和嘴邊，她隨手一擦，抬頭看去。「屋頂漏水了？」

「對，我們把床移一移，不然沒辦法睡了。」佟小樹拉她起來。

「哦哦。」佟秋秋還有些懵，聽著外面的轟隆聲，和噼哩啪啦的雨聲，才徹底清醒，摸著黑下床穿鞋。

小苗兒已經哧溜下地，自己穿了鞋。

金巧娘聽見動靜，點了油燈推門進房。看孩子已起身，把油燈放在案桌上，過來挪床。不大的房間塞了兩張木床，好不容易把佟秋秋睡的那張床挪了位置，金巧娘拿了兩個瓦罐和盆，分別放在漏水的幾處。

「這雨下得忒大了些，屋頂修好沒幾個月，又漏雨了。等明兒雨停，還得叫你們保信叔幫忙修修。」

「我去拿鋪蓋。」金巧娘見床上濕了，腳步匆匆回房取被子。

佟秋秋愣怔片刻。剛剛她好像夢到季知非那傢伙了，他還對著她笑，笑得那樣……

她忍不住捂臉，自己一定是魔怔了。季知非怎麼可能會笑呢，他慣愛冷著臉，要笑就是扯動嘴角，要多假有多假。

現在她穿回來了，和他隔著時空，著實不應該夢見他，而且他還捧著金元寶送她，他又不是散財童子。

哎，定是他留的那筆遺產鬧的。

到現在她還想不通，季知非為什麼要把遺產留給她？想著又傷感起來，那大筆的遺產，他好好活著，自己享受不好嗎，查案非要追查到底。最後，命也沒了。

說起來，她沒比季知非好多少，死得挺俐落，遺產一分都沒來得及用。當然，她也沒打算用，但就這樣穿回來了，想起那份遺產，就覺得欠了季知非的債，還是沒辦法還上的。

一滴水從臉上滑落，佟秋秋抹了把臉，熱熱的，定是這屋裡太熱的緣故，讓漏下來的雨水都熱了起來。

「啊，老鼠抓我褲腳啦！」小苗兒蹬腿尖叫。

「哪裡哪裡？」佟秋秋一蹦三尺高，跳到床上，眼睛警戒地掃視四周。

佟小樹忙按住小苗兒。「別嚷，是我踩到你褲子了。」

小苗兒大呼一口氣，拍著自己的小胸脯。「可把我嚇壞了。」

金巧娘拿鋪蓋進來。「動作輕些，別人家還在睡覺呢。」

幸好沒老鼠。佟秋秋深深吸氣，看看漏水的屋頂，再想想房子不保暖，冬天沒暖氣，保暖的衣服穿不起，心裡的小人哭暈過去。

還胡思亂想什麼呀，日子都沒法過了。

第十章

翌日，頂著黑眼圈起來琢磨著搞事業的佟秋秋，剛跨過門檻，就看見一個一身粗布衣裳的高個子男人揹著比人高的大包袱，快步向她走來。

因為走得太快，雨路濕滑，佟保良幾次險些滑倒。

「秋秋，爹回來了。」佟保良的嗓音是趕路缺水的乾啞，但其中的喜悅卻清晰可聞。

佟秋秋看著眼前這個眉眼帶笑的男人，鼻頭一酸，撲過去抱住他的胳膊就喊了聲——

「爹！」

「哎。」佟保良看女兒的個子比之前竄高一大截，眉眼也長開了些，有了點大姑娘的樣子，心底高興。被她這一哭，頓時手足無措起來，只能用粗糙的手輕輕摸著女兒的頭頂。

「怎麼啦，受了什麼委屈？爹回來了，爹給妳做主。」

「沒有，就是想爹了。」佟秋秋不好意思地擦了擦眼淚。對她來說，是分別了二十年；對爹來說，是幾個月沒見的女兒受委屈了。

佟保良安慰地笑道：「傻姑娘，這回爹歸家，就不走了。」

「真的？」佟秋秋又驚又喜，又擔心父親提前回來，是不是遇到了什麼難處？

「嗯。」佟保良牽著她進屋，把背上的東西卸下來放桌上，拿水壺倒水，猛喝了一口。

佟秋秋心情穩定了，這才注意到他帶回來的行李，有捆著的被子、一只大背簍和一個大布包。

她正想問，就聽屋後傳來佟小樹和小苗兒的呼喊。「是爹回來了嗎？」兩個孩子噔噔衝了過來。

佟保良抱起兩個兒子掂了掂。「重了重了。再重，爹就抱不動嘍。」

佟小樹平常愛裝嚴肅的小臉高興得紅了，小苗兒則摟著父親的脖子咯咯直笑。

緩過高興勁頭，佟小樹覺得自己大了，不能叫爹像抱著弟弟似的，示意爹放他下來。

佟保良放下大兒子，繼續抱著小兒子。「你們的娘呢？」

「去田裡。稻子要收了，昨晚下了場大雨，娘不放心，一早就去了。」佟秋秋道。

「爹，帶點心回來了嗎？」小苗兒問。以往父親回來，都會帶些點心吃食給他和兄姊。

「帶了。」佟保良說著，把小苗兒放下，從布包裡拿出一個紙包，裡面是滿滿的桂花糕。

「吃吧。」佟保良把紙包放在桌上，親手各遞了一塊給三個孩子。

小苗兒吃著，小嘴叭叭地說：「爹，家裡又漏雨啦，昨兒我都沒睡好覺。」

「沒事，爹來修。」佟保良看著幾個孩子高興的樣子，笑著又逐個摸了摸頭，把包袱搬回房裡，就要出門。「我先去田裡看看，你們乖乖待在家啊。」

佟秋秋吃著嘴裡甜甜的桂花糕，望著她爹迫不及待去找她娘的背影，笑了。還有心記掛媳婦，那八成沒什麼大事。

家裡的頂梁柱回來了，屋頂有人修，金巧娘臉上不禁多了幾分女人的嬌羞，還有神情間流露出的輕鬆和明快。

是啊，日子過得並不如表面輕鬆，金巧娘一個女人帶著三個孩子，裡外操持，還有像劉痦子媳婦那般說長道短的人在。不過，她向來好強，挺直了腰桿支撐起來，更不會對孩子們多說。

屋頂已經補好，一家子便能安眠。翌日，佟家的廚房內早早升起了裊裊炊煙。

佟秋秋起床洗漱，習慣地哼起《千字文》歌；小苗兒扭著小屁股，跟著她一道哼，接過她遞來的洗臉水，嘩啦嘩啦的洗。

佟小樹梳洗完，一邊默默地哼著歌、一邊用樹枝在地上寫字。

本來守在廚房門口和媳婦兒說話的佟保良，看見三個孩子這般行事，不由大吃一驚。

「孩子們在學字？」

「是，讓大旦那孩子教的。」金巧娘不由露出笑容，望向佟秋秋的眼中有些濕潤，她的孩子也能認字了。她知道這變化離不開女兒，不過是找個更好說的由頭罷了。

女兒失魂一事，她不打算對丈夫說。丈夫性子率直，而家裡的日子從佟秋秋多了那一份機緣開始，漸漸好了起來。要是哪一日有心人從丈夫嘴裡套了話，反叫女兒有了萬一。

所以，還是讓她把這件事嚥在肚子裡吧。

金巧娘轉念，想起自己的打算，手指摩挲圍裙邊。有她在前面擋著，只要女兒做事不過於出格，自有她這當娘的兜著。

「好好好！」佟保良連說了三個好字，可見心裡的激動和高興。「可得好好感謝大旦那孩子。」

大哥家的大貴上了季家族學；他的小樹乖巧又聰明，到了年紀，卻沒錢上學。他這個做爹的，心裡不好過，但為了學木工，肩上背了債，家裡尚且節衣縮食，如何供孩子讀書？

佟保良想到此，眼裡有淚光閃過，但忍住了，沒在孩子們面前失態。

佟秋秋瞧著他那神色，忙插科打諢。「我們對大旦好著呢，還教他捉魚的法子，吃好吃的也帶著他。」說完，還神秘兮兮地道：「大旦說，他家的飯食可難吃了。」

「妳這孩子，不能這樣說人家。」佟保良果然忘了那點傷感，教起女兒來。

「是，我這不就跟爹說說嘛。」佟秋秋笑道。

一家人剛收拾好心情，上桌吃早飯，又被金巧娘丟下來的話震驚。

「娘已經決定要重操舊業，做賣麵的營生了。」

瞧著她娘一臉堅定，但佟秋秋還是細心地發現，她擱在桌上的手握得緊緊的，不由有些心疼。

記憶裡，她娘在她很小的時候，彷彿賣過一陣子麵食，之後不知怎的不賣了。

佟秋秋突然想起那天她娘和大舅的對話，不由疑心，難道是犯了小人？

不管原因如何，這是她娘鼓起勇氣踏出的一步，她立刻投去激動的目光回應。「真的嗎？那真是太好了！」

佟保良和兩個兒子也紛紛點頭。

得了全家人的支持，金巧娘反而有些犯難起來。「前日我去問了幾家，家裡都沒有麵粉可換，得去梅縣買。」

不待她爹回答，佟秋秋心裡一合計，出聲道：「不用買了，娘乾脆和我一起先做涼粉賣。等天氣涼了，再做麵食生意不遲。」

「秋秋做買賣了？什麼買賣啊？」不待金巧娘回應，佟保良驚訝問道。這次歸家，他發現媳婦和孩子們變化頗大。

佟秋秋瞧她娘一眼，她穿到異世的事還是憋著吧，答應了娘不再說的，只提起最近做的買賣，一臉驕傲道：「我可掙了不少呢。」說著回房去拿自己的錢袋，佟小樹和小苗兒也去拿他們的。

錢袋一開，銅錢嘩啦啦散落在桌上，讓金巧娘吃了一驚。

佟秋秋帶著佟小樹和佟保信去鎮上賣果酪掙了錢，她是知道的。可之前女兒花錢替家裡扯紗布做帳子、添肉菜，以及使燉肉極美味的香料。除此之外，還得除去買豌豆的錢和佟保信的工錢，還有其他零碎開銷。

她想著，即便果酪稀罕，也就比桑葚汁強些。不承想，才幾天工夫，餘下的錢約莫也有二兩銀子了。

金巧娘一時可惜起那些被跟風浪費掉的桑葚，這果酪的買賣可比她賣麵要賺多了；一時又在心裡讚嘆女兒聰明機靈，果然是她女兒想出的好買賣。

雖說知道女兒比人多了那奇異的經歷，但有些人就算多活了一輩子，也是屁點本事都沒有。她女兒能抓住機遇學到東西，都是腦子好的緣故。

佟保良也呆了呆，但他不是愛多想的人，真心為女兒高興。「咱們秋秋真厲害。」覺得女兒對於做吃食格外有天賦。

佟秋秋嘿嘿笑了兩聲，說了做涼粉的法子，還鼓吹道：「夏日吃食良品，絕對好賣。」

「沒想到那豌豆做成的粉，竟有這許多用處。」金巧娘感嘆，點頭道：「行，娘跟著妳做。」

「還有我。」小苗兒插進娘和姊姊中間，表示自己也是小幫手。佟小樹比小苗兒大，內斂許多，只微微笑著道：「我能打下手。」

「爹也要說一件事。」佟保良見娘兒四個說得親熱，插話道：「爹準備開始在家接活計做，等掙了錢，就買肉吃。」

一家人不禁歡喜得露出燦爛的笑來。

佟保良帶著給幾個姪兒姪女的點心，去了趟老宅。

佟家老宅，其實也就十二年，是佟香香出生那一年蓋的。中間是正房和待客的廳堂，左右是四間廂房，後面是小院，小院後頭是廚房和柴房，都是青磚砌就。

佟保良隨意看看屋裡的陳設，再看大哥招待他的茶，上面飄著淡淡的茶香，便知道他大哥的日子過得不錯。

佟保忠坐在上首，一副大家長的模樣，對於二弟提前回來頗為不滿。「花了那麼多錢學手藝，別不曉得珍惜。」

過了弱冠之年，還去學什麼手藝。學木工多費銀錢，當初老娘不肯給，二弟妹出去拋頭露面做買賣，最後鬧出那丟人的事，簡直讓佟家沒臉。

對此，佟保忠一直心存不滿。

「家裡只有孩子跟女人，我不放心，提前學完回來。」佟保良本來還想說一說媳婦兒做買賣的事，見他大哥的表情，想想還是算了，知道了也不會贊成。

佟保忠接著問：「將來有什麼打算？」

「在家裡做活計，打算拜託岳丈和舅兄傳個話，畢竟他們人面廣，讓附近村人曉得有我這個木匠。我也會做些成品去大集上賣。」佟保良答得中規中矩。

佟保忠一臉恨鐵不成鋼的表情。「你自己也得立起來。」自從二弟妹鬧著分了家，他一直覺得這個二弟沒出息，被媳婦兒挾制住。

見佟保良悶不吭聲的模樣，他就來氣，擺擺手，說幾句之後好好幹活的話便罷了。

佟保良離開時，才見「匆匆」趕來的曾大燕，喊了聲大嫂。

曾大燕擦了擦額角不存在的汗，一臉驚訝地道：「二弟真回來啦，昨日就聽人說看見你，我還不信呢。你等等留在家吃飯啊，我這就去做飯。」

「不用，大嫂別忙。」佟保良忙道：「剛回來，家裡還有許多瑣事，就不多留了。」

「那行，我不耽誤你了。」曾大燕聽見這話，作勢收回腳步。

她眼睛一轉，瞧見桌上疊放著的兩個紙包，臉上的笑比剛才真心多了。上前拿起，打開一個小角嗅了下，聞香味便知道是桂花糕。

「二弟就是客氣。」曾大燕說著，跟上佟保良出去的腳步，邊走邊連珠炮似的告起狀。

「你回來就好，家裡沒個男人就是不行，不是我說你媳婦，管不好孩子。秋秋摸魚差點沒了小命，這也罷了，眼裡竟沒有我這長輩，當眾跟我叫板。我說的好話不聽，也不知跟誰學的，簡直無法無天。」

「我會好好跟她說的。」佟保良回了一句，告辭出門。

曾大燕見他這反應，頓時覺得沒意思，嘴角一撇，拿著紙包扭身回屋。

「二伯！」佟香香從後院出來，沿著側面牆根跑上前。

佟保良剛走出大門不遠，扭頭見是佟香香，以為佟香香是去哪玩耍了，臉上露出笑，從懷裡掏出紙包遞給她。

「剛剛沒瞧見妳，這是留給妳的，吃著玩吧。」

佟香香把洗衣弄濕的手悄悄在背後擦了擦，笑著接過。「謝謝二伯。」

「爹，家裡來人了，娘叫您回家去。」佟小樹一路跑來，氣都沒喘勻。

看起來是有急事，佟保良不再耽擱，跟著兒子往家裡趕去。

此時，跟著佟保信前來的張掌櫃看著佟秋秋，很是驚訝。「這就是賣果酪的小哥兒？」

張掌櫃是個中年男人，面龐白淨、身材微胖，說話帶笑，雖是問話，但十分和氣，不讓人討厭。

佟秋秋尷尬而不失禮貌地微笑，點頭示意。

「原來是個姑娘。我打聽許久都沒找到，這下總算找到正主了，著實費了番功夫。」張掌櫃擦了把汗。

這一趟可把他累壞了，也不知果酪是什麼好東西，他家少東家吃過幾次，就不能忘懷，讓他務必把賣果酪的小哥兒找出來，拿出誠意買下方子，說這果酪將來絕對是福來酒樓的一道招牌。

他一個打工的，能怎麼辦？幸虧少東家信譽不錯，不似紈袴瞎折騰，便順了少東家的意思找來了。

金巧娘上了一杯茶。「您喝口茶。」

佟保信對佟秋秋小聲道：「他說他是縣裡福來酒樓的張掌櫃，特意為了果酪來的。」說完，才發現自己有點冒失，就這樣貿貿然帶了個不認識的人來，誰知這人說話真假。

「保信叔，你可把我的底給揭了啊。以後有人來找，先知會我一聲。」佟秋秋同樣小聲道。這下被人堵在家門口了，多尷尬啊。

佟保信也曉得自己一聽縣裡酒樓來人，便以為來了大主顧，激動之下，行為有點莽撞，連連點頭。

張掌櫃喝了口茶，見兩人私語，還當是對他的身分存疑，便道：「放心，我沒有一句虛言。咱們縣裡的季主薄可是扶溪村人，我與他打過交道，你們不妨去問一問。」

這話說得清楚明白，佟保信歉疚地對張掌櫃笑了笑。

佟保良快步朝家裡趕，望見家門前停著一輛馬車，心想著自己不認得這等用馬車的富貴人家啊，步履不由加快了幾分。

有聽見風聲的，以為是佟保良家來了貴客，追上去問：「保良，你家來親戚了？」

「我也不知呢。」佟保良只能抱歉道。

村裡日子單純，有了新鮮事，大家就愛蹭個熱鬧，聽了佟保良的話，也沒停腳，乾脆跟過去看看。

屋裡，張掌櫃正要說果酪一事，金巧娘見佟保良踏進門，笑道：「我當家的回來了。」

佟保良整了整衣衫，向張掌櫃拱手。張掌櫃也客氣地還了禮。

金巧娘過去，對佟保良說了原委。佟保良很吃驚，不知女兒弄出什麼果酪，竟被酒樓的掌櫃看中。

張掌櫃不願意多饒舌，直接道：「不知能不能做出那果酪，讓我親自嚐嚐？」

佟秋秋回答。「跟您說實話，之前我在縣裡賣的果酪，用的是桑葚。現在村裡的桑葚沒了，我沒辦法做。」

「這可如何是好？」張掌櫃想著少東家的交代，頓時急了。

屋外站著看熱鬧的人漸多，聽了這一句，有心急的立刻道：「秋丫頭沒有，趕巧我家做了，這位貴人不如上我家買去。」

「嘿，你這人嘴倒快，我家裡也有，這幾天我閨女就在家搗鼓。」又有人接話。

佟秋秋一看，便知是那些摘了桑葚的人家。

「您等著，我這就回家拿。」幾人連忙趕回去。

這做得著實有些過了。人家做出來的東西，偷學了去，還要來人家家裡兜售。

但酒樓的掌櫃找上門來，要是被看中，不知能得多少好處，還要講這臉面做什麼。

春喜嬸聽見隔壁動靜，過來瞅瞅，見到這幾人行徑，心裡暗啐，就等著他們得不到便宜，還丟死人吧。她可是見過果酪的，真以為是大集上賣的湯飲了?沒那本事，淨想美事。

金巧娘的面色有些難看，但還穩得住；佟保良一聽女兒做買賣的方子被村裡人學了去，擔憂地看女兒一眼，卻見女兒笑咪咪的。

張掌櫃也有些懵，這是村裡人都會做？這些村人也是聰明反被聰明誤，若是做法流出去，還需要他買方子？心下如此想，臉上卻不露。

屋裡的氣氛一下子尷尬起來。

不一會兒，那幾人端了自家做的桑葚汁來，一臉期待地看著張掌櫃。

張掌櫃無言。這就是少東家說的若水晶豆腐一般，甜潤爽滑、入口即化的果酪？

佟秋秋仔細看了看桑葚汁的色澤，竟然都不錯，屋裡一下子瀰漫著桑葚汁的香味。

張掌櫃拿起一個陶罐裡的勺子，舀了舀，勺子在裡頭蕩了個圈。他又試了其他幾家帶來的，都是一樣，全是湯水。

「抱歉，這不是我要的，幾位鄉親帶回去吧。」張掌櫃道。

「怎麼就不是了，您說說看哪裡不對。」其中一個村人急道：「我家就是照著秋丫頭做的，顏色是一樣的呀。」說完便知失言，飛快瞥了佟秋秋一眼，臉色脹紅。

屋外立即響起哄笑聲，屋裡這幾個不請自來的村人更加臉紅耳赤。

張掌櫃一聽，哪有什麼不明白的，端正了神色。「我要的，是如水晶豆腐般的吃食，不是湯飲。」

「哎喲，看來是秋秋做出了新的吃食。我說呢，要是那般好學，人家掌櫃的會找來？」春喜嬸故意高聲道。話音一落，頓時引起一片哄笑。

見張掌櫃不悅，幾人知道這次丟醜，還沒得著好處，羞紅了臉，再留下來是徒增恥笑，便抱著自家的桑葚汁離開。

張掌櫃轉過頭，看向佟秋秋，見這小姑娘鎮定自若，並沒有因為那幾個村民鬧事就有變化，不禁對她高看了兩分。

見張掌櫃看她，佟秋秋沒有拿喬，直言道：「沒有桑葚不礙事，若是您拿來其他水果，我也能做。」

「果真？」張掌櫃大喜。

佟秋秋點頭，下一句又道：「我看掌櫃大費周章親自來一趟，不單是為了嚐一嚐我做的果酪吧？」

張掌櫃哈哈大笑。「沒錯，若是那果酪果真美味，我們酒樓是要買下這方子的。」

「那乾脆直接移步到貴酒樓。想必酒樓不缺水果，我做了，您一看便知。」佟秋秋胸有成竹道。

「妳不怕洩漏了方子？」張掌櫃見這小姑娘不是糊塗人，好奇問道。

「我自然有我的法子，不怕你們看。」佟秋秋笑答，說著望向爹娘，徵詢爹娘的意思。

佟保良想著，他長時日不在家，女兒都是媳婦兒在教養，如今女兒做出了好吃食，也是媳婦兒的功勞，便朝金巧娘看去，見媳婦兒答應，就對張掌櫃頷首。

於是，看熱鬧的村人發現，佟保良把兩個兒子牽去三叔公家，金巧娘和女兒佟秋秋揹了個小包袱，鎖上門。

佟保信駕牛車來，載上佟保良夫妻並女兒，跟在張掌櫃的馬車後，一起去了縣裡。

第十一章

一行人到了福來酒樓，張掌櫃客氣地請了不善廚藝的佟保良和趕牛車的佟保信去喝茶。佟秋秋和金巧娘則由一個小二引去了後廚。

母女倆一到院子，就見牆角排成一排的活雞活鴨，居然還有關在籠子裡的野物，院中的水缸裡養著活魚。

金巧娘咋舌，這也是託了女兒的福，開了回眼界。

進了後廚，就見一溜條案砧板、鍋具碗碟，各色的菜蔬、新鮮宰殺的雞鴨豬肉，擺放得整整齊齊，井井有條。

佟秋秋瞧瞧地面，一片菜葉也無，暗暗點頭，以後出門打牙祭，福來酒樓是個好去處。

小二請來圍著頭巾的三十來歲廚子，指著母女倆，堆笑道：「邱師傅，這是佟家母女，是來試做一種叫果酪的吃食，張掌櫃吩咐要好生招待。」

邱師傅揚了揚眉，打量佟秋秋母女，眉眼長相還不錯，但穿著寒酸得很，這等人能做出什麼好吃食來？不過既然是張掌櫃的吩咐，這個面子是要給的。

這會兒時辰尚早，廚房也不忙碌，邱師傅對母女倆招了招手。「跟我來吧。」問了需要什麼，吩咐了幫廚去準備。

佟秋秋見這人對她們上下打量，不以為意。這世道多是先敬衣衫後敬人的人，和她娘跟著邱師傅走到最裡面的灶臺。

幫廚搬來佟秋秋指明要用的一應用品。這些東西裡，最顯眼的是籃中裝的各色水果，葡萄、西瓜、李子……最讓佟秋秋吃驚的是，居然還有荔枝。

邱師傅也吃了一驚。「怎麼把荔枝搬來了？」這要是做得不怎麼樣，可不白浪費了這好果子。

「是掌櫃差人來吩咐的。」幫廚有些戰戰兢兢地道。

邱師傅不好多說，臉色不太好看，用手虛虛指了一圈，發了話。「別超出這個位置，不該碰的東西不要碰。碰壞了，妳們可賠不起！」說完，甩手走了。

邱師傅能丟下人走，幫廚可不敢那樣隨意，不然到時候張掌櫃問起來，他得揹鍋，便老老實實留下來聽候差遣，順便看佟秋秋母女是怎麼做的。

金巧娘也為酒樓的大手筆吃驚，但邱師傅的態度著實讓人生氣，佟秋秋安撫地拍拍她。

「我開始做，娘幫我打下手。」她是來和這家酒樓做生意，又不是和邱師傅，大可不必理會他。

多種水果有多重做法，可以只用一種水果做單一口味的果酪，也可以用口味不相衝的水果混合著做。

幫廚在一旁看著，這姑娘的手上功夫流利無比，但瞧著也沒什麼困難呀，也沒看出花頭來，怎麼值得掌櫃的重視？
直到佟秋秋從包袱的布兜裡拿出那白色粉末，幫廚好奇地問這是什麼，佟秋秋一笑。
「待我把方子賣與你家酒樓，你大概就知曉了。」
幫廚無語。「……」這鄉下姑娘心眼不少啊。
佟秋秋繼續專心做果酪，熬出果汁和新鮮的果肉備用，估量一下，按照比例把豌豆澱粉、糖和果汁混合熬煮，煮好後倒入事先準備的糕點模具中，再配上對應口味的果肉，等待冷卻成形即可。
當然，這個時節冷藏後食用最佳。
佟秋秋剛想問有沒有井可以鎮涼，幫廚馬上會意道：「酒樓有冰窖。」
佟秋秋當即笑了。「那行，你拿去鎮涼後，脫模即可。」看來她真是窮得見識短，瞧人家什麼配置。
「餘下的果汁也一起鎮涼，到時候脫模，些許淋上一點，讓其光澤更佳，肯定更賞心悅目，讓你們掌櫃滿意。」
幫廚連連點頭，自去辦了。
一會兒後，張掌櫃向少東家溫東瑜回話。
溫東瑜聽說果酪做好了，就等鎮涼後食用，心裡高興，見日頭已到中天，乾脆讓廚房做幾個小菜，請佟家人吃頓便飯。

佟保良和佟保信被安置在一間待客的小廂房內，見金巧娘、佟秋秋被人帶來，頓時鬆了口氣。

剛才張掌櫃拉著兩人說了不少話，尤其是和佟秋秋一起做生意的佟保信。不過也沒什麼用，佟保信不知果酪是怎麼做的，他幹的就是趕車和幫忙招待客人的活計。

佟保良更是不知，只一個勁地喝著茶水，好不容易等張掌櫃走了，才託個小二哥帶路，去了茅房。

這會兒，小二端了飯菜上桌，笑道：「張掌櫃吩咐的，不用花費銀錢，你們慢用。」

待小二一走，佟保信看著菜餚，忍不住嚥了口口水，不好意思地紅了臉。

「吃吧。」佟保良率先動筷，佟保信不好意思地笑笑，一桌子人動起筷子來。

金巧娘說起在廚房的見聞，佟秋秋在邊上湊趣，一家人開心地吃完飯。飯畢，小二又送來茶水消食，佟秋秋也不急著等回應，悠哉地享受了一回酒樓的服務。

另一邊，溫東瑜見桌上擺著的琳琅滿目、盈盈水光的果酪，其中果肉還能看得分明。

他拿起勺子，先嚐了荔枝口味的。香甜嫩滑的口感，再配上軟嫩果肉，竟是說不出的舒爽，與那日吃的桑葚口味相比，更加沁涼，合他胃口。

實在是暑日解熱良品啊！溫東瑜閉著眼，享受地瞇了瞇眼。

而後，他挨個把晶瑩欲滴、顏色紛乘的其他口味一一嚐了遍才停下，對張掌櫃道：「你也來嚐嚐。」

張掌櫃人胖，天氣熱，他擦著汗，還得受罪地看少東家一臉享受的模樣，饞蟲早被勾出來，當下毫不推辭，端起他瞧中許久的西瓜味果酪，舀入一勺送入嘴裡。還沒來得及細品，果酪便在舌尖劃過，順著喉嚨滑進肚內。

溫東瑜好笑不已。「這要慢慢吃、細細品。」

兩人滿意，定要拿下這方子，便招來邱師傅問話。結果邱師傅一問三不知，兩人臉色就有些不好看，知道交給他的事，他又推給下面的人了。

這時不想和他計較，遂找來幫廚。幫廚覺得這是自己的機會，打起十二分精神對答。

兩人便知，做法倒是不難，但需要加一種白色粉末，卻不知道是什麼，小姑娘也沒讓人上手細看。

「看來這就是關竅了。」張掌櫃用帕子擦了擦嘴。他就說那小姑娘有成算，原來在這裡等著呢。

金巧娘把三十六兩的銀元寶揣進懷裡，牛車一顫，她的心也跟著顫。這輩子沒揣過這麼多銀錢，兩手緊緊捂著，生怕丟了。

佟保良時不時問上一句，話裡也不提銀子，只輕聲問：「還在不？」

金巧娘用手指搓了搓，感覺那硬硬的銀子形狀，連連點頭。

前頭駕車的佟保信，動作比平時小心翼翼，彷彿多顛簸些，就要把銀子顛出來似的。

佟秋秋靠在她娘背上，閉著眼假寐。

金巧娘扭臉瞅瞅自家女兒那輕鬆愜意的模樣，緊張的心情放鬆下來，跟丈夫道：「你看你閨女，跟沒事人一樣。」

佟保良笑了，也輕鬆起來。「這樣才好。煩事不過心，日子過得舒心。」

佟秋秋聽著爹娘的話，嘴角微翹。

方才訂契約時，她承諾那果酪方子絕不外傳，自家也不做果酪買賣。但那做果酪的粉末挪作他用，酒樓不得干涉。

張掌櫃精明，當下便不肯答應。

她也堅決不退步。其實豌豆澱粉的作用多了去，她不過是利用了其中一種而已。

做法不難，是勝在市面上沒有巧思。

兩邊僵持不下，最後酒樓還是按照佟秋秋的意思簽了契約。畢竟夏日裡酒樓生意耽誤不得，等果酪推出，必為佳品，還是獨一份，不知能引來多少客人；耽誤一天，耽誤的就是真金白銀。

不過，簽訂的價錢也由起初商量的五十兩，變成三十六兩。

即便如此，佟秋秋也沒改口。

簽完契約後，佟秋秋把豌豆澱粉的做法交出去，張掌櫃看向她的眼神便意味深長起來。

佟秋秋一笑，大家各憑本事，酒樓用豌豆澱粉變出更多吃食，她也是管不著的。就算哪一日和她將要做的涼粉生意衝突，她也只能認了不是。

而後，張掌櫃定定看著這家子乘著牛車遠走，小二還奇怪呢，這是怎麼了？直到看不見人影了，張掌櫃才轉過身來，去回稟少東家。

佟保良一家到家門口，就見大哥大嫂在等著了。

佟保忠趕上來道：「二弟，這麼大的事，你也不跟我說一聲，就自己去了縣裡的酒樓。不叫我替你撐場面，萬一你開罪了人家，如何是好？」

金巧娘最聽不得佟保忠這樣說話，彷彿她男人多呆傻似的，說出來就顯得他能耐了。

佟保良倒是好脾氣。「去得匆忙，大哥勿怪。」

曾大燕忍不住搶話。「二弟不知我和你大哥等得多焦心，飯都沒吃，就在這裡等著了。快說說情況怎麼樣？秋秋做的那什麼東西賣給大酒樓啦？賣了多少錢？」

金巧娘扯過丈夫，一臉為難地對曾大燕道：「嫂子別問了，這錢掙多掙少，也是秋秋掙的，我和她爹一分不要，就給她當零花了。」

曾大燕是個大嘴巴，經過她的耳，她就能傳給全村人知曉，到時候來一堆借錢的，是借還是不借？他們家什麼光景，能那樣把錢借出去？但不借就是傷了情分，為難的是他們。

只能當佟秋秋的零花，看來是沒掙多少。曾大燕撇撇嘴，瞧村裡人吹噓的，她說呢，就佟秋秋這丫頭片子能有多大能耐？人家縣裡的大酒樓什麼大魚大肉沒見過，大概給點錢，便把他們打發了。

可甭管多少，總要扣點好處，曾大燕打算繼續歪纏。

金巧娘不看她，轉向佟保忠。「孩子大伯，天都暗了，我家裡還冷鍋冷灶的。待會兒得去三叔公家接孩子回來，又要做飯，你看……」

佟保忠仔細打量佟保良夫妻，又看蔫蔫的佟秋秋和低著頭的佟保信，見這幾人都沒一點高興樣子，彷彿吃了癟。

他心裡冷哼一聲，就知道這些人都沒用，能有什麼出息？他一直看不起小買賣人，小貨郎、小攤販，哪個不是賠笑臉，點頭哈腰，簡直一點骨氣也沒有，和人討食一般。

佟秋秋打小不學好就罷了，如今自甘下賤做起小買賣，還想跟酒樓談生意，簡直作夢！酒樓那是什麼地方，進出都是達官貴人，再不濟也是手裡不差錢的，他們這鄉下泥腿子去了，也是髒了人家的地。

想到此，佟保忠再無耐心留下來，背著手大步離開。

曾大燕見這家人油鹽不進，自己的肚子卻咕咕叫起來，回家吃飯要緊。一路走，還一路囑咐。

「秋秋呀，現在妳手裡有了零花錢，大伯母可等著妳孝敬啊。」

半路真睡過去的佟秋秋，揉揉耳朵，打了個哈欠。「大伯母說什麼？」

佟保信抬起頭，哈出一大口氣。「總算走了，不然我得露餡。」回來前，大家商量好，掙多少錢得瞞著，可真叫他為難。佟秋秋便出主意，既然騙不了人，低頭垂臉不說話就行，效果真是好啊。

佟保信樂滋滋地趕車回家，今日不僅跟著佟秋秋學了一招，又去縣裡酒樓見了世面，沒有白過一天。

佟保信回到自家門口，就見小苗兒正跟著自家小姪兒、姪女們一起玩。小苗兒瞧見他，立刻跑過來問，他爹娘可回來了？

佟保信笑著點頭，環視一圈，沒看到佟小樹，問小苗兒。「你哥呢？」

小苗兒想了想，歪著頭道：「哥去玩了。」他哥好像沒跟他說去哪了。

此時，佟小樹和季子旦躲在半人高的蘆葦後頭，正盯著河邊瞧。

天色漸暗，季子全揹著籮筐摸到河邊，嘴裡還念念叨叨。「這魚怎麼越來越少了？」之前和他一起偷魚的人見沒魚可抓，不願再跟他來了。

哼，肯定是季子旦那幾個搞的鬼。

季子全剛走到陷阱旁邊，藏在蘆葦後頭的人嘩啦一聲衝過來。他毫無防備，被人從後面一推，咚的一聲掉進坑裡。

「哪個王八……」他正想抬頭看是誰，頭就被按下去，還罩了個大大的竹葉蓋。半人高的坑裡，季子全只能彎腰蹲著。他想起來，便是啪的一聲，樹枝打在頭頂，將他的頭壓下去。

這時，季子全才慌了起來。「你們是誰？想幹什麼？我爺爺可是季氏族長的嫡親兄弟，你們是不是不想在村裡混了！」

以往季子全就是靠著他家是族長近親，狗仗人勢。季子旦撇撇嘴，他早看不慣季子全了，族長爺爺家的兒孫們都沒有仗勢欺人，季子全憑什麼？

佟小樹拿著竹條，動作毫不遲疑，把又要冒頭的腦袋拍下去，心裡對季子全充滿鄙視。

季家族人多，當然有貧富之差，季子全的爺爺是族長的親兄弟，過得不錯。有些需要仰仗族裡的族人，免不了對族長及他家近親多讓幾分；而村裡的其他外姓人，也不會主動招惹人多勢眾的季家，才出了個在村裡其他孩子面前囂張的季子全。

當初這傢伙還要欺負他姊來著。哼，最後還不是被他姊一頓好打，不敢再惹到跟前來。

季子全見沒人答應他，試探著直起身，又啪地挨了一記。

他哎喲一聲，竹蓋在頭頂，打得倒沒多疼，但是重壓下來就難受啊。黑漆漆的，弓著腰，難受得很，季子全開始哭爹喊娘。「我錯了，大哥大俠大英雄，你放了我吧！哎喲……」只要他敢大叫，就會被壓。

季子全試著冒頭。

「啪——」
再冒頭。
「啪——」
季子旦掩著嘴，險些笑出聲來。
如此反覆幾次，季子全縮著不敢起身了，只在坑裡哭。
佟小樹、季子旦像打土撥鼠似的，一下一下。這會兒見季子全在裡頭哼唧，等了好一會兒，見他根本不敢出來，覺得沒意思了。
佟小樹做個手勢，示意可以撤了。季子旦有些不情不願，被佟小樹瞪了一眼，便跟著他離開。
到了事先找好的一處茂密樹叢裡躲著，季子旦才暗自腹誹，他可比佟小樹大四歲，怎麼佟小樹一發號施令，他就聽了呢，毫無當大哥的威嚴。絕對是被佟秋秋那丫頭壓迫久了，以至於到她弟跟前不覺就聽話行事，哎，真是一點面子都沒有。
季子旦一邊氣短、一邊朝陷阱看去。
然而，竹葉蓋都沒動一下。等了一刻鐘後，還是沒動靜。
正當季子旦懷疑季子全是不是在坑裡拉屎時，竹葉蓋終於動了動。
蓋子下露出一顆頭來，頭的主人眼睛跟做賊似的，悄悄環視一圈，像在確認沒有危險，然後才飛快從坑裡爬出來，彷彿有鬼在後頭追一般，啊啊啊尖叫著火燒屁股地跑了。

「嘁，就這賊膽子。」季子旦很不屑。平時季子旦就愛狐假虎威，根本是個屁本事都沒有的孬種。

「行了，給了教訓就成，又不能真拿他怎樣。」佟小樹伸伸胳膊和腿。「趕明兒咱們把這坑填平。走了。」

「真可惜，咱們的陷阱。」季子旦邊走邊說道。

「這個無主的不好弄。以後你買座大河塘，裡頭養魚，要是有人敢偷魚，你揍人就名正言順了。」佟小樹笑道。

「有那個錢，我還稀罕這幾個陷阱？」季子旦一臉「你還沒睡呢，怎麼天一黑就作起夢來」的表情。

他說完，眼睛突然亮起來。「是不是佟秋秋又想出了好點子做買賣？」

佟小樹背手走著，頭也不回，一臉高深模樣。「你猜？」

「哎哎哎，小樹你等等……」

沒有外人在，金巧娘回房後立刻把銀子鎖進箱子裡，又覺得不保險，一時想不出好地方來。但要做飯了，只能暫且先這樣。

佟小樹回到家，晚飯也上桌。他和尋常無異，一家子都沒有察覺異樣。

吃完晚飯，金巧娘和丈夫一邊想藏錢的地方、一邊討論這錢的打算。佟秋秋把錢交給她收著，給家裡花銷。

可是，這麼大筆銀子，怎麼花？

佟保良沈吟。「先留著。」

金巧娘卻是想到欠娘家的銀錢，抬眼看丈夫。

佟保良也正看著她。「孩兒他娘，再等等吧。」

金巧娘立刻明白了丈夫的意思。丈夫好不容易學成歸來，當初也是因為學手藝才欠下銀子，心裡期待不小，盼望著能靠自己的手藝償還欠下的債。

見丈夫笑著點頭，娘家也不急著用錢，欠著的情，金巧娘便記在心裡。

現在，她應該給丈夫一些時間。

第十二章

夫妻夜話，知了對方的心意，各自下定決心，要做出個樣子來。

佟保良早出晚歸，拜訪供應木材的人家，仔細詢問木料的種類和價錢，心裡細細衡量比較。金巧娘則和佟秋秋準備豌豆涼粉、菜蔬，製作醬料。

佟小樹和小苗兒從旁幫手，家裡忙得竟是一個閒人也沒有。

這樣的氛圍，讓人忘了疲憊。多做一點事，心裡就多了一分滿足。

村人見這家人深居簡出，常常不見人影，都認為是在縣裡碰了釘子才這樣。再加上曾大燕在外碎嘴嚼咕，更覺得如此。

但當村人再見金巧娘母女時，卻發現佟保信趕著車，載他們帶著傢伙離了村。看車上疊放的桌椅等一應用具，心裡有了猜測。

有人好奇道：「這是又要去做買賣，他們不是被掌櫃驅趕回來了嗎？人家瞧不上眼的東西，還有膽子走遠了賣？」

「定是面子過不去。我說保良媳婦也真是，撐著紙糊的面子強裝，這一趟去，牛就不要吃喝拉撒？保信跟著胡鬧，他爹也不管管。」

村裡的謠言厲害，可也有眼明心亮的人，覺得不是如此，想辯上幾句，就有人不樂意聽，便要起爭執。大概是不願承認跟自家一樣腿上帶泥的佟老二家能真出息，即便有蹊蹺，也矇著眼看。

話說前兒大集，那賣果汁的不知有幾家，但多半灰頭土臉地回來了。只因賣家多了，即便是滋味做得還不錯的都賣不上價，最後不知賣的錢有沒有把買糖的錢掙回來。

其中最慘淡的莫過於劉痦子家。不同人做出的是不同滋味不奇怪，唯獨他家的桑葚汁，客人買了嚐一口就吐出來，要找他家賠錢。

據說他家桑葚洗也不洗，連桑葉跟枝條也不摘乾淨，一股腦地放進冷水裡，用錘子搗爛，拿家裡沒洗淨的抹布濾掉殘渣就完事。做出的果汁不知是什麼怪味道，隱隱還有些餿味，聞一聞都嫌棄。

劉痦子夫妻自是不肯賠錢，兩方爭執起來，先是滿嘴髒的叫罵，而後是滿地打滾的幹架，那場面難看的喲，丟人丟到姥姥家了。

總之，這一夥跟著賣桑葚汁的人，全白費了功夫，沒得個好結果。

此時看著金巧娘母女去做買賣，嘴裡說著不看好的喪氣話的，就有那其中的人家。

曾大燕跟著人群閒磕牙，吃著一把炒豌豆，望著牛車漸小的影子，嗤笑道：「這母女倆一個樣兒，我看是窮瘋了，為了幾個錢就折騰。」

這雖是指著金巧娘母女倆的話，但聽到許多人耳裡也不中聽，心想他們這些跟在後頭賣桑葚汁的，豈不是更不如？

有人立刻回嘴。「妳家大兒昨日不也上趕著去賣桑葚汁了？怎麼，妳家大兒不是瞎折騰，是掙了許多？」話裡都是譏誚。

說話的正是劉痞子媳婦，昨日退了錢不算，打架還閃了腰，賠了夫人又折兵，這會兒氣不順，可不得了機會撒氣。

曾大燕聽了，惱羞成怒。「放你娘的屁！我家大兒稀罕那幾個錢？」

她不知大女兒佟貞貞攛掇大兒佟大富做果汁買賣。佟大富想賺幾個錢零花，又要顏面，畢竟是仿了堂妹的生意，所以背著家裡人偷偷行事，可惜也是昨日灰溜溜回來的一員。

儘管佟大富有意遮掩，但同一個村裡的，誰不認識誰呀。瞅見佟大富在旮旯賣桑葚汁的人就不少，旁邊有人附和，連穿了什麼衣裳、一杯都沒賣出去的事全當眾說了出來。

曾大燕自覺丟了大臉，當即和劉痞子媳婦大吵一架，才氣咻咻地回去收拾自家大兒。

佟大富在家被好一頓教訓自不用提。

今日的梅縣渡口，揹著包袱的行人、扛活的漢子，依舊人流往來不斷。

渡口的東邊多了個吃食攤子，買吃食的人排了長長的一列。

湊近一看，晶瑩如白玉的東西，桶口那般大的一塊，就擱在鋪了白布的几案上，只見老闆娘用木刮輕輕一刮，便成了一條條白白的粉條兒。

粉條兒擱進碗裡，加上一筷子的黃瓜絲、一勺炒香的黃豆粒、一勺拌醬、一勺醋，淋上紅豔豔的香辣油，再點上些蔥花，最後一道拌了。白、綠、紅、黃相間，煞是好看；那香味也是沁人心脾，使人不覺噙起口水。

如此不算，價格也公道，一碗三文錢，尋常人都吃得起。熱天裡吃上一口，開胃極了。味美價廉，客似雲來。佟保信忙得腳不沾地，急急收拾碗筷，遞給在後面清洗的佟秋秋。

佟秋秋的手也是一刻不停，洗碗、擦碗，手腕都要翻出花來。

一個時辰後，帶來的涼粉售罄，金巧娘才有空閒擦擦汗。

經口耳相傳特意趕來吃頓美味打牙祭的客人，見收攤了，紛紛惋惜不已，問道：「明日還來不？」得到金巧娘的肯定答覆，才滿意走了。

金巧娘摸摸腰間的口袋，心裡滾燙滾燙，決定幫佟保信漲工錢，從原來跟著佟秋秋時的一天十五文，漲到一天二十文。

佟保信心裡歡喜得不知如何是好，一天才花多少工夫，一個月就有六百文！果然聽他爹的話是對的，自己不聰明，就跟著聰明厚道的人幹，總吃不了虧。

要是他，就算作夢也作不出這好看又好吃的東西來，還是二嫂有本事呀，秋秋定是隨了母親，才有了賣方子給酒樓的造化。

這涼粉，金巧娘母女倆商量了，對外說是金巧娘想出的主意。金巧娘是顧慮女兒年紀還小，名聲傳出去未必是好事，而且總覺得這是透了天機的事，還是謹慎些好。

佟秋秋一點也不在意，這樣她還少了許多麻煩事。

收拾好買賣的傢伙，金巧娘才發現女兒的手因洗碗泡出了白皮，心疼地摸了摸，決定定要替女兒攢下一份厚實的嫁妝來。

佟秋秋忙著，沒仔細瞧自己的手。涼粉生意這般好，證明不管在哪個時代，涼粉在大熱天都是很有市場的，那在自家門口也能賣啊，而且扶溪村還有個季家族學呢。

佟秋秋決定不放過族學學生那批客人。若是賣果酪，可能沒有多少學子買，畢竟價格偏高，分量少，並不飽腹。但涼粉不一樣，好吃還吃得起，就算不是每頓都吃，也可以隔三差五換換口味嘛。

回去的路上，佟秋秋把這打算告訴金巧娘。金巧娘很支持，心想讓女兒留在村裡，免得和她奔波。

母女倆說得高興，可牛車一到家門，看到站在門前的人，臉上的笑容便落了下來。

「巧娘。」出聲的是一個約莫二、三十歲的女人，腦後攥了髻，上頭插著銀髮簪，描著細細的眉毛，戴一對銀丁香，一身收拾得齊齊整整，說話不輕不慢、細細柔柔的。

佟秋秋一瞧，這不是她那沾親帶故的表姨袁細妹嗎？再轉頭瞅她娘的臉色，也不多說什麼，自個兒跳下車，再伸手去扶她娘，然後把車上的東西一一搬下，好讓佟保信駕車回家。

佟保信要下車幫忙搬，被金巧娘推拒了。佟保信看看這個，看看那個，摸了摸頭，哎，這氣氛不對，但二嫂和秋秋應該吃不了虧，等車上的東西搬完，甩甩牛鞭，噠噠離開了。

金巧娘從兜裡拿出鎖開了門，接著和女兒一起動手，有條不紊地把傢伙往家裡搬。

「巧娘。」一見母女倆無視自己，袁細妹上前一步，又叫了一聲，語氣裡還帶著點委屈。

佟秋秋抖了抖身上的雞皮疙瘩，金巧娘開了口。「我不知道咱們倆有什麼好說的，妳回去吧。」

聽了金巧娘的話，袁細妹絲毫沒有走的意思，反而看向佟秋秋。「秋秋，我是妳細妹表姨，老見不著人，怕都不認識了。」

袁細妹抬眼上下打量佟秋秋，心裡納罕。以前遠遠瞅見，都是瘦巴巴丫頭一個，沒發現這丫頭片子挑著父母好看的地方長，臉上五官雖未長開，但長成後，也是個美人胚子。

袁細妹在心裡冷笑一聲，好看又怎樣，也是隨了金巧娘的命。金巧娘的相貌和家境比她好，現在還不是過得不如她，近三十的人了，還在外頭拋頭露面。

當初她可沒跟那佟家老婆子說錯，金巧娘一看就不是個安分守己的，誰知道在外頭有沒有和其他男人不乾不淨。

她邊想邊撫了撫身上的衣裙，裙底下露出一點繡花鞋面，再掃穿著粗布衣裳、粗布鞋的金巧娘一眼，心裡就覺暢快。

佟秋秋捕捉到袁細妹眼底飛快閃過的輕蔑，輕嗤一聲，這是來找不痛快了，故意問道：「您不是季子全他娘嗎？怎麼突然冒出來，說是我表姨呢？尋常年節也沒見您上過門，真是失敬。」

「哎，我哪裡是不想上門，是……」袁細妹說著，小心翼翼地瞥了金巧娘一眼，彷彿是有什麼難言之隱，結巴一下才道：「巧娘，妳還在為那點陳芝麻爛穀子的事生我的氣呀？都是我的不是，就算我道歉一次又一次，妳不原諒我，我也該常來看幾個孩子。住在同一個村子裡，倒叫孩子們都不認人了。」

「您貴人嘴巴一個不注意一歪，就是污人清白的事，我可不敢再跟妳有半點干係，不然日後再一個不注意，我跳河洗冤去。」袁細妹的嘴一張，就要給她們母女安罪名，金巧娘可不耐煩和她半遮半掩地彎彎繞繞說話。

「巧娘，妳怎麼……我是不小心說了實話，是我的不對。我娘也上門來罵過我，是我錯了……」袁細妹神情傷心。

她的話沒說完，就被佟秋秋啪啪的掌聲打斷了。「好，說得真好呀！」瞧這姿態拿捏的，可惜了她和她娘不是男人。

袁細妹的話噎在嘴裡，看著面前的小姑娘。一雙笑眼迎視你，眼中卻是明顯的嘲弄。

「秋秋，妳怎麼能隨便打斷大人說話呢？不知道的要以為妳這孩子沒教養，倒是累了父母的名聲。」袁細妹嘴角笑著，目光裡卻帶著刺。

生了一日的氣，過來叫金巧娘管教管教女兒，別帶壞了她家大富的曾大燕，就聽到了這場戲。

這下，她連來的目的都忘了，就在一旁看戲，心裡嘖嘖有聲。這哪裡是姨表姊妹，分明是前世的仇人，見不得對方好過。

當然，她是樂見其成的，當初要不是袁細妹在自家那耳根子軟的婆婆跟前挑撥，她再從旁撥火，也不能順利把二弟這一家分出去，叫他們大房得了大半家業不說，還……曾大燕暗自得意。

「妳有什麼事，衝著大人來，對著孩子幹什麼？」金巧娘冷著臉對袁細妹道：「沒事就走吧，我們這裡忙著呢，沒工夫接待妳這貴客。」

袁細妹見金巧娘變了臉，才好受些，抿了抿鬢髮，道：「我這次來是想問，我家全子怎麼得罪了秋秋，叫秋秋一陣嚇唬和好打，晚上還作起了噩夢。」

佟秋秋一聽，自己忙來忙去，倒忘了收拾季子全這件事，估摸著不是季子旦就是佟小樹，或是他倆一起搞的事。但聽袁細妹指名道姓的，是認準了她，便哼道：「妳這可是睜著眼說瞎話。怎麼就是我了？難道他哪一天自個兒摔了，還賴我不成？」

「不是妳還有誰？」袁細妹曉得佟秋秋的野性，和村裡不知多少男孩打過架。

「我就說不是。妳要說是也可以，拿出證據來。」佟秋秋扭了扭頭。「有嗎？」

「妳和大旦弄了陷阱抓魚，見魚被其他人抓了，心懷怨懟，懷疑是我家全子做的，不就拿我家全子出氣了。」

「口說無憑。」佟秋秋沒好氣道：「不然將來誰家出了點事，都能隨便找個人賴上。」

袁細妹見佟秋秋半點不虛的模樣，確實不像是下黑手的，心裡猜測是不是兒子搞錯了。但是來都來了，這個黑鍋給金巧娘的女兒揹也好。

「那妳能證明不是妳？」袁細妹接著道。

佟秋秋心裡嗤笑，如醍醐灌頂般道：「我說我娘的嫁妝箱子裡怎麼少了個金鐲子，原來是妳拿的！」

隨口來，她也會啊，她一看就知道這女的沒有半分證據，甚至搞不清楚是誰，就要往她身上栽贓呢。

哼，栽贓誰不會，她也不是吃素的。

「妳胡說什麼，我幾時拿了妳娘的金鐲子？妳娘根本沒有金鐲子，不過是陪嫁的銀鐲子罷了！」

袁細妹突然變得有些疾言厲色，彷彿被踩了尾巴的貓。「那銀鐲子還是妳娘自願給我，可不是我偷拿的。金巧娘，妳可不能讓妳女兒胡說。」

這會兒袁細妹看金巧娘，就像看個騙子似的。金巧娘答應過她，誰也不說的，現在居然就跟自己女兒說了，還誣陷她偷拿她的金鐲子。

此時金巧娘也跟看見什麼噁心東西一樣看著袁細妹。「當初我真是瞎了眼，就算扔了，也不該給妳這白眼狼。」

那年，她和袁細妹前後腳出嫁，說起來袁細妹訂下和季家八老爺二兒的婚事，在外人看來，是比她強多了。但袁家拿不出像樣的嫁妝，只給了袁細妹幾身衣裳，再沒有其他。而她不僅有箱籠、衣服、棉被，還有奶奶生前給的一對銀鐲子。

那時，她是真把袁細妹當親姊妹看待，送了其中一只給她。這件事連她娘都不知道，哪想過有今日？

佟秋秋險些以為自己的嘴開過光，瞎掰居然就撞上了，難怪袁細妹不打自招。

「妳好意思瞅我娘，我娘半個字都沒和我說。我說的是金鐲子，可不是什麼銀鐲子。」佟秋秋一臉可惜，捂住心口心痛道：「沒想到還有件銀鐲子的事。銀鐲子留給我多好，怎麼就給妳這個吃進去便不認人的。」

袁細妹臊得慌，原來是她不打自招，不願再說曾經要過金巧娘手鐲的事。「不要東拉西扯，我今日來就是問秋秋為什麼欺負全子的。」

「好啊，那我們好好說。」佟秋秋看著袁細妹的眼神，更加不善了。「我說這位大嬸，妳怎麼能證明金手鐲不是妳拿的？」

「妳怎麼總提手鐲，分明是誣賴，哪有什麼金手鐲！」袁細妹被佟秋秋胡攪蠻纏得忍不住火冒三丈，繃不住面皮。

「哦？那妳怎麼能證明季子全是我打的？」佟秋秋不緊不慢地道：「可不就妳一張嘴，誰還不會說還是怎的。」哼，話繞來繞去地說，煩也煩死她。

袁細妹心裡惱恨。「我好歹是妳表姨母，說話怎麼這般不敬長輩。」

「我早和你們袁家斷了干係，別到我女兒跟前充什麼長輩。」金巧娘也不想多說。「非要個結果，便請你們季家族長來說道說道，我看妳這季家媳婦有沒有這個臉。」

袁細妹當然不敢把這點無憑無據的事情鬧到族長跟前，只一臉受委屈的模樣道：「我哪能煩勞三伯他老人家，他一族之長自然不許我來，不然就像我們仗勢欺人似的。如今我自己來問個道理不成，只能叫我兒平白被人欺負了。」

佟秋秋聽了她這話就噁心，嘴裡說著不仗勢欺人，但這話裡話外的族長三伯，意思可清楚了，直起身。

「那問問全村有多少孩子受過季子全的欺負。我們都有眼睛看著呢，不說十個八個，三五個絕對找得出來。」

她說著，便要上前拉袁細妹。「走，去找你們季族長。放心，我們絕不說季家仗勢欺人，就要個公道。」

「這點小事值當什麼，還要鬧得風風雨雨不成，真是胡鬧。」袁細妹飛快甩開她的手，踩著繡花鞋，頭也不回地快步走了。

其實袁細妹心裡也清楚兒子是什麼性子，也不是沒見過兒子欺負別的孩子，最多嘴上說兩句罷了，誰叫那些人不如自家呢。

即便如此，她也曉得不能鬧到三伯跟前，不然依三伯那嚴肅持正的手段，季子全受罰，她也要跟著挨訓，家裡的幾個妯娌不知會怎麼取笑呢。

送走瘟神，佟秋秋扭頭看見躲在一旁的曾大燕。「大伯母有事？」

「沒、沒事。」

曾大燕說完，扭著健壯的腰身就走，背著人撫了撫胸脯，心裡念叨，這野丫頭真是越發不得了，連那面甜心黑的袁細妹都能被她擠對走。

佟秋秋和金巧娘耳根清靜了，沒空管曾大燕，逕自去後頭廚房，見昨日做的一批豌豆澱粉已經風乾，臉上都是一喜。

母女倆把做好的豌豆澱粉裝好，再做下一批，以供日後用。

忙活完，金巧娘看看外邊的日頭，吩咐女兒。「把小樹和小苗兒從妳三叔家叫回來。」

佟秋秋笑著應了，回來時卻說，今兒爹回家得早，帶了佟小樹和小苗兒去外公家。

金巧娘一聽，道：「妳外公大概會留他們吃飯，那咱們娘兒倆吃，不管他們了。」

果然，日頭下山後，佟保良領著兩個兒子從甜水村回來，自然是吃飽喝足了。小苗兒一進門就說自己吃了燜豬蹄，那肉多麼多麼好吃云云，油滋滋，這會兒嘴裡還有肉味呢。

那小饞貓模樣逗得人好笑，佟保良卻笑得有些勉強，望向妻子的神情有幾分愧疚。本想著學成歸來就好好幹，撐起家業，但自己剛回村，沒有口碑，想做成一單生意還得等。

老丈人勸他寬心，錢也不要他急著還，還會幫他宣傳，讓大夥都知道扶溪村有他這木匠在，要他別著急，慢慢來。

佟保良也知道這件事急不得，但心不由人啊。

金巧娘一看丈夫那模樣，就知道怎麼回事，揉了揉腦袋，露出疲累煩惱的樣子。

「幸虧你提前學成回村，能支應我了。你不知，今日那涼粉生意的客人可多了，我一雙手恨不得當八隻手使。」

佟保良聽了，要過去攙她，金巧娘擺手。「我沒事，歇會兒就好。」

「這也太累了些。」佟保良擔憂道。

「哎，我正愁缺人幫忙呢。明兒開始，秋秋不能和我一道去縣裡了，她要在族學門口擺攤賣涼粉。」

佟保良馬上接話。「我這個大活人在呢，我去幫妳。」

「成！」金巧娘道。

佟保良見媳婦兒鬆了口氣的樣子，看來是少不了他去幫襯。他沒有活計可做，替媳婦幹點事也是好的，剛才那點沮喪被忘了個乾淨。

佟小樹和小苗兒聽佟秋秋要去族學門口賣涼粉，異口同聲地道：「我也去幫忙。」

「行！」佟秋秋看看爹娘，又看看兩個弟弟，嘴角笑成了月牙。

第十三章

這日，鬚髮皆白的季七太爺看著風塵僕僕回來的孫子，滿是皺紋的老臉上神情嚴肅。

「是你給你那幾個叔伯去信的？」

「是，孫兒模仿您的筆跡寫的。」季恆承認得痛快。

季七太爺險些氣得仰倒，這就是他外人口中不學無術的孫子！一手模仿筆跡的本事出神入化，背著他這老頭子，先斬後奏，以他的名義邀請兩個新朝建立後仍賦閒在家弟子來扶溪村傳道受業。

他收到弟子的回信，才知道他的好孫子幹的好事。

「祖父莫氣。隱忍這麼些年，是該動動了。」季恆垂下眼，讓人看不見裡面翻滾的狠戾。再抬頭時，已經恢復平靜。「謝祖父成全。」

他知道祖父嘴硬心軟。回到扶溪村之前，丁二傳過消息，祖父如他預料那般，已經把建書院的消息傳出去，連院址都選好了。

「哼，有你這不肖子孫，我這老頭子能怎麼辦？胳膊擰不過大腿。」季七太爺說著，眼中染上悲痛之色。

昔日，兒子正當壯年，不明不白就那麼去了，兒媳婦受不住瘋了，他這老頭子心裡難熬，更何況是突逢巨變的孫子？

要不是當時孫兒年幼，又屢遭暗算，險些長不大，他當老子的也不能隱忍蟄伏在這鄉村裡當田舍翁這麼久。

「你大了，能自個兒做主了。」季七太爺撐住太師椅扶手，緩緩坐下。「未待及冠，我就替你取了字，叫知非，就是叫你明辨是非，莫失本心。你答應祖父一定做到，可好？」

「好。」季恆不吝惜於安祖父的心。然而未來如何，不可能隨他左右。

季七太爺看著氣勢凜冽的孫子，這個孩子五歲前也曾機靈淘氣、活潑愛笑，心裡悲痛不已，擺了擺手。

「你去吧。」

「孫兒告退。」

季恆轉身瞬間，季七太爺的淚水浸濕眼眶，他趕忙站起，背過身去，不讓孫兒看見他這副模樣。

季恆退出書房，又去向祖母請安，而後到母親院門前，遠遠看了看母親才回轉。

半路上，他遇見客居在此的表妹榮佩環，喚了聲表妹，略點點頭，就要錯身而過。

榮佩環上前一步，輕柔道：「表哥諸事繁忙，也要注意身子才好。」

季恆冷若深潭的眼眸沒有波瀾，仍然一副守禮的模樣。「多謝表妹關心。」

榮佩環臉上溫柔關切的表情不變，無知無覺般瞧了眉目如畫、俊美卓然的季恆一眼，羞澀地轉過頭，露出一截白皙的脖頸。

儘管是表兄妹，但季恆向來不與人過於親近，何況男未婚、女未嫁，遂告辭離開。

榮佩環望著遠去之人的背影，臉上已然沒了笑容，眼裡彷彿蒙上陰鬱。不過片刻，面上又掛起那副溫柔羞怯的笑。

季恆毫無所覺般地逕自回了自己院子，遣人去叫丁一來。

丁一正吃著留守在家的好兄弟丁二給他捎來的涼粉。

因傳回來的線報，少爺一直尋找的畫中人有了點眉目，他跟少爺連忙趕去尋人。這烈日頭下，不是騎馬奔走，就是船上顛簸，著實不好受。

但少爺都不叫苦，他更不能叫苦了。這次雖然沒有抓到人，但相較於以前的音訊全無，已經是好消息了。

這一去一返，少爺看著清減不少，他的胃口也是一日不如一日，感覺至少掉了五斤肉！

久旱逢甘霖般，這涼粉吃著就是開胃就是爽，丁一一筷子下去塞了滿嘴，被嘴裡的酸辣清涼爽滑感動到時，就聽聞少爺傳喚。

他慌忙嚥下嘴裡的涼粉，戀戀不捨地瞧了瞧碗裡剩下的，才匆匆去了。

原來是少爺體恤他這些日子辛苦，叫來廚娘，讓他想吃什麼便吩咐。

丁一謝恩，表示不用，現在別的什麼都不想吃，就想吃他那剩下的涼粉。

季恆打量他一副急著回去吃的模樣，頓了頓道：「真那麼好吃？」

「真的，主要是這熱天吃最好，開胃！」丁一回味著，抿了抿嘴。

「那你叫丁二幫我買一份回來。」季恆嘴裡也是寡淡無味，沒有胃口，但胃痛告訴他該進食了。既然丁一說得那麼好，不妨試試。

「啊？」丁一聽了，錯愕一下，才回過神來。「哦哦，我這就叫丁二去。」

丁二聽了吩咐，放下手裡的事，趕去了族學。

他遠遠便能看見族學門口，攤子的方桌前，一個小姑娘正把一碗涼粉遞給等著的學子。

這會兒正是下學時候，小攤子的客人還不少，等這批人走，恐怕就沒他家少爺的分了。

丁二心想，他家少爺好不容易歸家，人都消瘦了。從小，不管習武還是跟著季七太爺學文，再累再苦，少爺都默默承受，也從不重口腹之欲，更沒要求過吃什麼。

少爺頭一回有個要求，他決定這回不做人了，憑著武學底子擠到前面去，讓他家少爺趕緊吃上。

終於送走了這一波人，佟秋秋才能歇會兒，在凳子上一坐，拿一把大蒲扇搧風。

佟小樹、小苗兒、佟香香也有樣學樣，恨不得搧出退休老爺跟老太太的氣勢來。

季子旦沒眼看，但沒辦法，現在他有求於人啊。他都想好了，如今佟秋秋的涼粉在村裡、梅縣、甜水村賣，還有許多地方沒得賣。他可以去離扶溪村稍遠點的大集啊，這麼好的生意，不愁賣的，他和他娘挑個擔子就能去。

這娃是真有生意頭腦，能想著開拓沒被占領的市場，佟秋秋對季子旦刮目相看。她也想過批發，卻沒有可託付的人。

這第一個吃螃蟹的人上門來了，看在季子旦教他們認字的情分，她不會拒絕。兩個人商量好進貨價，她家提供涼粉、作料，但沒賣出去的涼粉，只能由季子旦自家承擔。

兩人說好，就等佟秋秋爹娘回來和季子旦的娘敲定價錢。

佟秋秋心滿意足，感覺頭上生出一片陰影，抬頭一看，才發現攤位前站著兩個穿著長衫的人。

一個身材高大，皮膚呈小麥色；一個斯文俊秀，笑容溫和，正是錢宗治和他的同窗好友季子善。

錢宗治被佟秋秋滿臉「你這人怎麼偷聽人說話」的表情逗樂了，笑道：「我和子善兄可在旁邊咳了幾聲提醒，誰知妳這小丫頭說生意經說得忘我，這可不能怪我。」

佟秋秋嘟了嘟嘴，決定不和他一般見識，打開桶蓋，把桶裡的兩碗涼粉拿出來。「喏，給你倆留的。」

「多謝秋秋啦。」錢宗治接過來，遞給季子善一碗。「這涼粉好吃，等明年這時候還要賣呀，我定來光顧。不過，妳得換個地方。」

「為什麼要換地方，這裡不讓我賣了？」佟秋秋好奇。

季子善比錢宗治知道得清楚，解惑道：「七太爺要在環心湖那邊建書院。建好後，我和宗治就在那邊讀書了。」季家族學還是季家族學，不過只收啟蒙的學生。

佟秋秋聽完，一雙眼睛瞪得溜圓。那可是書院啊，季七太爺據說是前朝進士，在這十里八鄉考上秀才，都是祖墳裡冒青煙的事，進士在人們眼中更是大大的了不得。從前未聽聞季七太爺收學生，現在要辦書院了，定會吸引大批學子前來。

環心湖因湖中心有一片呈環狀的綠地而取名，取名年代久遠已不可考。位在扶溪村東北方和甜水村交界之處。

佟秋秋想想便眼冒綠光，那一片地離村子稍遠，但就在扶溪村和甜水村中間；雖是荒地，但風景十分好。

書院要是建起來，道路暢通，那地方可就不能用之前的眼光來看了。

佟秋秋越想越覺得那塊地前途無量，琢磨著不知能不能買到書院對面的地。書院帶來人氣，買了地，將來建房自住，或蓋鋪子都行呀。

哎呀，自家老房子下雨漏水，冬天漏風，實在得換了。

季子善見這小姑娘的眼睛如星子般閃閃發亮，笑得跟偷腥的貓兒似的，不由心裡一笑。錢宗治則直接伸手，在佟秋秋眼前揮了揮。

「秋丫頭，回魂啦！想什麼美事呢？」

當然是想怎麼發財、怎麼蓋大房子啦！佟秋秋撇撇嘴，很想對這沒眼色的傢伙翻白眼，但還得從這傢伙嘴裡打聽更多消息。

「想著換了地方，生意好不好做呢。」

「這生意可會火紅嘍。據說季七太爺會請來他老人家從前的學生任教，一位是舉人，一位是進士出身，都是飽學之士，到時候不知會吸引多少學子前來。」這十里八鄉出個童生，都要被奉為座上賓，何況是舉人跟進士。

「哎呀，將來小樹讀書，就近便有這等優秀的老師啦！」好老師的名號一出去，就像異世的明星中學，不，比明星大學的金字招牌還閃亮，畢竟中了舉，是可以直接依靠功名謀取官位的。

佟秋秋覺得那書院一帶更有前景了，買上附近的地蓋房子，兩個弟弟將來讀書就不用奔波了，省去了多少事，越想越喜上眉梢。

佟小樹聽了，嘴角雖然矜持地抿著，但仍然抑制不住上翹的弧度。家裡早商量著要把他送去季家族學讀書，未來還有更好的書院，不覺心生嚮往。

季子善看了這個笑眯了眼的姑娘，和臉上泛著憧憬光芒的男孩，臉上多出了幾分笑意。建書院於季族、於鄉里都是有利之事，確實值得高興。

吃完涼粉，季子善與錢宗治向佟秋秋告辭，才拐去回家的路。

季子善走到門口，發現家裡靜悄悄的。

他娘是季族長的大兒媳婦，腳步輕輕地過來，說話的聲音比平時低許多。

「我兒是不是又吃了那涼粉？那東西抗不抗餓呀，要不要娘再幫你做些吃的？」

「不用，我吃飽了，娘歇會兒。」季子善走入二進院子，掃了祖父平時理事的書房一眼，見屋門緊閉，心裡有了幾分猜測，提步過去。

季子善的娘趕緊拉住兒子的衣袖。「你祖父在書房裡理事呢。」意思是叫兒子不要去觸霉頭。

「沒事，我有分寸。」季子善笑笑，說了幾句才把他娘勸回去歇息，自己上去叩響書房的門。連扣兩下無人回應，又扣了三下。

「進來。」帶著幾分疲憊的蒼老聲音響起。

季子善推門入內，向季族長問了安，開門見山道：「祖父因何悶悶不樂？」

季族長橫他一眼，這自幼聰慧的大孫子會不知道？

「是為七太爺要新建書院之事？不，建書院教育一方，於民有益，祖父深明大義，不會不知。那是為書院沒有冠以季氏族學之名？」

季族長的心事被親孫子戳中，沒好氣道：「在季家族學之上發展不好？以季氏族學之名是應有之義，你的幾位叔公都這樣認為。」

季恆卻搖了搖頭，行了一禮。「恕孫兒無狀，今日有幾句話還是要講。其一，季氏族學全由七太爺出錢建成，才出了家中與族中的秀才和童生。人不能忘本，七太爺的大恩，族人不可忘。

「其二，建書院不曾要季氏族中出一兩銀，有何臉面要求把書院變成另一間族學，受族中轄治？

「其三，已考取舉人和進士的飽讀之士，是願受雇於季家族學，還是一間可能照拂一鄉一縣一府的書院？請祖父慎思量。」

季族長看著眼前的長孫，心裡驕傲，長嘆一聲。「你以為我這半截都要入土的人會不知道？如果我要鬧，還會待在家生悶氣。我這不是擔心嗎，等你七太爺退下來，當家的就是他孫兒，就是你十六叔，便與我們出了五服。」最有出息的這一房從此與族中越走越遠，他們就沒有現在的照拂了。

季子善道：「家中二叔中了秀才後，多次鄉試落第，考舉人無望，七太爺就推薦二叔去縣裡任主簿，此乃照拂之恩。

「咱們二房，二叔還是第一個出去為官的。可大房自七太爺父親文曲星降世，雖子息不豐，但之後幾代，連十六叔早逝的父親都是進士出身。大房的子孫一直幫扶族裡，才讓族人成為村裡第一大姓，咱們不能當不知。」

季族長聽了第一句，嘴角抽了抽；聽到後面，眼裡也有了水光，不禁想起前朝覆滅後的動亂。季七太爺組織族人，為族人添置鐵器防身，又購入大批糧食抵禦災年。那時候，多少人熬不過，餓死、吊死的都有，族人皆度過了，不由落下淚來。

「雖然大家都說十六叔不善讀書，我卻觀十六叔非池中之物，不過和我一般年歲，便能管理家裡產業，從不曾聽聞出過差錯。雖然十六叔面冷，做事強硬，但這些年資助族學和照顧族裡孤寡，就連您都挑不出錯來。同為族人，十六叔做成這樣，沒有可指摘的，您何不寬心？」季子善更想說，其實沒有強按牛吃草的道理。

季族長聽他提到季恆那孩子，心裡的滋味難言。罷了，至少自家孫子讀書上比季恆強，許是讀書這慧根移栽到他家了呢。想到這裡，心中的鬱氣散了大半。

季子善見季族長面色稍霽，一鼓作氣，接著道：「您看八叔公家裡大事小事吵吵嚷嚷，家事尚且理不順，豈能插手族中要務？您可不能一時心軟聽他的遊說，摻和書院的事。」

「嘿，你這小子，還編排起長輩來了。我是那糊塗人嗎？」季族長嘴上說著，臉上卻沒有多少慍色。他當然清楚親弟弟那些算計，不過是為家裡牟利，好讓家中子孫在書院有一席之地罷了。他不會攪和進去，還得勸，還得安撫，畢竟利益動人心，不少族人蠢蠢欲動。

他心底深處也有點想頭，但被自己親手掐了，還不得不當和事佬，才生了悶氣。

哎，有個聰明孫兒，就是這樣，高興又糟心。

季族長看著孫兒，眼睛突然灼亮。「你就一點都不動心？要是族裡在書院有資格說話，衝你爺爺是族長，你自能叫旁人高看幾分，先生說不定也會因此更關注、更認真教你。」

季子善收起臉上的笑，鄭重道：「旁人若因此才高看我，我的學問不會因這高看就更好；老師更偏重我，焉知不會適得其反，日久天長，讓我生出目中無人之心？且求學道路艱且長，需要志同道合的朋友，同窗不會真心喜歡一個被另眼相待的學生。」

「哈哈哈，子善，祖父很高興。」季族長摸摸鬍鬚，終於放聲笑起來。他這老骨頭的心都有點動搖，孫兒小小年紀，居然是個守得住本心的人。「咱們家能不能跟大房一樣出個文曲星，就靠你啦。」

季子善笑著上前，替他斟了一杯茶。「祖父別急，就算我不能完成您的願望，也定叫您曾孫好好努力。」

「哎喲，去去去，就不能說點好話來讓祖父高興高興。」

「月有陰晴圓缺，瞬息萬變，孫兒怎麼好說大話誆祖父？」

「好了好了，你這小子說話跟唸經似的……」

第十四章

金巧娘夫妻與季子旦的娘商量好，季子旦賣涼粉的生意就正式開張了。

諸如每日出貨多少的細節，佟秋秋沒有多問，由她娘決定。她一心撲在買地的事情上。她仔細打聽消息，特意去環心湖那邊實地考察，恰遇用工具查看地形、地貌的一行人，便厚著臉皮去搭訕。人家聽說她是因為家中有要讀書的兄弟，好奇來看的，遂略說了幾句。

佟秋秋才知，這一行人是季七太爺從府城請來的老師傅和其徒弟，來勘查土地情況，籌劃如何建書院的。

她朝老師傅指的四周看去，這塊地占地約一百畝，是塊挨著環心湖的荒地，雖然雜草、灌木叢生，但其間野花爛漫、碧草青翠，頗有意趣。

最妙的是這地前後兩面環水的格局。背靠環心湖，前面是條大約六、七尺寬、流水潺潺的小溪。左邊是草木豐茂的小山丘，與村落隔開；向右眺望，能看見長長的河堤線。沿河堤向右，是通往梅縣渡口的路。

此處與外邊有水和山丘相隔，是個清幽的讀書好地方；在溪流上架起橋梁，就能接起通往村落和縣城的路。若將來在靠近河堤的地方建起渡口，去府城也十分方便。

佟秋秋看來，這塊地若叫書院開發了，其中最有發展潛力的，必然是與書院隔溪相望的那片土地。而且，無論將來那片地發展如何熱鬧，有了溪流阻隔，書院也能鬧中取靜。

佟秋秋為書院院址點個讚，有書院帶動人流和生意，也許不久的將來，這裡能從村落發展為小鎮，長久之下，甚至變成縣城。

她心中火熱，又跟著老師傅一行人轉了幾日，從老師傅口中得知秋收後開始建書院的招工消息。老師傅還說，要是她家裡有想做工的，可以來找他。最後一句大概是覺得她合眼緣，多嘴提的。

佟秋秋心中感激，想了想，故作不經意道：「這地方景色真好，要是把這些草木修剪成漂亮形狀的花圃，不用多花錢，肯定很有趣味。」

她這是拐彎抹角地提醒，因地制宜，根據原有樣貌，把那些灌木修剪成有規則的形狀，變成能為人所欣賞的景致，而且還能省錢呀！

她也是託大一回，畢竟人家老師傅才是行家，不過是她人微力薄，不知怎麼回報，多此一句罷了。她也不知道有沒有用，權當她魯班門前弄大斧吧。

老師傅一聽，若有所思，回頭看佟秋秋，卻見她正摘野花玩，似是完全的無心之語，才發覺自己想多了。

只是一個小姑娘的一點奇思罷了，恰巧與季七太爺交代不必一味追求精巧和鋪張的意思不謀而合。

告別老師傅一行人，佟秋秋回家就把書院那地方的好處跟爹娘說了一遍。

本朝初建不過十載有餘，因戰亂人口銳減，田地荒蕪，近些年休養生息，才漸漸好轉。現在開墾的，主要還是那些荒廢了的田地。

至於佟秋秋看好的、要建書院對面的那一片地，位在扶溪村和甜水村的交界處，距離村人聚居的地方相對較遠，連荒田都不是，地價便宜得多。

說句難聽的，就算書院建到一半不建了，對面的地是按照荒地的價錢買下，也虧不了。

佟秋秋心裡琢磨著，趁著現在反應過來的人不多，得快點下手才是。

金巧娘聽了女兒的分析，考慮了一夜，答應了女兒的提議。至於佟保良，衝著兩個兒子將來讀書的考量，就毫不猶豫地點頭了。

次日，佟秋秋家的生意照常。要買地了，賺錢更不能落下，只是比平日早出攤跟收攤。早早結束生意，佟保良帶著媳婦、女兒去找本地的牙人。

一問才知，書院正對面中心的那塊地，是季七太爺家的，兩邊那些還是無主荒地。

佟秋秋一聽，最後一點疑慮也消失了，忍住要歡呼跳躍的心情，這樣她就很滿足啦！她對季七太爺的好感立即倍增，那絕對是個聰明又不貪婪的人，她就不信他家買不下旁邊的地，不過是給其他人留了餘地，看誰能抓住機會。

最後，金巧娘挑了緊挨季七太爺家左邊的四畝地，以每畝一兩二錢的價錢和牙人談妥。這麼大的地方，將來蓋多大房子都絕對夠了，多的地種些菜蔬，養些牲畜也使得。

佟秋秋卻是另有選擇，瞧中了與書院相隔一座小山丘的十畝地，靠近環心湖，風景十分漂亮，將來建個別院也好呀。

她可是有夢想的人，現在掙錢就是為了將來享受，已經有養老生活的想法。感謝張掌櫃買方子的銀子，不然，她還真買不起這片地。

金巧娘嚴肅地看女兒。「妳可想好了？」放眼望去，那邊荒涼得只有野花草木，將來真的能好嗎？不由擔心起來。

佟秋秋十分肯定地點頭，金巧娘和佟保良商量一陣，還是買下了。

金巧娘點了點女兒的額頭。「好壞都是妳的了，將來出嫁也給妳帶走。到時候這地不行，可不能哭鼻子。」

這怎麼就嫁妝了？她才十三啊。佟秋秋假裝沒聽見。

一家三口和牙人一道去官府繳房契稅，蓋官印換紅契，付了牙人的佣金，買地之事才算完成。

接下來，金巧娘和佟保良分頭行事，要去和本家兄弟叔伯、娘家通個氣。

家裡得了消息買地，在這個重視親族的年代，通氣當然是有必要的。

把女兒送回家，金巧娘準備了夠娘家人吃一頓的涼粉，就挽著籃子出門，走前還不忘叮囑丈夫。

「你叫秋秋她大伯和三叔公出來說。人多嘴雜，要是傳出去了，能爭得過季家族人？」

佟秋秋偷笑，剛才她娘還擔心她買的地沒前程，這會兒又擔心自家人爭不過別人。乾脆領著兩個弟弟出去。

「爹，我把屋子留給你們談事。」

爹娘如何說的，佟秋秋不知，只知道結果。外公家反應最快，第二天便去找牙人買了臨近她家的兩畝地。雖然不像她家買得多，但佟秋秋覺得外公還是很有魄力的，畢竟只是她家一家之言，到底如何，還看不出來。

金雲娘跟婆家商量後，公公婆婆覺得不可靠，那片地荒涼，村人都不愛去，就算建書院能有多好？多不保險啊。

錢宗淮卻很看好。錢老太爺看看沒什麼本事的兒子兒媳，又看看孫子孫媳，拿出五兩銀子，說是做祖父的給孫子和孫媳的體己錢。不管將來值不值，沒繼承家業前，他們就得靠那片地掙零花了。於是，夫妻倆當下就去買了二畝地。

三叔公家思慮幾天，最後買了一畝。至於大伯佟保忠家，則是沒什麼動靜。

通了氣，各家有各家的打算，買不買全是自願，畢竟打不了包票說那地將來一定掙錢。

佟保良自覺做不得大哥的主，況且他都是聽媳婦和女兒的，不好多勸，但心裡還是相信自家媳婦和女兒。

在書院對面買地不是壞事，就如女兒說的，將來開個鋪子也好啊，畢竟她在季家族學前賣涼粉，也實打實掙上錢了，便跟大哥多說了句，想拿三弟留下的撫恤銀子，分出一點幫佟香香買一畝，可以當成嫁妝。

結果，他一提這話，佟保忠面色大變，指著他的鼻子，大罵他想貪圖撫養姪女的銀錢，罵完憤憤然甩袖就走。

佟保良的臉色頓時成了豬肝，氣得無語凝噎，不再到大哥跟前提買地的話。

佟秋秋自然不會上佟保忠的家門討嫌。話留下了，就沒了顧慮。

之後，她和爹娘商量，也跟栓子和季子旦通了氣。反正不強迫人，讓他們知道就行。可她沒想到，她只說了個開頭，這兩人紛紛點頭，回家就叫自家奶奶跟親娘去買地。

佟秋秋咋舌，她都不知道自己怎麼給他們這麼大的自信的。

栓子和季子旦家排在前一波的後頭，挨著買了一畝。按照季子旦他娘的話，買地還能買虧了，反正是荒地，大不了一齊開墾，反正不是她獨一家，互相還有個照應哩。

總之，村裡的大娘也有她的生存智慧，她看到的是兒子跟著秋秋，做了自家生意，掙上了錢，也能接受買地最差的結果。何況，她心裡並不覺得會失望，正打定主意早日掙足錢，早日建房呢。

於是，佟秋秋心裡幻想著的人來人往、熱鬧非常的店鋪一條街，還沒影子呢，地卻已經有六家買入了。

這下，佟秋秋掙錢更有勁，有了好地，得有錢建起來才成呀。聽老師傅說，書院會在秋收後開始建，不能書院都建好了，自家那地還是禿頭吧？

佟秋秋拋棄之前的散漫態度，每天帶著營業微笑，讓買涼粉的客人賓至如歸，變成穩定的回頭客。

誰不喜歡笑臉相迎的熱情服務呢？佟秋秋發現，回頭客果然更多了，村裡不少有閒錢的老爺、老太、大叔、嬸子也來光顧了。

她心裡美滋滋，要是沒有錢宗治那廝說她笑得跟偷了食的倉鼠似的調侃，她會更高興！

這涼粉買賣，一直做到了秋收前夕。

期間，村裡如雨後春筍般，冒出了好幾家賣吃食的，但隨著優勝劣汰，最後除了佟秋秋家，只剩賣花捲饅頭和韭菜鍋貼的兩家人。

前者是人稱季五家的季家婦人，後者是一對頭髮花白的老夫妻，村裡孩子喊他們一聲趙老爹和趙婆婆。

聽佟香香說，趙老爹跟趙婆婆也是可憐人，生了幾個孩子，只活了一個，卻需要長年仔細養著，不能輕易受累吹風。趙婆婆便用兩袋米，換回一個快要餓死的姑娘當兒媳婦，佟秋秋見過幾回，長得頗為秀美，前些年幫他們生了個孫女，兩老當寶貝一般養著。

可再怎麼寶貝，家裡不富裕，也是有心無力。這不，見佟秋秋的吃食攤子生意極好，兩個老人覺得自家的韭菜鍋貼，孫女吃了都喜歡，也拚著老骨頭來出攤了。

有其他小生意加入，佟秋秋樂見其成，希望這樣的小生意多多益善，以後她想換個口味吃點好吃的，也方便了呀。

她特意買了兩家做的吃食嚐鮮，味道果然不錯，尤其是韭菜鍋貼，特別對她的胃口。

村裡能吃的小吃多了，佟秋秋也不忘豐富自家的小餐桌，抽空泡了酸筍、酸豆角、酸菜，最後因為實在開胃，金巧娘把泡菜加進涼粉的配菜當中，生意更好了幾分，是意外之喜。

佟家的生意蒸蒸日上，佟小樹和小苗兒的認字也沒落下。《千字文》上的字，佟小樹能認會寫的已有近半；小苗兒年歲小，認得多，會寫的少。這樣的進步，佟秋秋相當滿意，尤其是佟小樹，這娃兒記性特別好，就是字寫得歪七扭八，必須有正經老師教導才行。

自家的日子有了起色，佟秋秋跟她娘私下商量，幫外公家想了個增加進項的方法，要她娘做完買賣收攤了，買些用料備上。

轉眼到了稻收時候，佟秋秋戴著草帽走在田埂上，兩邊都是黃燦燦的稻子。她挽著籃子，一路上都能看見彎腰割稻的村人。

秋老虎一點情面也不講，熱得人火辣辣，佟保良夫妻在地裡割稻，佟秋秋負責每日飯食和捆稻子。

她走到自家田邊，朝爹娘喊道：「爹，娘，吃飯啦！」

「哎！」金巧娘和佟保良答應一聲，手上的動作不停，直到把一壟水稻割完才罷手。

「姊，今日吃什麼呀？」正在撿稻穗的小苗兒見到佟秋秋，便噔噔跑過來。

佟小樹提醒弟弟注意腳下，跟著上前。

佟秋秋笑著掀開籃子上的布，立刻讓兩人聞到勾人食慾的香味。

裹著菜的煎餅整整齊齊擺在籃子裡，她各遞了一個給他們。而後把籃子放在旁邊收割完的稻田裡，拿出茶壺和碗倒水。

佟保良用脖子上搭的巾子擦擦額頭的汗，接過女兒遞來的水，喝了一口，又見女兒從籃子裡拿出煎餅送到他手邊，臉上綻開一個笑，接過來先遞給媳婦兒。

「快吃，爹。」佟秋秋又遞了一個，另一隻手放下籃子擦汗。這種天氣，甭說在地裡忙活，就是走個來回，都熱得嚇人。

佟保良一口咬下去，嘴裡煎餅的餡是蔬菜藕丁雞蛋，滿嘴香味，恨不得把舌頭嚥進肚子裡。但轉眼一看女兒鼻尖沁出的汗，不禁心疼，別為了點好吃的累壞孩子。

「下次做乾飯，配點泡菜就成，別累著自己。」

「那怎麼行，這一整天下來多費力，不吃好點，身體撐不住，況且弟弟和我都愛吃呢。」知道她爹是心疼她，佟秋秋咧嘴而笑。自從手頭富餘了些，她就愛幫家裡添吃食。現在農忙，更該吃好點。

金巧娘吃著香噴噴的煎餅，拍了丈夫一下。「秋秋愛做吃的就隨她，咱們跟著享福還不好？」她看出來了，佟秋秋的吃食點子多，貪吃的嘴功勞不小，不然怎麼就從異世學會了這些呢。

「好好好。」妻兒和樂融融，佟保良吃著手中的餅，覺得身上的疲憊散去許多。

一家人氣氛正好，佟秋秋發現隔壁田裡投過來的目光，便佯裝什麼都沒察覺。

曾大燕鼻子靈，聞見香味瞅過來，眼睛恨不得長到籃子裡去，卻什麼都瞧不到，也不知道裡頭還有沒有。抬眼見佟保良一家吃得噴香，嚥了嚥口水。

「我說秋秋，妳吃的什麼好東西？讓大伯母嚐嚐。」

「沒什麼，就是麵餅子。大伯母什麼好東西沒見過啊，怎麼會稀罕我家這點吃食呢。」

佟秋秋假裝不明白曾大燕的意思。

「哎呀，妳這丫頭，大伯母這不是沒吃飽嗎，快孝敬孝敬妳大伯母。」曾大燕剛說完這話，就打了個飽嗝，完美詮釋了什麼叫做吃飽了和想吃兩不妨礙。

佟秋秋險些笑出聲，嘴裡可惜道：「哎，大伯母吃得這麼撐，姪女可不敢給，要是把大伯母的肚子撐出個好歹來，我可擔不起責。」

「哎喲，瞧妳這丫頭小器的。」曾大燕摸著肚子癟嘴。

佟秋秋仰天嘆息一聲。「哎，這世道艱難呀，大伯母家有白花花的米飯，還想爭姪女精打細算這口吃的。」

這兩天，她見大伯家都是送飯菜來，方才路上還碰到回去的堂姊佟貞貞。不說滋味如何，伙食看著並不差，也沒見他們招呼他爹娘去吃一口。

有來有回才是道理，但她大伯母從來只有進，沒有出的，誰願意呀？對佟秋秋而言，自然沒有白送的午餐。

「一張嘴皮子說得可憐，村裡哪個不知你們家投機取巧的買賣掙了錢，裝窮給誰看呢？就是窮根斷不了，小器鬼投胎！」曾大燕扠著腰罵道。

嘿，這真是無恥到家，佟秋秋立刻胡攪蠻纏起來。「大伯母連肉都捨得放壞，怎麼會稀罕我的煎餅？絕對不可能，定是可憐我家是窮根兒，想接濟伙食，姪女先謝過大伯母啦。」

「妳想得美！什麼接濟？我家可沒多餘的錢。」曾大燕被佟秋秋攪和得胸悶。她家就是有錢，那也是她家的，半分都不能便宜了旁人。要來吃閒飯，門都沒有。

「大伯母，您怎麼這樣小器呢。」佟秋秋把話還給她。「我一定向您好好學著。您肯定有大本事，不然腰不能長得這般粗。」

「妳、妳這個丫頭片子……」曾大燕氣壞了，險些穩不住她粗壯的腰身。

佟秋秋還一副為了妳好的談心架勢。「不過大伯母呀，小器是好，但也別操別人家的閒心。操心容易變老，您看您和我大伯站一起，人家準說您是我大伯的……姊。哎，這可怎麼辦啊？」

差點以為說的是差了輩的娘，正割稻子的佟大富噗哧一聲笑出來。

曾大燕聽見，沒好氣地橫了大兒子一眼，不由摸了摸臉。整天在田裡曬著，臉上肯定粗糙，又是汗水、又是泥的。

早知道就該請工人，雖說村裡沒那麼多講究，但哪個女人不愛美？曾大燕只比金巧娘大幾歲，看看金巧娘那張草帽下秀美的臉，雖然疲憊帶著汗水，但仍是有幾分顏色。

曾大燕胸中氣悶，覺得這一家子果然都是讓她不好過的。尤其是佟秋秋那張破嘴，真想撕了算了。

佟小樹和小苗兒拿著煎餅吃著，低下腦袋，肩膀一聳一聳的，忍得著實辛苦。

佟保良朝佟保忠那邊笑了笑。「秋秋童言無忌，大嫂原諒則個。」

佟保忠覺得臉上無光，心裡還在為之前二弟圖撫恤銀子的事不樂，對曾大燕道：「一點餅而已，值得什麼？丟人現眼。」

「怎麼，你還嫌棄我了？」曾大燕說著，叫嚷起來。「我為你生兒育女，操心一大家子吃喝拉撒，沒有功勞也有苦勞，怎麼說幾句都不行了，你這個沒良心的……」

第十五章

「這是怎麼了？」

一道又輕又緩的女聲傳來，佟秋秋隨聲望去，就看見一個捏著帕子的女人，挽著溜光髮髻，描著細細的眉毛，一身收拾得齊齊整整，站在旁邊田坎上，正是她那便宜表姨袁細妹。

曾大燕見到袁細妹，擤了一把鼻涕，在褲子上擦了擦，立刻去拉袁細妹的袖子訴苦。

「大妹子啊，妳評評理，都是秋秋這丫頭開的頭……」

佟秋秋發現，袁細妹被曾大燕拉住的那條胳膊一僵，不覺向後縮了下，但還是被曾大燕拉住了，臉上的表情凝固一瞬，才展開笑容。

「什麼大不了的事。秋秋還小不懂事，我替她向妳賠個不是。」

這女人還陰魂不散了，佟秋秋覺得無趣，袁細妹要說的不外乎那些裝無辜的話，這會兒她也說得口乾，沒興趣搭理。

把地方交給大伯母和袁細妹吧，她要歇歇。

於是，特地繞路過來看金巧娘母女風吹日曬地幹活，充當長輩的袁細妹就被金巧娘一家徹底無視了。

只見這家人吃飽喝足，割稻的割稻，捆稻的捆稻，撿稻的撿稻，忙得不得了，彷彿沒有她這個人一般。

有什麼比徹底忽視更讓人生氣呢？袁細妹還要忍受曾大燕那黏了鼻涕的手，強忍著跟曾大燕吹噓自家男人疼媳婦，從不叫媳婦下地，風吹不著、雨淋不到……

袁細妹實在說不下去了，金巧娘那一家還自顧自說笑起來，不知說了什麼，一家人笑呵呵的。

她覺得這家人是在笑話她，可是她沒有證據。

袁細妹手裡的帕子捏了又捏，抿了抿唇，還是灰溜溜地走了。

沒有了袁細妹的干擾，佟秋秋一家繼續勞作。佟保良夫婦倆割著最後一畝水稻，佟秋秋就在旁邊捆稻子。

對面三叔公家的田裡傳來稻子摔在木桶上的唰唰聲，因為他家勞力多，割完稻子，便開始幫稻子脫粒。

佟秋秋遙遙望去，佟保良汗流浹背，舉起一把稻子，摔在一個大而笨重的木桶斜坡上，只唰唰幾聲，稻子上的稻粒便脫落，掉進桶中。

看見這樣的情景，捆著稻子的佟秋秋呆了呆。這活計不僅累人，而且還是重複性的工作。一天下來，肩椎和臂膀的疼痛可想而知。

摔稻之後，還要選擇平坦的空地，用木鏟揚起摔打得到的稻粒，依靠風力將稻粒和雜草分離，之後才是舂米去殼。

每道工序都需要人力，可見農家人收穫的辛苦。

這也太煎熬了些。佟秋秋摸了摸下巴，當初在異世，因為懷戀故土，在孤兒院教那些小蘿蔔頭們做手工的時候，還特意查資料，做過異世改良的簡單農具。

她不知道現在的農具發展到什麼程度，但即便有好的農具，要傳到扶溪村這樣的村落，也不知道是什麼時候。

拿點不出格的農具來減輕勞動負擔，不是要搞些打破時代平衡的武器，應該沒問題。

捆著稻子的佟秋秋，思緒已經飛遠，現在腦子裡都是機器構圖。

太陽下山，金巧娘喊了聲悶頭幹活的女兒。「秋秋，妳先回家做飯。小樹和小苗兒也回去幫你們姊姊的忙，別待在田裡了。」

「哎。」佟秋秋放下手中的稻子，直起腰來，才覺得腰間痠疼，看了看自家田地。「那今兒爹娘能早點回家了吧，我看稻子都快割完了。」

「嗯。」金巧娘擦擦頭上的汗，答應一聲。

「那就好。」佟秋秋領著兩個弟弟，還不忘招呼她爹。「爹，早點回家啊。」沒有上輩子的稱手工具，她也只做過小玩具，肯定趕不上她爹這個正經學過手藝的木匠。想要省時省力的農具，還是得靠她爹。

「好。」佟保良應道。

佟秋秋心裡想著圖紙，家裡不缺木頭，都是準備接木工活計備下的。她走在田坎上，一路看人家摔麥子，隔了幾步，就瞧見熟人季子旦了。

季子旦才十二、三歲的年紀，已經被當作大半個勞力，摔著麥子呼哧喘氣，看見佟秋秋姊弟，也騰不出手，只擠擠眼睛，算是打過招呼。

三個人沿路過去，連腿腳不便的吳永也坐在高凳上，掄起胳膊幫稻子脫粒。而春喜嬸、吳婆婆都是充當男人使喚，正割著稻子。

這時候的農民，真是太不容易了，佟秋秋不由深深嘆了句。「脫粒真累人啊。」兩個弟弟也是心有戚戚焉。

佟秋秋想著栓子家的境況，幸虧有個賣豆腐的營生，要是全依賴土地，那才是折磨人。現在的當務之急，是搞個新式農具出來。

佟秋秋把這想法先放心裡，扭頭問兩個弟弟。「明天咱們家也要脫粒了，你們說，怎麼做能輕鬆點？」

小苗兒眼睛亮閃閃。「請別人幹！我有錢！」想到了家裡的錢袋。

「哎喲，你這小機靈鬼。」佟秋秋笑。別看人小，小苗兒可是兜裡有錢的小娃，她故意逗他，長長一嘆。「家裡就這點地，爹娘肯定不願意。」

她也隱晦地提過要不要請人幫忙，但按她娘說的，這點地還請人，叫人笑話。再一個，節省慣了，捨不得錢。

佟秋秋繼續引導兩個弟弟思考。「自己摔打吃力，要是人捧著稻子，能用什麼東西打在稻子上就好了。」

佟小樹抿著唇，想了想。「就像碾米的石磨一樣嗎？用牛拉。」

畢竟兩個弟弟沒經歷過資訊爆炸的異世，能想到用畜力就很不錯，佟秋秋笑了，鼓勵道：「小樹真聰明，但直接把稻穗放在石磨上碾，稻草一堆，費力不說，效果也不好。」摸了摸下巴。「你們說，要是做個滾筒，用滾筒來摔打稻子如何？」

佟小樹皺起眉頭，認真思索。「用石頭做滾筒不行，太重了。改用木頭的？」

佟秋秋眼睛亮了亮，這小子腦袋靈光，一副被他的話提醒道：「是了，用木頭。那怎麼讓滾筒動起來？」

佟小樹想，靠人推肯定不行，不然反而更累，還折騰什麼？

佟秋秋一步一步引導著佟小樹和她一起想，從滾筒如何轉動，到增加摩擦力，讓稻子脫粒更快。

佟小樹的眼睛越來越亮，要是真做出來了，那可以省多少力氣。

等到爹娘回來，他就迫不及待說了這想法，佟秋秋在中間添磚加瓦，期待地看著她爹。

佟保良是手藝人，聽了兒女的話，恨不得連飯也不吃，便去嘗試，卻被金巧娘叫住了。

「累了一天，還差這會兒工夫？先吃飯再說。」

「哎，聽你們娘的，先吃飯。」佟保良笑了兩聲，然後逐個摸了下三個孩子的頭。「咱們家的聰明娃子。」

翌日清早，曾大燕來了田裡，只見金巧娘帶著佟小樹和小苗兒幹活，佟保良和佟秋秋都不在，嘴裡就嘖嘖嘖起來。

「我說二弟妹呀，真是可憐喲，田裡就靠妳一個女人。」

金巧娘也不多說，招呼一聲，便自顧自地幹活。昨天地裡的稻子都割完了，她不能在丈夫把那什麼打穀機做出來之前就乾等著，今早用雞公車把摔稻的桶運來，開始幫稻子脫粒。

曾大燕這邊也開始脫粒了，佟保忠幹活，曾大燕遞稻子，兩人換著來。曾大燕嘴裡嘰哩咕嚕個不停，說佟保良靠不住，佟秋秋也是個憊懶的，才掙幾個錢就好吃懶做云云。

金巧娘全當成耳旁風，佟小樹心裡則惦記著家裡做的打穀機怎麼樣了；小苗兒一邊開心地幫忙撿散落的稻子、一邊期待中午的飯食。

獨角戲唱得響亮，卻沒人搭理。曾大燕說了半天，口乾舌燥，結果人家該幹什麼就幹什麼，連表情都沒變一下，頓時氣結。

佟保忠摔了半晌稻子，想喝口水緩緩，結果一打開陶罐，空空如也，也生氣了。

「大燕，妳幹活不累啊，嘴上說個不停就算了，水也被妳喝光了！」他沒好氣地把位置讓出來。「這麼閒，妳來摔稻子。」

這會兒就把水喝完，得等中午佟貞貞送飯來時才有了。佟保忠顧及臉面，之前他媳婦說二弟一家的時候，他沒阻止，這會兒不好過去討水喝。

曾大燕鬱悶。「這才多久，怎麼就換我了。」滿心不情願，但還是接過了活，嘴上不再排揎佟保良一家，心裡憋氣。

話說佟家這邊，父女倆幾乎一夜未睡，精神卻還亢奮。

佟秋秋看著她爹心無旁騖地打磨木製倒鉤，讓其盡可能堅固鋒利，達到磨擦的效果。一把銼刀在手，掌握著尺寸，每個木鉤在他手中如同活了一般，做完一個就鑲嵌在滾筒上。沒有一顆螺絲釘，只運用榫卯，把一個個木鉤鑲嵌得極為牢固。

佟秋秋深刻地意識到，沒有膠水、釘子、切割機、電動磨具，在古代做農具，她就是半殘，只能幫她爹打下手。

儘管如此，佟秋秋也忙得不亦樂乎。

看見打穀機在她爹手裡慢慢成形，原理和她所知的一般無二，但在她的想法上進行了加工，反而更加靈活。完全木製，用腳踩驅動齒輪，讓滾筒運轉起來。

最後，佟保良幫機器的輪軸刷上桐油，道：「好了，秋秋妳試試。」

「好。」佟秋秋一腳踩著踏板，把提前準備好的稻穗放在打穀機上，只聽呲呲作響，稻穗在旋轉的滾筒裡被拍打、磨擦，稻粒唰唰落在銜接於下的簸箕裡。這個簸箕還方便拆卸，大小合適，打滿簸箕後，直接倒入袋中即可。

看到桶裡的稻粒，佟秋秋小臉紅撲撲的，心情簡直無法言喻。雖然她只是個打下手的，但這成就感比她手工做玩具的不知強到哪裡去。

沒用發動機，也沒用鐵鉤，與異世的效率不可比，但這就很好了。相較於人力，已經是大大地省力省時。

儘管內心激動，佟秋秋還記得自己做飯的活計。站起身才發覺腰身僵硬，揉了揉腰，用手背抹抹眼睛，看看外面的日頭，已經快近正午，忙催促佟保良。

「爹快去田裡，娘大概累壞了。我去做飯。」

她說完，又提醒她爹，要是別人想租用，租價幾何，免得到時候人家問到跟前，不知如何應對。

被女兒如此一說，儘管佟保良性情內斂，此刻也不由心潮澎湃起來。

他從小就愛木工，沒學藝之前，拿著一把小刀，就能坐著刻木頭一整天，沒有絲毫不耐，反而覺得有趣。

從前他只想著做些箱籠櫃子、妝匣桌椅等等，做到盡善盡美便罷。他的手藝除了比一般木匠更善於雕刻，做的不外乎是尋常木匠做慣的東西。

現在，他的思緒完全被打開，孩童時期對木工的熱愛湧上心頭。

師傅教的有限，但他相信，只要敢想敢做，他也能做出有用的東西來。

與此同時，一個身材中等、長相斯文的中年男人，正親熱地向季七太爺奉茶。

「岳父，聽說書院不久後要動工了。有什麼難事或要跑腿的活計，您儘管吩咐。」

季七太爺笑了笑。「不過是建房子的事，自有師傅操心，有什麼難的？你的孝心我明白，以後有難處，定讓管家知會你。」

榮久常的臉色僵了僵，復又笑道：「那我就等著了，隨時聽您吩咐。」

季七太爺站起身。「今日和族長約定了去看稻米收成，久常忙你的差事去吧。」

自從放出他要建書院的消息後，女婿過來得就比尋常勤快，隔三差五總要來叨擾他這老頭子。他知道這女婿沒多大才幹，但善鑽營，謀了府學教授的職位。但他要建的書院不容那些居心不正的，他不可能讓榮久常的手伸進來，只能應付過去。

季七太爺走了，榮久常盯著那身影看了許久，才轉身離開。

佟保良扛著打穀機過來時，正是村人們忙得熱火朝天的時候。路上碰不到閒人，只有幾個孩子在沿途的田坎上一邊拾稻子、一邊玩耍。

他們好奇地望著扛著怪東西的佟保良，有大膽的就問這是什麼。佟保良說，是用來打稻子的。

幾個孩子聽得滿臉茫然，打稻子不就是在桶裡摔嗎？覺得新奇，便跟去看。

季族長家的小孫子就在其中，剛才大膽提問的也是他。這會兒見他跟上去，屁股後頭就跟了一串孩子。

佟保良被一群孩子圍著嘰哩咕嚕地問問題，但他對待孩子很有耐心，只要他答得出來，不管孩子聽不聽得懂，都會說上幾句。

就這樣，一個大人領著孩子熱熱鬧鬧地往前走。

在旁邊田裡勞作的人看見了，不知內情，就說佟老二還有閒工夫和孩童一起說笑，多少活兒忙不過來啊，怎麼不急？

幾個孩子聽佟保良說得懵懵懂懂，又心癢難耐，恨不得馬上見識。

一到佟家田地，佟小樹和小苗兒興匆匆喊聲爹，佟保良就被其他小屁孩圍住了。

「保良叔，快試試讓我們瞧瞧。」

「對啊，我不信用腳踩踩就能打稻子。」

其實金巧娘心裡也有些打鼓，雖然昨天丈夫和三個孩子說得熱鬧，但她實在想像不出那麼個東西，沒想到丈夫真的做出來了。

佟保良把那怪模怪樣的器具放在地上，裝好簸箕，被孩子們圍著不好動彈，便朝金巧娘招了招手。

「巧娘，遞把穀子給我。」

金巧娘順手把自己手上的一捧稻穀遞給他。

然後，一個個眼睛瞪得溜圓的孩子們，看得眼珠子都不會轉了。

佟保良踩著腳踏板，那滾筒竟然動了起來。再把稻穀放在滾筒上，「呲呲」、「唰唰」的聲音響起，稻子便滾進了簸箕裡。

「老天爺，真的可以啊！」幾個孩子又蹦又跳，還有孩子像是發現了什麼驚天大寶貝似的，跑回去告訴家裡人了。

在隔壁田裡念叨老二家的來就來了，還帶上一群娃娃，實在不像話的曾大燕也看過來。

「這是怎麼了？」

隨著佟保忠一家子的腳步，越來越多的人聞風而至。

當佟秋秋挽著裝午飯的籃子過來時，就見裡三層、外三層的人，一個個吃著餅子或者捧著碗，探頭朝她家田裡看呢。

佟秋秋擠過去，發現最裡面的人是她三叔公和一個一身閒雲野鶴氣質的老頭，摸著鬍鬚瞧得津津有味。陪在他們身邊的正是季家族長，也是這個地界的里正。

佟小樹和小苗兒看見她，忙拽了她的胳膊道：「那是季七太爺。」

「喔。」佟秋秋點點頭。哎呀，這老太爺的氣質也忒好了些，看上去仙風道骨的。

「打穀機脫粒是人力的三倍有餘，還不費力，就是十歲小兒也使得。」季七太爺臉上的神情看上去很溫和，誇讚佟保良。「你做木工，知道做出這樣利於百姓的東西，非常好。」

他沒想到，今天應邀和季族長一起看稻穀豐收的情況，就見到這樣的好東西，真是意外之喜，便問了這木匠名姓。一時覺得熟悉，後面候著的管家在他耳邊提醒一句，這才恍然，原來是第一個在書院對面買地的那家，笑紋頓時更深了幾分。

佟保良哪裡見過季七太爺這樣的人，忙說：「不敢不敢，是孩子們擔心我和他娘勞作辛苦，想出來的。」

「哦，還有這事？」季七太爺好奇地看過來。「孩子在哪？讓我瞧瞧。」

佟保良朝擠在人群裡的三個孩子招手，旁邊的村人不由讓路。他們真想不到，佟保良學了木工手藝，變得這般有能耐，而出主意的還有幾個孩子的事？

佟秋秋領著兩個弟弟上前，都是一副靦覥狀。兩個弟弟是真緊張，而佟秋秋則是故意為之，她可不樂意被當成什麼驚世奇才，不過是多了異世的經歷，拾人牙慧罷了，鹹魚就該有鹹魚的樣子。

季七太爺看著三個淳樸孩子，一見便覺得有好感，問了許多問題，諸如是怎麼想出來的，怎麼會這樣想之類的話。

佟秋秋回答得中規中矩，她引導弟弟和爹做出來，並不是把構思和盤托出，所以大家都有功勞。三個臭皮匠，勝過諸葛亮嘛。

季七太爺一聽幾人都不居功，一看即知家庭和睦，更是喜歡，問道：「讀書了沒有？」

「沒去上學，就跟著季家的大旦哥一起學，認得幾個字。」佟小樹回答。這會兒，大旦也變成大旦哥了。

佟保良想到孩子讀書的事，便有些汗顏和內疚。「之前為了讓我學木工，掏空家底，幾個孩子沒能讀書。」

小苗兒見面前這個老爺爺一臉溫和地看著他，膽子大了起來，樂呵呵道：「我姊說先學認字，以後也讓我和我哥上季家族學。」

季七太爺來了興趣。「你這麼點大，也認字了？」

不怪季七太爺好奇，佟秋秋穿來時，小苗兒四歲，看起來就跟三歲豆丁似的。雖說現在家裡伙食改善，逐漸養起來，臉上長了些肉，但看著仍是不足四歲的模樣。

季七太爺見小苗兒點頭，知道是季家子弟教的，便問學的是不是《千字文》上的字，又問學到哪裡，摸著鬍鬚考校一番。

沒承想，這麼個娃娃，竟拿著棍子，似模似樣在地上比劃了起來。

季七太爺驚了一下，一起考另外兩個孩子，只要能寫的字，都寫得明明白白，沒有缺胳膊少腿的。

「很好！」季七太爺展開了笑顏，對季族長道：「有之啊，沒想到你管的村子，還有這樣勤學的孩子。那個叫大旦的孩子也很不錯，自己讀書，還能教村裡的小孩。」

「咳咳。」季族長咳了一聲。他認識季子旦，三年都沒讀完，便輟學了。

以前他沒發現季子旦資質好，不好學就罷了，還一心不想讀書。他硬拉著也不成，畢竟那家寡婦獨自帶著兩個孩子，家裡就他一個男孩。要是他肯讀書，資質又好，族裡怎麼也不會坐視不管。

季子旦拿著塊豆餅啃，也混在人群中，被佟秋秋提起，心裡還有些小得意。這會兒見季族長朝他這邊看過來，連忙躲了，轉眼溜了個沒影。

季族長沒好氣地道：「哎喲，這臭小子。」隨後向季七太爺道明這孩子的情況。

「品行不差，是家裡困難了。」季七太爺嘆息一聲，世情經歷得多了，老而豁達。「你也不必逼他，讓他知道，若想讀書，族裡願意支持他把沒學完的學完。」

季族長點頭答應了。

第十六章

敘過話，季七太爺要訂製三臺打穀機，給自家的田莊用，問佟保良價錢幾何。

周圍響起了一片驚呼聲。「連七太爺都瞧上，這佟家老二要走大運了。」

恭維聲此起彼伏，三叔公拍了愣頭愣腦的佟保良一把。「保良，你給句話。」這真是喜鵲落頭上，鴻運將至啊，這時候見保良這慢性子就急。

「是啊，二弟。」佟保忠看著打穀機，眼睛發熱；旁邊的曾大燕心裡激動又遺憾，這要是自家的多好，老二家真是走了狗屎運。

佟保良卻不急著答應，而是對季七太爺恭敬道：「不知可否借一步說話？」

原來，佟保良要對季七太爺說的，是打穀機上的倒鉤要不要改用鐵製的事。他心裡惦記著當初幾個孩子出的主意，有提過用鐵鉤。既然季七太爺要買，不妨試試鐵鉤的效果。

說到此處，他有些汗顏。「就是價錢可能要高些，還要去鐵匠鋪問價。」

跟在季七太爺身邊的管家對各行的物價經驗老道，對自家太爺耳語幾句，季七太爺便乾脆發了話。

「就用鐵鉤的。我出五兩銀子一臺的價錢買，你看如何？」

「這……這也太多了些。」佟保良有些吶吶，心裡算著，一臺打穀機需要的鐵鉤本錢至多二兩出頭，絕不超過三兩的。

要是佟秋秋在這裡，八成會腹誹，她爹還是太單純，技術革新才是最值錢的。打穀機對於小民幾畝地的用處，尚不十分突出，畢竟農家最是捨得出力氣。但對於田地多的季七太爺來說，可是大大節省人力。自家是掙了錢，可人家老爺子是絕對不虧的。

「就不要推辭了。」季七太爺含笑道，叫管家給了訂金。

接過手中的銀錠，佟保良一時有落淚的衝動，趕緊屏息忍住，不能在季七太爺跟前出醜，略緩了緩。

「畢竟還未做出有鐵鉤的成品，之後見到成品有什麼不滿意的，您儘管說。」

季七太爺碰到這樣的實在人，只好笑著點頭了。

送走季七太爺和季族長一行人，佟保良抹了抹額頭上的汗，這才鬆了一口氣。

然後，他又被一群村人圍著打聽賣了多少錢，有些招架不住，忙道：「還待做出來請季七太爺看過後再算。」

一旁的曾大燕感覺彷彿有螞蟻在抓心撓肝似的，不管多少，都抓到自個兒手裡才好。可惜有金巧娘這個擋路的在，只好打眼前打穀機的主意。

「二弟呀，我看這什麼機器打穀挺快，大概一天就能把你這四畝地拾掇完。你看……」

這一說，後頭有人接著話頭說起來，紛紛問能借不？

「大嫂，若大哥那邊要用，妳別擔心，咱們等會兒說。」金巧娘從佟秋秋那裡知道租用的打算，回了曾大燕的話。

佟保良對村裡人道：「我準備出租，一天十文錢。想租用的說一聲，先租先用。」

不用費多少力，十來歲的娃兒便能用的打穀機，至少可抵三個勞力。現在農忙，請個工人，一天也得二十文。佟秋秋認為，十文錢算是良心價。

一些人家一聽得往外掏錢，便打退堂鼓，嘴裡留情的就說這稀罕玩意不用也不礙事，家裡有的是男丁，不就是費力嘛，他們不怕。有那嘴裡不饒人的說話就有些難聽了，什麼不已經掙了季七太爺家三臺的錢，一點人情味也沒有，黑了心，還想搜刮他們血汗錢云云。

她家又不是強買強賣的惡霸，租不租全是自願。佟秋秋在旁邊一臉冷漠不為所動，這些嘴上不饒人的，把打穀機給他們用，只怕沒得個好，反而惹一身騷。

季族長家的三兒季慷留下沒走，就是想問打穀機租不租呢，聽是十文，忙道：「保良，我租五天。你們用完，我就來借。」他家田畝多，租幾天是半點不心疼，這能省多少事啊。

旁邊驚嘆連連，現在還盯著打穀機、眼睛亮得像火苗的小孩，聽他爹租了打穀機，立刻高興得跳起來，歡呼道：「爹，我能幫您幹活啦！」惹得周圍的孩子紛紛眼紅。

季慷看著個子才到他大腿的兒子，好笑道：「你是想玩吧？」

佟保良答應了租借的事，朝鄉親拱拱手。「要是有需要的盡快。過了這個時候，怕是也用不上了。」

自家沒租的小孩，失望得如霜打的茄子。然而大人們也有自己的考量，不缺勞力的，不過是費力，能不花錢最好。

家裡租了打穀機的孩子大方得很，邀請小玩伴到時候看他用打穀機幹活，小玩伴頓時高興起來。

當然了，最受歡迎的還是佟小樹和小苗兒。小苗兒的小胸膛挺得高高的，打穀機可是自家做出來的，他們不缺。連佟小樹那老愛裝得老成持重的臉上，都帶了點激動的紅暈。

接著又有幾家訂了幾天，圍觀的村人才漸漸散了。

佟保忠覺得面上過不去，對佟保良道：「怎麼也是佟家人，不照顧自家人，反而緊著別家是什麼道理？」

佟保良道：「大哥說得是，事前我就打算好了，準備今日再做一臺，供咱們佟家租用。租金四文即可，也不用跟在別家後頭排隊。」說著，就有些赧然。

瞧瞧，減了租金，對自家親戚說話，她爹還不好意思了。佟秋秋嘆氣，她爹的面皮也太薄了些，幸虧她有先見之明，先說服她爹。不是圖能掙多少，而是不白給，白給的東西不知道珍惜，萬一機器搗鼓壞了，就不美了。

三叔公道：「連季七太爺都誇的好東西，哪能白白地用。咱們雖然都是佟家人，但分家立戶後，就沒有白吃白用的道理。且不用錢的不知道珍惜，我看保良這樣安排很好。」

四文錢，比其他外姓人家便宜了不只一半，還不用跟別家爭搶，別貪心不足。

三叔公開口就把佟保忠要喝斥的話堵在嗓子眼裡。曾大燕恨得在心裡暗罵，這三叔是不是老糊塗了，白用難道不好？

有了打穀機，不用男人，婦人和半大孩子也能幫忙打穀子，還不多費胳膊上的力。

金巧娘取來剩下的稻穀，用打穀機花了一天的工夫脫了粒。

佟保良則忙著去梅縣找鐵匠鋪訂製鐵鉤，而後就是組裝打穀機，待鐵鉤做好，安裝上去即可。有了第一次製作的經驗，後面的就是按照尺寸，把一個個零件打造好組成。

起初佟秋秋笨手笨腳，現在已經能獨立組裝。佟小樹也在旁邊打下手，做打穀機的動作就快了很多。

佟保良去梅縣取回鐵鉤，鑲嵌完成後，試驗成功，又仔仔細細檢查一遍，確認無誤後，交給管家。

季七太爺親自試用，比那天在稻田裡見到的強上許多，不僅脫粒更快，瞧著也比之前的不易摔壞，更經久耐用，心裡更是滿意，不僅讓管家準備十五兩的銀錠，還送了一套啟蒙用的書給他家裡的孩子們。

得到如此禮遇，自己做出來的成品也被認可，佟保良喜不自勝。

這天，佟家迎來了金雲娘和錢宗淮兩口子，正是為了打穀機而來。

「你姊夫去季七太爺家了。」金巧娘擦了手，笑著從廚房裡出來，給妹妹、妹夫倒茶。

金雲娘過去拉著她的手。「姊，妳別忙，又不是外人。」

「茶還是要喝的。我去，娘和姨母、姨夫說話吧。」佟秋秋去端茶。

「咱們秋秋就是貼心。」金雲娘笑著摸佟秋秋的手，接過茶喝了，對金巧娘道：「接到信兒，我就趕過來。來的路上聽了幾句，說是那打穀機唰唰的就讓稻子落了一簸箕，好用得不得了。真是好巧思！姊夫這木工果真沒白學，當初親家嬸子還不答應，多少人笑話。如今看來，全是走了眼的，可見姊夫對這個有慧根。」

「聽妳說的，不過那打穀機實用倒是真的。」金巧娘笑道。心裡也不禁為丈夫高興。她心裡明白，這次是佟秋秋出的主意，但仍堅信丈夫有木工才能。即便沒有佟秋秋的幫忙，手藝也有顯現的一日。

「大姊謙虛了。」錢宗淮笑道：「家裡水田多了幾畝，每到收稻時候就犯難，要是有了那打穀機，不知替家裡省了多少事呢。」

佟秋秋憋笑，小姨夫還說她娘謙虛呢，附近村人哪個不知，錢家有好幾十畝上好水田？這時，佟保良回來了，不待他和姨妹、妹夫寒暄，錢宗淮忙道：「姊夫別客氣，我心裡好奇得很，快讓我和雲娘瞧瞧那打穀機。」

佟保良也不拖遝，直接領兩人去看。家裡還剩下一些鐵鉤，正好又做了一臺。

在這間逼仄的小屋子內，錢宗淮和金雲娘見到了打穀機運行的效果，俱驚嘆不已。

錢宗淮當即道：「姊夫，這臺就租給我家吧。」又說：「姊夫放心，岳父家裡由我安排，保管也用上。」

自家的稻子收完，沒了後顧之憂，佟保良正有此意。見妹夫考慮周全，沒有不應的。妹妹跟妹夫來了一趟，自然要留飯。

想想姨母待他們姊弟的好，佟秋秋來了興致，自告奮勇道：「今兒我做飯，正好讓姨夫和姨母嚐嚐我的手藝。」

金雲娘呵呵笑。「那姨母可是有口福了。」

金巧娘又叫佟小樹。「你去族學外頭等著。下學了，叫你宗治叔來吃飯。」

眾人說話，佟秋秋去廚房準備飯食。待佟小樹帶著錢宗治回來，堂屋裡的四方桌已經擺好了椅子。

錢宗治進門，便向金巧娘夫妻問好，才笑著問候親兄嫂。錢宗治和他哥錢宗淮都是高大壯碩的，兄弟倆碰頭，屋裡顯得狹窄許多。

飯菜上桌，只見桌上有一道辣子魚乾、一道清炒嫩青菜、一道豆腐肉圓湯、一碟泡筍，每人面前一碗豬油炒飯。

雖然不是大魚大肉，大家也吃得滿口留香，尤其是豬油炒飯就著泡筍，真是恰到好處，半點不膩，反而清香美味。

吃了許久湊合伙食的錢宗治，分外滿足，要是天天吃得到就好了。但一想，佟秋秋這丫頭的小生意做得風生水起，是不會為了他那點伙食費折腰的，只能在心裡想想。

錢宗淮不知他弟為了口吃的所思所想，也對佟秋秋這個外甥女刮目相看。有這手藝，將來不愁嫁了。

眾人吃了個盡興，正舒暢閒聊時，不想外面突然來人，正是之前打過交道的季府管家。和管家一道來的，還有在縣裡任主簿的族長二兒季恂，以及一個面生的男子。面生男子約二十來歲，在三人間最年輕，但氣質沈著有威儀，讓人不能輕忽。

佟保良忙起身相迎，管家向佟保良介紹那面生男子。「這是咱們定安縣的知縣老爺，王楠王大人。」

錢宗淮和錢宗治對視一眼，忙站起身來和佟保良一起招待來人。金巧娘從震驚中回過神來，和金雲娘手腳麻利地收拾桌子。

佟秋秋看這裡幫不上忙，去後頭換新的茶水，約莫知道了知縣來意，只是沒想到來得這般快。不過同來的還有季府管家，多半有季七太爺幫忙的緣故。

另一邊，佟保良俯身要拜，向王楠行禮。「知縣大人安。」

王楠忙一把扶住他的胳膊，直接道：「不必拘禮，是本官叨擾了。本官此次前來，是為了你做的打穀機。」

錢宗淮對佟保良耳語，乾脆把打穀機搬到堂屋，好方便知縣大人看看效果。

本來還有些不知所措的佟保良立刻回神，不能怠慢了父母官，遂和妹夫一起將打穀機搬出來。

在眾人面前，佟保良腳踩踏板，只見輪軸轉動，布滿鐵鉤的滾筒轉動起來，他拿著一把稻穀輕輕鬆鬆往滾筒上一放，稻粒唰的掉下來。

王楠見狀，親手把玩過，撫掌誇道：「甚好。」耳聽為虛，眼見為實，親眼見識了打穀機，深覺這趟沒白來。有了能為民所用的器具，農人便可多開墾田地，豈能不高興？

季恂摸著下頷短鬚，感到面上有光，他出身的村子也出了個能人，不由多看佟保良一眼。以前沒注意，印象裡不過是個老實人罷了，沒想到還有這番巧思。

看這架勢，怕是要商量大事。金巧娘接過女兒遞來的茶壺，上了茶。堂屋裡人多顯得逼仄，乾脆帶著孩子們去後頭，留地方給商量要事的幾人。

佟秋秋還想留下來聽，就被姨母拉走了。不過有這麼些人在場，知縣大人應該幹不出分文不給，要他們家把打穀機充公的事。

糧食關係民生，老百姓一年到頭辛辛苦苦，就指望著收穫時節，收穫是重中之重。萬一遇到天時不好，大雨成災，來不及收穫，一切都白搭。有了打穀機，不僅讓農戶有餘力多種糧食，更是對糧食收割的保障。

再者，這打穀機報到上官那裡，至少能給上官留下個好印象，對他也是一項政績。

王楠沒有多思索，代表縣衙，以一百兩銀子的價錢買下打穀機的做法。

他當然不是冤大頭，擅長的正是民生經濟。看到打穀機時，心裡便有了成算，派人學會做法後，由縣衙牽頭向本縣推廣打穀機，賣給縣裡乃至鄰縣的地主、富戶，同時租借給本縣的農戶。

這樣，機器能推出去，銀子也沒白花。待到回本，就可以開始廣泛教授打穀機的製作。

聽見知縣大人給的價，從沒經手過這麼大筆銀錢的佟保良，險些驚掉了下巴。

「這……」

「還不謝過知縣大人。」季府管家出聲提醒。

「謝知縣大人。」佟保良看了妹夫錢宗淮一眼，見妹夫點頭，心下稍安，這價錢應該沒問題，連忙道謝。

季府管家在心裡暗嘆，幸虧他家少爺多提一句，不然這佟家老二沒這麼容易得到這筆錢財。他家小少爺果然面冷心熱，心地再良善不過了。

也是趕巧，自家老爺子正高興地研究打穀機呢，少爺瞅見，得知是一農戶所創，便說知縣大人正好因為他家要建書院之事，下了帖子要來拜訪老爺子，乾脆讓知縣大人見見這利於農事的好東西。

既然是少爺親自吩咐的，他這老胳膊老腿的才走了這一趟。

待送走知縣一行人和金雲娘夫妻，佟秋秋看見桌上的銀票，摸了摸。薄薄的兩張紙，每張五十兩。

這是她有生以來第一回摸到銀票，心道這知縣人不錯，出手挺大方的。

別說什麼自家的法子自家賣，她腦子還清醒。她家在這地界上既沒人脈，也沒人手，打穀機雖然特別，但也容易仿製，要想盡快賣給縣裡那些地主、富戶，幾乎不可能，況且人家勢大，還得防著使黑手。

得知縣衙的安排，佟秋秋對知縣的好感更是倍增，原以為當官的自持身分，最是不屑談商賈之事，沒承想人家不僅不避諱，還運用得當，幫府衙帶來進項，還惠及百姓。

而金雲娘與錢宗淮夫妻回去的路上，都在為佟家高興。尤其是金雲娘，覺得自家大姊總算是守得雲開見月明了。

第十七章

家裡有了銀錢，而且還有孩子們的功勞在，佟保良便問幾個孩子，想要什麼，能滿足的他都滿足。

佟秋秋第一個道：「爹，昨日我去環心湖那邊，見書院已經開始動工，咱們家的那塊地也要開始謀劃才好。我和弟弟們是這樣想的……」

佟秋秋說著話，佟小樹跑回房裡拿出木板，木板上是她帶著兩個弟弟想出來的簡易規劃圖，是將屋前改為店鋪的四合院格局。

「將來咱們家住在後面，前頭娘可以做麵食營生，爹還能開一間木匠鋪。嗯，再給我留一間，我也經營個吃食鋪子。多餘的地，咱們也不急，等將來有錢，再往後頭擴建幾進院子，以後小樹和小苗兒娶了媳婦、生了娃，都不缺住的地方。」

小苗兒一臉認真地聽著，也不知聽明白沒，只一個勁小雞啄米似的點頭。而佟小樹聽到娶媳婦，臉就紅了。

金巧娘噗哧笑出聲來，點著佟秋秋的額頭。「還幾進呢，口氣不小。」不過一想，現在手上的銀票和掙的銀兩，女兒恐怕真不是哄人的。

佟保良也被女兒說得憧憬起來，看看陳舊到有些破敗的屋子，這還是當年分家出來蓋的，一共才兩間廂房。

如今閨女都十三歲了，還和兩個小子睡同一間房。後頭勉強收拾出來的雜物間當作木工房，光線昏暗不說，還沒多餘的位置放做出來的東西，是該換個地方了。

「行，就這樣定了，等農忙過後，就尋好師傅和幫工蓋房子，讓孩子們早日住進新宅院。」金巧娘不是死抓著錢不放的人，沒錢的時候，當然要精打細算，不然一家子等著餓肚子；現在手裡有錢，合該彌補幾個孩子這些年跟她過的苦日子。有好日子過，誰又愛吃苦呢？

金巧娘說著，看向佟小樹。「前兒季族長來說了你讀書的事，今年把你插入啟蒙班也是可以的，你怎麼想？」

佟秋秋和佟小樹越來越有主意。關於他們的事，金巧娘也開始問他們的意思。

佟小樹笑著點點頭，而後飛快垂下眼，遮住那一絲絲不易察覺的淚意。不過想到最近和他姊計劃的事，有了自己的打算。「等這陣子忙過不遲。」

佟秋秋搓了搓小樹的頭。「想上學就去。下學回來，再幫姊的忙就行。」

佟小樹也是倔脾氣，他渴望上學不假，但做下決定是在遇到季族長之前。既然做了，就不改。

「等中秋過了，再去上學也一樣。」

佟小樹是個有自己想法的孩子，佟秋秋見他主意已定，只得點頭。

「那小苗兒開年後再上學，剛好跟著啟蒙班從頭學起。」佟保良道。他覺得小苗兒年紀還小，怕他跟不上，擔心小小孩子吃不消。

小苗兒許是因為還小，對於讀書的印象，就是跟著兄姊唱歌認字，覺得有趣，還沒有佟小樹因為曾經得不到而想要的期盼，所以十分順從地聽父母的安排。

說完兩個兒子讀書的事，金巧娘又安排明天的活計。「孩子的爹，等會兒你跟三叔說一聲，明天讓保仁大哥和你一起去縣衙教人做打穀機。我和三個孩子回娘家，把之前欠的帳一齊還了。要建房了，也要問問有沒有好師傅介紹。哎，咱們也能建自己的新房了呢。」

有個熟人陪著，心裡踏實許多，佟保良點頭。

佟秋秋見她娘眼角眉梢都是喜悅，還有從前沒有過的輕鬆自在。

金巧娘覺得頭頂的天晴了。丈夫的活計有著落，還掙得大筆銀錢，娘家的債能還清，壓在心裡的重石沒了。

佟秋秋知道自家欠了外公家的錢，但到底是多少，她娘從沒對他們姊弟提過。她把賣果酪方子的錢交出來，就是讓她娘用的，可她娘藏著沒動，還是後頭買地才用了那筆錢。

現在一想，從前家裡欠了娘家的錢，回娘家時，她娘不管面上多好，心裡大概也覺虧欠，久而久之，這債便成了心病。如今能無債一身輕，怎能不歡喜？

而今她娘如釋重負，她心裡也跟著高興，跟著張羅明天帶去外公家的禮。

「小舅母不是有孕了嗎？聽說孕婦不是愛酸，就是愛辣，帶一罈泡菜去。要是小舅母吃不得，外公他們平日也能當作小菜吃。」

她上甜水村賣桑葚汁時，受外公和舅舅們的照拂，想要回饋一二。再一想，外公家最多的就是肉，思忖片刻，便跟她娘耳語了幾句。

金巧娘聽完，一把抱住女兒。她這當娘的做不到的，女兒想到了。父子三人都當這母女倆在親香呢，全沒在意。

佟保良心裡還記掛一事，一時不知如何開口才好。媳婦跟著他受苦這些年，如今他還要支出一部分銀錢來……

金巧娘放開女兒，整理好心情，轉頭見丈夫一副欲言又止的模樣，便道：「這是怎麼了？有事就說。」

「哎。」佟保良咧嘴笑了笑，才道：「我是想在書院對面，給香香買上一畝地。她自幼沒了父母，我擔心她將來去婆家被人小瞧。那地就當咱們給香香備的嫁妝，妳看如何？」

「瞧你這模樣，這想頭不知在心裡滾過多少遍了，不買心裡豈不成天惦記著。想買就去買，當我是個刻薄伯母不成。」金巧娘當然喜歡佟香香這個懂事得讓人心疼的姪女，只佯裝生氣道：「就為香香著想，怎麼不想著咱們女兒。」

「有什麼好多想的，將來給秋秋陪嫁大半家業，我也不心疼。」佟保良理所當然地道：「其餘的，妳看著給秋秋添置。」

「也是。」金巧娘心裡明鏡似的，深知沒有女兒，家裡就沒有今天。丈夫有這樣的覺悟，她很高興。

翌日，佟保良和隔房的堂哥佟保仁去了梅縣，金巧娘帶著佟秋秋姊弟回娘家。

金巧娘揹著背簍，背簍裡是一罈泡菜、一籃雞蛋，還有佟秋秋今早起來做的豌豆黃。佟秋秋則揹著布包，布包裡是石青和藕荷色兩種尺頭。

還沒到金家的門呢，和村裡小子們一起玩耍的二表弟金百順、三表弟金百吉看見來人，就往家裡喊──

「娘，奶奶，大姑來啦！」

佟秋秋的外婆朱氏生了二男二女，金巧娘排行第二，小妹金雲娘最小。大舅金洪現有兩兒一女，大兒金百昌和大女兒金惠容是雙胞胎，今年十六；小兒子金百順和佟小樹同歲，今年八歲。小舅金波只有一兒，大名金百吉，今年六歲，是個機靈可愛的小傢伙。

朱氏聽見動靜，快步出來，摟過佟秋秋姊弟挨個親香一番才捨得放開，說不出的歡喜。

大舅母方氏後腳趕來，招呼大妹進門。

金巧娘把背簍放下，拿過佟秋秋手裡的包袱，遞到她娘懷裡。

朱氏上手一摸，便知道是布，又見女兒還從背簍裡取出雞蛋等物，沒好氣地瞪她一眼。

「不年不節的，哪裡要送這些東西？這可不是過日子的樣子。」做人媳婦的大手大腳花錢，也虧得女婿好性子。

「這就是您女婿叫我帶來的，早預備要給您和爹了，這不是忙得耽擱了嘛。」金巧娘一看她娘的臉色，好笑道。這布還是她和丈夫在梅縣渡口賣涼粉的時候，去縣裡鋪子挑的。

朱氏聽了這話，笑容才舒展開來。雖然女婿實誠，但她也怕女婿為了家裡的銀錢，跟女兒鬧不痛快，這下總算放心了。

「你們有這份心，我就高興。這一次就罷了，有錢也不能浪費。」

「就與您幫襯咱們，不許女兒孝順了不成？」金巧娘說著，把準備好的荷包塞進朱氏手裡。「這是還您的。哎，這下子，我是一身輕了。」

因為女婿學木工手藝借的錢，這些年陸陸續續還了大半，荷包裡是最後六兩欠銀。

朱氏還沒捂熱，就把荷包遞給大兒媳方氏。「老大家的，這是巧娘還給家裡的錢，一口氣還清了。幫我送去給妳爹，也讓妳爹高興高興。」

方氏笑著答應。她自然明白婆婆的意思，大姑子從來都是明明白白還錢，不來虛的。婆婆做得亮堂，她心裡也沒疙瘩。她聽說大妹夫那打穀機賣給季族裡的進士老爺，也為大姑子高興，錢一下子全還完了，可見是掙了不少。

朱氏吩咐完兒媳，又拉著金巧娘絮叨。「保良好不容易掙到錢，妳可不能昏了頭，就不曉得分寸。還有三個孩子要養呢，秋秋出嫁要嫁妝，小樹和小苗兒要娶媳婦。」

金巧娘笑著挽住朱氏的胳膊，在她耳邊說了縣太爺買打穀機的事。「還有餘錢，娘就安心吧。」

這會兒，朱氏真是喜上眉梢，比收到女兒孝敬的尺頭還高興。男人有本事，女兒日子便有盼頭。

金巧娘也是一身輕鬆，指著雞蛋道：「弟妹懷著身子，帶些雞蛋給妳補補。」

方氏端了家裡做的米糕來，分給佟秋秋姊弟吃。她自是不會吃味，自從大姑子出嫁後，不管她還是弟妹有身孕，大姑子都會帶雞蛋來，一視同仁。雖不貴重，但這份心意熨貼人。

佟秋秋的二舅母彭氏提著茶壺來，她的小腹已經微微隆起，人未到先開口。「多謝大姊想著我。」

佟秋秋領著弟弟們謝謝方氏，金巧娘接過彭氏手裡的茶壺。「妳身子重，坐下歇歇。」

彭氏對大姑子素來敬重，拗不過她，依言坐下。一坐下，鼻翼便微微翕動，眼睛瞄向桌上的罈子。

「這是什麼？怪香的。」說完，情不自禁嚥了口口水。

「秋秋做的泡菜，說是拿來讓你們嚐嚐。今早我就是配著這酸筍吃粥飯，滋味不錯。」

「哎喲，要叫大姊笑話，我實在忍不住了。」彭氏招手喊兒子。「百吉快去拿碗筷來，我這就嚐嚐。」

金百吉正吃著香噴噴的豌豆黃，和佟小樹、小苗兒說話，一聽他娘叫喚，噘了噘嘴，但還是顛顛地去後廚拿了。

「看著嗜酸的模樣，八成懷的是小子。」金巧娘笑道。

「已經有了百吉這個混小子，我巴不得這次生個女兒，像秋秋這樣就好，比小子強。」

彭氏看著外甥女和自家大姪女都好，想來生個女兒也不會差。

「不能誇她，再誇，她的尾巴要翹起來。」金巧娘心裡高興，嘴上謙虛道。

姑嫂幾個又說起金巧娘在梅縣渡口賣涼粉的事，大集上也賣過，生意好得不得了。

金巧娘點頭。「是很好，主要是新鮮吃食，熱天裡吃著好。」她對外都說是自己和女兒琢磨出來的吃食，外人不知內情，聽了這話，大概以為她才是出主意的人，女兒不過是打下手。她顧忌女兒年紀還小，名聲太盛，對女兒來說未必是好事。

娘的顧慮，佟秋秋也知，她不過是在異世學了別人的成果罷了，對虛名沒有追求。

「妳可要把方子捂好嘍。像之前那果汁，大集上跟風的成片，讓秋秋的生意都做不成了。」朱氏在旁聽了，心疼地拉著佟秋秋。「可惜了咱們秋秋想出來的好辦法。」

方氏很瞧不上那些跟風卻學了個四不像的人，跟著賣也罷了，但那果汁難喝的喲，難道自個兒沒嚐過一口，好意思賣出去？接著婆婆的話道：「最後還不是都歇了心思，客人沒多少，不過白忙一場罷了。」

金百吉拿了碗筷來，佟小樹替他揭蓋子，幫他挾了一碗，讓他送去給小舅母。

金百吉把碗擱到他娘桌前，遞筷子給她。「吃吧，自從懷了妹妹，您是越來越饞了。」

彭氏笑罵一句。「還說你娘呢，你不饞？之前還問你秋秋姊怎麼不來賣桑葚汁了。」

「那是毛蛋他們問的。」金百吉大呼冤枉，雖然他是挺想喝，但堅決不能承認他和他娘一樣饞。「他們都說還是秋秋姊賣的最好喝，別家的喝了一次，就不願買了。」

金惠容、金百昌剛剛幫忙送肉去了，現在挽著籃子回來，進門就聽見這話。「可不是，秋秋再堅持兩回，保准沒那些跟風的什麼事了。」又紛紛向金巧娘喊大姑。

佟秋秋聽了高興，對金惠容道：「表姊，我把做的法子告訴妳，等明年桑樹結果，妳在家做了喝也方便，做買賣也行。」

她現在有了本錢，選擇多了，不指望賣桑葚汁掙錢。

「那怎麼行？」金惠容擺手。

佟秋秋笑。「我還有別的買賣要做，表姊不用跟我客氣。」

金惠容見表妹是真不在意，便欣然接受了。

彭氏聽了直笑。「妳瞧秋秋這自信的樣子，將來肯定是掙大錢的人。」

朱氏也樂，對二孫子金百順道：「去田裡叫你爺爺他們，就說你大姑回來了，今兒歇一天。」一秋收完了，現在正是翻地的時候。

片刻後，金家人到齊，屋裡熱鬧喧天。

佟秋秋看著弟弟們跟表兄弟玩得開心，和金惠容坐在一起聊著，順便聽聽長輩們說話。

金巧娘說起要在書院對面建宅的事。

「這是要把家安在那邊？」金大川問。書院已經在招工了，他是知道的，甜水村這邊就有打算農忙完去做工的。蓋書院的事是不會有變化了，但那塊地周圍，還是荒草一片。

他有些遲疑，要不要勸女兒再等等，就聽金巧娘接著道：「還打算建個四合院，前面改成鋪子的式樣。」

眾人皆驚，朱氏問：「這……家裡銀錢夠嗎？」

「所以要問爹，爹人面廣，幫我尋個可靠的師傅。」金巧娘道：「秋秋她爹做出打穀機後，名聲傳出去，現在已經接了幾單活計。他手藝好，想必將來接活不成問題，我和秋秋也會做買賣掙錢。家裡有進帳，我算了算，問題不大。」

金大川身為關心女兒的老父親，如今見女兒侃侃而談，精氣神與從前判若兩人，還去梅縣做生意，可見當年因那混蛋馬有才搗亂、婆婆鬧騰造成的陰影已經不在，心頭快慰啊。

看女兒如此有幹勁，金大川不忍心讓她作罷，想想怎麼尋個可靠又不貴的老師傅。

「我問問老夥計們，妳在家等消息吧。」

金巧娘見老爹這麼爽快地答應了，嘴快道：「要不，爹也規劃規劃您買的地，先建個鋪子怎麼樣？」

「還攛掇妳爹來了。妳爹一個賣豬肉的，在書院對面賣也不吃香，有什麼好急的。我還打算把那兩畝地開墾出來，種上一季豆子。到時候豆子收了，書院也該建起來了，正好瞅瞅情況，再建不遲。」

她外公真是有顆根植於種田的機智靈魂，這樣確實穩妥，豎著耳朵聽長輩們講話的佟秋秋想著。

金巧娘朝女兒方向瞅了一眼，暫且打住了嘴。

表兄弟姊妹分著嚐了豌豆黃，都對佟秋秋豎起大拇指，真是好吃得要啃手指頭了。

佟秋秋笑納了誇讚，拿出準備好的香料等各色用料，拉著金惠容去廚房。她要做滷肉！

在書院對面賣香氣四溢的滷肉才是正道。將來想擴展生意，還能滷些別的，簡直絕了。

第十八章

金惠容被佟秋秋帶去廚房，一聽說要做菜，沒太過驚訝，以為佟秋秋是想做個菜孝敬長輩，挽起袖子就要幫忙。

「秋秋，妳看看廚房裡的菜。若是沒有妳要的，我弄給妳。」

佟秋秋打量廚房的豬肉、豬大腸、還沒清洗帶著泥的藕、各色青菜，以及她家帶來的雞蛋，道：「不用準備，有這些菜盡夠了。」

金惠容看佟秋秋俐落地洗菜切菜，煮了十來顆雞蛋，肉也焯水備用。接著鍋中燒油，加糖，小火翻炒，加水煮開，再添薑蔥鹽等調味，小火慢燉成一鍋褐色湯水，說是叫滷水，然後放了豬肉、豬大腸。

鼻間依然能聞到一股異香，是她從沒有聞過的味道，如此勾人，不覺讓她嚥了嚥口水。

佟秋秋拿燒火棍在灶膛裡通了通，讓鍋中的食材慢慢熬煮。而後舀了一瓢水，把手洗乾淨，才拉著金惠容一同坐在廚房門口吹吹風。在廚房待久了，還是有些熱的。

金惠容有些不好意思，她比佟秋秋大，不能那麼沈不住氣，便依佟秋秋之言坐下來。

佟秋秋知道金惠容好奇，也不好吊著她，只能說了事先編好的理由。「有一次我和娘在梅縣看見人家用香料做菜，想著那味道聞起來可香了，就在家裡琢磨出來。剛好，外公家少什麼也不少肉，就做了讓你們嚐嚐，以後桌上也能添道菜。」

金惠容握了佟秋秋的手，很感激表妹的一片心。

佟秋秋和金惠容東拉西扯地聊天，聊著聊著，佟秋秋順嘴問了句袁細妹的事。實在是她心裡好奇，那股矯情勁，還愛跟她娘別苗頭，以前也是這樣？

「哎呀，離她遠些，不是個實心人。」金惠容忙道。

哦，聽著彷彿從前還有什麼過節，佟秋秋便用一雙好奇心滿滿的眼睛去看金惠容，催促她快說。

金惠容被這眼神瞧得沒了辦法，說長道短總歸不好，臉一紅，才結巴道：「我……我也是偷偷聽大人們說起的。從前大姑做賣麵的營生時，妳還小不記事，田坎村有個叫馬有才的，和著一幫不知來自什麼地方的混人，幾次在大姑攤上吃麵，嘴上有些不乾不淨。

「聽我娘說，大姑見狀，姑父又去縣渡口找活兒幹了，不在跟前，怕自己一個女人家真惹到什麼地痞，便想先收攤一段日子。孰料那夥人突然不見了，連那馬有才到現在都還沒回來過呢。

「本來以為這件事就算了，但細妹表姨又去妳奶奶跟前說，大姑嫁給妳爹之前，曾說給馬有才。這下火上澆油，聽說妳奶奶本來就對大姑出來做生意不滿，更是捅了馬蜂窩，不許她做買賣。但大姑性子強，馬有才都不見了，想早日掙錢讓妳爹去學手藝，不願放下攤子。

「後來，不知怎的，妳奶奶硬是以為大姑要跟人跑了，還來大集叫罵，生拖硬拽叫大姑回去；又到爺爺的攤子前，說家裡沒教好閨女，當著許多人的面，話說得很難聽。」

她也是頭一次見那樣的場面，當時才五歲的她正好跟著爺爺在大集上，看著佟家老太太在面前那哭天搶地的模樣都嚇哭了，至今還有點印象。

佟秋秋聽完，就替她娘抱屈。哼，這不是小人一個嗎，袁細妹跟攪屎棍一樣。

金惠容見佟秋秋的眉毛要豎起來，忙道：「咱們家跟她家也不來往了，以後見到避開就是。」她也不喜袁細妹的為人，聽說她以前跟大姑好得像親姊妹似的，怎麼變成那樣了呢？

「哼，我看她是個人後搗鬼、人前要臉的。這種人還不好對付，如果作怪，就揭她的臉皮。」佟秋秋很不屑。她娘要臉，不跟袁細妹吵，就讓她來。

金惠容了解自家表妹，從小性子野，忙勸解道：「不和她來往就是。妳還小，可別吃虧。」

佟秋秋和金惠容咬耳朵，把上回袁細妹如何來栽贓她，如何被她發現銀鐲子，如何被她頂回去的事說了。

金惠容目瞪口呆，對佟秋秋的口舌厲害有了新的認識，又佩服她比自己年歲小，卻有膽子跟年長的人叫板；同時心裡深深為大姑不值，白費了當初的情誼。

佟秋秋是故意說出袁細妹當年哄騙她娘銀鐲子的事，讓外公家再次認清那一家子才好。

鍋裡的香味飄來，佟秋秋站起身，揭開鍋蓋看了看，見肉已經熟透，加入切好的藕片，再放入去殼的熟雞蛋，蓋上蓋子，灶膛裡添了一把柴，再煮幾刻鐘就能出鍋了。

不久，鍋裡的香味已經濃烈得飄散到前堂，幾個小子跟聞到味兒的狗狗似的，不約而同往後廚房衝，一到門口就叫喚起來。

「姊，表姊，妳們做的是什麼？香！」恨不得立刻一瞧究竟。

金大川父子幾個很高興，大舅金洪笑呵呵的。「聞著味道就香，剛好家裡有酒，下午就著秋秋做的好菜，好好喝一杯。」

當天，晚飯就提前了，方氏忙又炒了幾道菜，加上佟秋秋做的滷菜，就是一桌。

滷菜端上桌，孩子們的眼睛就只會跟著菜盤移動了，佟小樹和小苗兒還好些，畢竟這段時日在家裡總被佟秋秋各色新吃食餵養。金百順、金百吉嚥口水的聲音可響亮了，連十六歲的大表哥金百昌也抿著唇，悄悄吞口水，眼裡都是迫不及待。

大人們見狀，自己也想嚐鮮呢，不再廢話，金大川率先動筷子，而後一雙雙的筷子便往滷菜而去。

話是沒空多說一句的，只能聽見筷子碰碗碟和咀嚼的聲音。

不一會兒工夫，裝滷肉、滷大腸、滷藕、滷蛋的碟子，只剩下湯汁了。

金百吉連忙喊道：「娘，湯汁幫我澆在飯上，我拌一拌吃。」

彭氏笑罵。「你這貪吃貓。」別說，這小子就是會吃的，她這個做娘的也挺想試試。滷菜這般美味，湯汁澆在飯上，想來滋味不錯。但到底是大人，便忍住了。

最後，幾碟湯汁全被孩子們分了。

佟秋秋對她娘使了個眼色，金巧娘會意，笑咪咪道：「覺得好吃，以後多做著吃。那滷水保存得好，不變質，是可以重複用的。想吃的時候，把肉、菜加進去煮就可以。」然後把保存滷水的方法說了一遍。

大舅金洪的眼睛亮了亮。有了這滷水，鋪子建起來，若是滷肉，那……心裡熱血翻滾，看向金巧娘。

金巧娘回以一笑，一切盡在不言中。

金洪張了張嘴，聲音有些哽咽。「大妹，我都不知道怎麼說了。這多好的東西，妳就這樣拿出來。」

「我已經和你妹夫說過了，他也沒意見。」此話不假，這件事不能瞞著丈夫，昨晚睡前，她就跟丈夫通過氣了。

金巧娘看著娘家人，誠懇道：「這些年沒有娘家的幫襯，保良學不了木匠手藝；沒有娘家的接濟，我和幾個孩子不知要多吃多少苦，咱們就別見外了。」

金大川虎目濕潤，兄弟姊妹這般相互扶持，他就是立時去了，也能放心。

方才還不明就裡的人，這會兒回過神來，看金巧娘的眼神感動不已。

金巧娘臉上似火燒，她受之有愧啊。都以為是她琢磨出的方子，教給佟秋秋，讓佟秋秋做出來的，她老臉真禁受不住，不由朝佟秋秋看去，就見佟秋秋抿著嘴，笑得好不開心。

這丫頭，看老娘笑話來了！

金大川跟三伏天喝了一碗甜滋滋的涼水似的，道：「好了，既然巧娘把方子給咱們家，就要好好記著這份情。」對兩個兒子發話。「以後咱們兩家還要挨著開鋪子，有守望相助的時候。」說著端起碗，把碗中的酒喝乾。

外公這是要改主意建鋪子。佟秋秋樂滋滋地笑，嘿嘿，離她預想的店鋪一條龍更近啦。還發懵的彭氏不知所措，扯丈夫的袖子。「這是幹什麼？什麼方子？」

「哎呀，妳這傻婆娘，就是這滷菜方子。以後咱們家把鋪子建起來，就能做這滷菜生意了。」金波笑著白了眼傻媳婦。

這是可以傳給子孫的方子，朱氏淚眼婆娑地看巧娘。「妳這孩子怎麼這般死心眼，以後不能再這樣。」

金巧娘安慰老娘。「娘，我還不是看著爹和大哥、小弟殺豬賣肉，做這營生更方便嗎？要是我做著便宜，我就自個兒掙銀錢了。」

眾人笑出聲來，都知道這是為了讓老娘更好受些。金巧娘真要做滷肉買賣，還怕買不到豬肉不成？

曲終人散，金家人把金巧娘跟孩子送出門。

「喲，這不是巧娘嗎，回娘家來啦？」一個穿著灰綠褙子、頭戴抹額的吊梢眼清瘦老太太打門前過，聽見動靜，轉頭上下打量了金巧娘一眼。

這人正是袁細妹的親娘小朱氏。

金巧娘聞聲看去，只如對尋常認識的老太太般點了點頭，並沒有寒暄的意思，跟娘家人告辭，帶著兒女歸家。

小朱氏討了個沒趣，嘴角的細紋垂下來，轉向金家人，又帶上笑。「聽說巧娘日子火紅了，怎麼就眼裡沒人了呢？」

朱氏氣得不得了，好好的日子，非叫小朱氏給敗壞了。「那也得看是什麼人。用人朝前，不用人朝後也就罷了，背後捅刀子的人家，我女兒可不敢放在眼前。」說完招呼一家子進屋，哐噹一聲關上了門。

回到家，朱氏便聽金惠容說了銀鐲子的事，好好的心情被袁家母女壞了。到了晚上歇息的時候，還躺著生悶氣。

「老婆子不睡覺翻來翻去，幹什麼呢？」金大川見狀就道。

朱氏睡不著，乾脆拉著金大川說話。「你說，我怎麼就攤上這麼一門親？」鐲子給就給了，要是表姊妹處得好，說出去也是一段佳話。但是想起袁細妹做的事，就噁心人。

「哎，人嘛，哪有事事順心如意的，就當眼睛被屎糊了。」金大川闔著眼打了個哈欠。

「哎喲，你這老頭子心真寬。」朱氏閉眼，還是睡不著。想著小朱氏如今抖起來那陰陽怪氣的模樣，跟袁細妹小時候的羞怯乖巧，又拉著金大川念叨。「你說細妹小時候瞧著還好，怎麼大了，心眼就壞了？」當初她是真疼這個晚輩的。

金大川從胸口裡哼了一聲，也沒了睡意。「妳那三妹平時就一副愁苦樣子，好像人家欠了她似的，教出的女兒能有多好？就妳看不出來。」

朱氏在朱家這一輩是大姊，袁細妹的娘小朱氏是朱氏二叔家的女兒，排行老三。

兩人因為同嫁到甜水村，便格外親近一些。前朝覆滅，動亂頻繁的那些年，日子過得艱難，朱氏見小朱氏家裡有了上頓沒下頓，孩子們瘦成一把骨頭，自家存糧雖也不多，但還是幫襯著，一起度過了那難關。

「哎呀，你這老頭子，當初你待細妹不是也挺好。」朱氏用手拍了他肩膀一下。

金大川又哼了聲，現在想起白費的那份心，後悔不迭，不願承認自己那般有眼無珠。

小朱氏那男人不頂事，遇事愛躲在女人後頭，小朱氏則是見人就是一副可憐相。雖然他看這夫妻倆的做派不太順眼，卻對袁細妹姊弟幾個多了幾分憐惜。

金大川一想，心中氣悶。「哼，不提也罷。我待她女兒好，換來她對巧娘不安好心，瞧她當初還給巧娘介紹了什麼混蛋玩意兒。」

說到這裡，他就耿耿於懷。「幸虧我和大兒不放心，仔細打聽，不然，咱們巧娘就被她害了。」馬有才家裡不知發了什麼橫財，表面是光鮮，但成日裡遊手好閒，常和不知道哪來的閒漢廝混。後來不知混到哪去，連家都不回了。

朱氏捂了捂胸口，一提起這個，她就後怕得不得了，這婚事要是落在她的巧娘身上，豈不悔斷腸。

當初她推了這門親事，心裡其實有些怪小朱氏替金巧娘物色了個不像樣的。可小朱氏上門連連向她賠不是，說自己是被漿糊蒙了眼，沒看出馬有才是那般人，是想著世道艱難，日子不好過，要幫金巧娘找個殷實人家，忽略了其他，請她原諒。

當時她想著，人也不能事事周到，總有眼拙時候，又見小朱氏態度懇切，便沒有多想。後來，金巧娘自己看中了佟家老二，她和老頭子並兩個兒子仔仔細細觀察了一陣子，覺得佟家日子不算艱難，老三又去從軍，家裡只剩兩兒，佟家老二看著穩重妥帖，就遂了女兒的意。

婚事了了，就盼著金巧娘能過得好。誰知金巧娘嫁過去幾年，卻被人拿了曾經和馬有才相看的事做筏子嚼她舌根。而那個始作俑者，就是他們曾經照拂的小輩袁細妹。

朱氏知道真相後，險些氣暈過去。

袁細妹拿馬有才做由頭，說些不三不四的話，在金巧娘的婆婆跟前敗壞金巧娘的名聲。誰能想到她心那般黑，清白名聲對女人多重要啊，分明是見不得金巧娘好過。要不是後來被曾大燕說穿，他們還不知後頭有袁細妹的手筆。

朱氏想到這兒，心裡就難受。「事情沒揭出來前，細妹居然還能面不改色地來看望我，說是沒事，婆婆和兒媳婦哪能沒點爭執，有她照看著，叫我寬心。你說她對我說這話時，怎麼就半點不心虛？」

「她被她家養壞了，估計也不是一日兩日，只是我們不知罷了。咱們巧娘和她年歲相仿，她看巧娘過得好，就生出了壞心。」金大川說著，也有些生自己的氣，之前就不該接濟那一家子，離那家子遠遠的。

「以後袁家和細妹夫家過得好，我們不稀罕貼上去；過得壞，妳也不准因為妳那三妹和細妹滴幾滴貓尿，又和他們來往。」金大川沒好氣地道。

朱氏聽了，踹他一腳。「你還把我當活菩薩了。」

稻收後，扶溪村及幾個臨近的村子，閒下來的農家漢子聽聞季七太爺建書院招工的消息，紛至而來。

八月初十，書院正式開工。

佟保良結束去縣裡教授打穀機做法的事，開始做接單子的家什、箱籠等活計。每日一得閒，便琢磨著還能製作出什麼好用的工具來。

金大川向老夥計們打聽一圈，建房師傅人選有了眉目，是位黃師傅，曾在十里八鄉小有名氣，蓋的屋子上佳，口碑極好。不過年老之後，無妻無子，獨自賦閒在家，還是年前過繼了個無父無母的親族孩童當嗣孫，這才發話要重新出山。

金大川上門拜訪黃師傅，見他確實是見識廣、有真本事的。次日父子三人便陪黃師傅來佟家。

招呼將來要替自家蓋房的老師傅，佟家一家子早早清掃屋舍，準備茶水飯食。

黃師傅是個精瘦的老頭，雖然個頭不高，但瞧著很有精神。隨著他一起來的，還有個瘦瘦高高的年輕人，應該是過繼的嗣孫，一雙單眼皮的眼睛，目光清亮有神，瞧著就有幾分機靈勁兒。

喝了幾口小酒，吃著酸辣開胃的酸菜烤魚，黃師傅覺得這家招待得很盡心，應該是個不錯的雇主。

他聽了兩家的打算，佟家這邊好說，不過是要把四合院正門這邊的房子改成鋪子，前後打通。金家這邊暫時只打算建一間鋪子，這就要看在哪裡、怎麼建，才不影響將來擴建。

這對他來說，都是小事一樁，點頭應下。「吃完飯，我就帶著我孫子去那塊地瞧瞧，明兒便能給你們看圖紙。」

金佟兩家人都覺得好，佟秋秋又試探地問：「黃爺爺，冬天冷颼颼的，您能做間暖呼呼的屋子嗎？聽說北方有什麼炕來著。有那樣的屋子，我爹冬日做工不怕冷，兩個弟弟將來讀書也不擔心凍著，我和娘待著也暖和。」

「是火炕吧，妳這小女娃倒有幾分見識，那還是我年輕時在北方見過的。」黃師傅摸了摸鬍鬚，懷念道。

什麼見識啊，就是異世去一家民宿用過，覺得冬天睡覺真是好極了。沒想到瞌睡遇上枕頭，這老師傅果真見多識廣。

佟秋秋沒半點心虛地笑笑。「在渡口聽人說過。」渡口貨船南來北往，哪裡的人沒有，聽說過也不稀奇。

女兒想要做火炕，金巧娘便順著她的話道：「這丫頭就愛聽那些稀奇事兒，聽人說好就想要，讓您見笑。咱們也不懂，還是師傅您說了算，能建就建；不能，咱們也不勉強。」

「不難做。」黃師傅解釋一番，看這家夫妻有一女兩兒，便道：「咱們南方與北方氣候不同，也不必多建，挑三間適宜屋子搭炕就成，你們一家子夠用了。」

佟秋秋滿意點頭。大炕暖和，還能滾來滾去，最適合睡懶覺啦。

第十九章

三天後，黃師傅拿著和兩家商議好的圖紙，安排人打地基。

佟保良這邊請了三叔公家的五個堂兄弟、外村四個年輕力壯的小伙子，以及村裡幾個年紀大些，沒能跟去建書院但踏實肯幹的來幫忙。金家這邊，金大川請了本家的幾個親族兄弟，領著自家的兩個兒子跟大孫子，人手就夠了。

有了經驗老道的黃師傅和他帶的孫兒兼小徒弟黃繼祖，一切安排順當，指揮著挖地基的同時，又幫金佟兩家介紹買磚石的地方，不僅價格公道，磚石也好。金佟兩家滿意不已，覺得這師傅真沒白請，為表感謝，後來又給黃師傅添了一份紅包。

這時，村人才發現，怎麼會有和書院一起建的屋子呢？一看才知道是佟家及金家。

有人去金佟兩家問，這也沒什麼好隱藏的，兩家人便實話實說。

「這是要住書院對面，還要開鋪子？」有人想明白了，一拍巴掌，這主意好，住在書院學子待的地方附近，將來身上都能沾點文氣，說不定將來家裡出個文曲星呢。

聰明的如季族長，就在孫兒季子善的提醒下買了地。季族長把消息傳給族人，至於買不買的，自己做主。

因為書院招工，外村人不少，這消息一傳十、十傳百，有交情的來拜訪季七太爺，沒交情的也能探聽消息，聽說縣太爺都來過問，可見是差不了。

如此，跟著買地的，就不只扶溪村、甜水村的人，還有不少本縣的地主、富戶。他們倒不是如佟秋秋一般，瞧上這片荒涼之地的前途；人家不缺錢，不少在縣裡跟府城都有鋪子，豈不比這裡強百倍。來這裡買地，不為別的，就是衝著季七太爺的學識和口碑。

季七太爺不僅是進士出身，還是以及冠之齡考取探花，說起來，那是前朝沒有覆滅的時候了。小一輩的不知，老一輩還健在的，記憶猶新。當年別說在鄉里，就是在縣裡、府城，也是轟動一時。

後來，季七太爺辭官歸故里，在戰亂時期庇護村人，救助孤寡，多少人受過恩惠。這樣有品行、有真才實學的人要辦書院，不在附近買地建宅，替自家子孫預備著，更待何時？

牙人也不蠢，書院沒建時不覺得，現在書院建得熱火朝天，買地的人不斷，還有什麼不明白的，當然就坐地起價了。

季家族人有手快的，趕在漲價之前買了地；有的略猶豫，便沒趕上，其中就有袁細妹的婆家。

之後的人能買的地，位置不好不說，價錢還比之前貴了一倍。

袁細妹的公公季八老爺衝去找他親哥哥季族長，季族長也沒辦法，他怎麼也管不到土地買賣上。

季八老爺怨怪起來。「七叔這是不把我們這些族人放在眼裡了，為何不早早提醒族人，是不是先跟外人通了氣？讓族人跟在佟金兩家後頭買地，這不是打我們的臉嗎？」

「慎言！你兒孫滿堂了，怎麼嘴裡還不著調？」季族長疾言厲色，心裡無奈。季七太爺又不糊塗，此事和金佟兩家也沒干係，況且那一大片土地，兩家才買了幾畝，趕來買地的鄉紳、地主才是大頭。再者，他提醒的時候也不晚，誰攔著他們買了？他這弟弟不過是錯過了買低價的好地段時機，發洩怒氣罷了。

於事無補，季八老爺在家裡狠狠摔了茶杯，發了好大一通脾氣。

家裡人大氣不敢喘，袁細妹這做兒媳婦的，只能謹小慎微地做人，不能觸了霉頭，回到自己房裡，帕子都絞爛了。

她壓了金巧娘這麼多年，婆家比她強，比她先生兒子，吃穿住都比她好。現在金巧娘就要翻身了，還要建新宅？老天怎麼就不長眼呢！

話說回買地，即便地價漲了一倍，仍然有人買。

越是有人爭搶，越是覺得東西香，買地也是一樣。都傳這是塊寶地，進士跟舉人老爺都要來當先生哩，將來兒孫能讀書，還能做營生。

如此，這波買地熱，扶溪村、甜水村首當其衝，畢竟位在兩村之間。不僅如此，其他村來書院幹活的村人把消息傳回去後，手裡有點錢能買上的，都琢磨著想參一腳。

這情況是佟秋秋沒想到的，異世就見過買房熱，沒想到在這裡也見識村人買地的熱情。雖然心裡有預期，卻大大低估了季七太爺這塊閃亮金字招牌的號召力。

萬萬沒想到的還有曾大燕，那地怎麼就值錢了？二弟家怎麼就買上地，還蓋起房子了呢？越想越來氣，便去佟保良家大罵一通，說他家黑心肝，買地都不告訴大哥大嫂，良心被狗吃了！

平常從不和人吵嘴的佟保良氣得手直抖。「妳回去問大哥，是大哥自個兒不願買。」然後第一次給了曾大燕沒臉，砰一聲關上門，讓她吃了閉門羹。

曾大燕回家問佟保忠，佟保忠是滋味最難言的那一個。當初二弟來找他說買地的事，他心裡覺得二弟簡直異想天開，環心湖附近都是荒郊野地，即使要建書院，將來不就多幾個學子罷了。在那邊買地，連自個兒種都是麻煩，還不如就近買幾畝荒田。

至於拿地建屋宅，自家青磚大瓦房不好住，去住荒郊？建鋪子，除了那幾個學生，能有幾人光顧？

反正不管佟保良怎麼說，自認為是佟家最有成算、最聰明的佟保忠，對於二弟的話，全是左耳朵進，右耳朵出了，完全沒當一回事。

可是，如今聽村裡人嘀嘀咕咕，他偷偷去問了行情，連季族長都買了，頓時悔斷腸！

現在媳婦問，他當下就怪起二弟來，連對三叔一家都有幾分怨懟。他覺得自己是個通情達理、絕對能被說服的人，是這兩家沒盡心勸他。

曾大燕又破口大罵，把兩家罵了個半死。但還能怎麼辦，二弟和三叔家都買了地，自家怎麼也不能差了，就算地價漲了，位置也不好，佟保忠還是比二弟一家還多買了一畝，一共五畝。

曾大燕還不滿意，按她的意思，就該多買些，自家有家底！

但她轉眼看見丈夫警告的眼神，忙閉了嘴，臉上神情頓時如打翻的五色盤，又是不甘、又是得意、又是忍耐。

佟保忠一家的怨懟，佟秋秋自然是沒空搭理，把佟香香叫出來，給她看要送她的地契。

佟香香的眼淚糊滿眼眶，抖著手就要推。「這、這怎麼成？我不能要。」

「妳傻呀，怎麼不能要？這是我爹的心意，我娘也答應了，別多想。」佟秋秋幫她揩眼淚。「拿在手裡的，才是自己的。沒錢建鋪子也不要緊，先跟著我做買賣，攢點本錢，將來在自個兒地上先支個攤子，總有一天蓋起屬於自己的鋪子、自己的家。咱們誰也不靠，自己立起來。」

哇的一聲，佟香香抱著秋秋嚎啕起來。是啊，她就想有一天離開那個已經不屬於她的家，作夢都想有個屬於自己的地方，不用再看人白眼。

佟秋秋嘆口氣，沒了父母，總比別的孩子早知人情冷暖。她待在異世的孤兒院時，就深有體會。

等佟香香發洩完心中的委屈，佟秋秋才說了自己的打算，問佟香香願不願意入股，和她一起做生意？

佟香香當然願意，跟著佟秋秋，她就沒吃過虧。但……她咬了咬嘴唇，艱難道：「姊，我……我沒錢。」

佟秋秋霎時了然，有些憤怒。「是不是全被大伯母拿走了？」單憑她給佟香香的工錢，佟香香也不可能一點私房都沒有。

但再怎麼生氣，她還真不能將大伯母怎麼樣。村子裡沒分家的人家，小輩們鮮少有私房，大部分都交給了父母或長輩。

如佟保良和金巧娘這樣讓兒女手裡捏著錢的爹娘，畢竟是少數。金巧娘窮的時候，小器歸小器，但他們姊弟自己掙的錢，只要沒亂花，買點吃食零嘴，幫自己置辦點東西，都是可以的。

但不能以自家的標準要求別人家，現在佟香香歸大伯一家照管，大伯母把佟香香賺的錢收走，也不能去理論。不然大伯母來一句，「養著她一回，怎麼賺的錢不孝敬長輩」，她無話可說，還累及佟香香的名聲。

「以後賺了錢，別藏回去了。妳要是信我，就藏在我這裡。」佟秋秋道。她不是沒想過讓佟香香跟他們家過，但從村人嘴裡聽到的話，就知道這不是簡單的事。

大伯母是攔路虎，為了已經在她手裡捂著的撫恤銀，不可能輕易讓佟香香離開。何況，在她想來，靠誰都沒靠自己有底氣。想辦法讓佟香香多攢點錢，將來再有個謀生手段，有鋪有房，生活有保障，將來自己當家做主，豈不更好。

「這樣吧，沒錢就出力，我給妳工錢。」佟秋秋伸手攔住佟香香要開口的話。「別覺得我是貼錢給妳，正經買賣幫著做活，累人得很，我可是看出力給錢的。」

佟香香紅著眼睛點頭。

「看來這地契也不能讓大伯跟大伯母知道，先放我這裡吧。」佟秋秋道。

佟香香沒有不放心的，只曉得點頭了。

了結佟香香這件事，佟秋秋央著她娘放佟保信幾天假，她出雙倍工錢，要佟保信駕牛車出去當車夫。

金巧娘一看女兒又要搞事情，只能叮囑又叮囑，還是答應了。

如此，一連幾日，白天佟秋秋不見人影，太陽落山後，才由佟保信駕牛車送回來。住在附近的村人看見佟秋秋把一袋子一袋子的東西往家裡搬，還有裝了不知什麼東西的桶子，這要花多少錢？心裡不由嫉妒起來。但前兒目睹縣令登門，佟保良又上過縣衙辦事，都覺得佟老二家要起來了，有了縣太爺撐腰，不敢隨意得罪，說風涼話都要顧及幾分。

現在金巧娘大半的時間都耗在工地上，她做事講究，一日三餐的伙食安排得妥妥當當，每日把人送走才回家來。

今兒她一回家，就看見許多東西。打開木桶蓋子，聞了一下，是羊奶。還有那幾袋子桂花，太陽穴突突跳了兩下。

再瞅瞅家裡擱的一大堆麵粉、糯米粉、紅豆、綠豆……連橘子都買了一筐。

金巧娘還是沒忍住，道：「妳這丫頭悠著點。」到底沒習慣這樣的大筆進貨。

佟秋秋衝她娘眨了眨眼，示意待會兒再說。

金巧娘心裡嘆了口氣。哎，這不省心的，別把好不容易掙的幾個錢都花光了。

佟秋秋要是能聽到她娘的心聲，大概會說，她沒多花錢，是讓保信叔和小樹他們出了分子，他們的錢袋子快被她倒騰乾淨了。

今兒她是去她爹學手藝的桂山村。桂山村臨山，桂花和養羊都是有名的，買了些桂花和羊奶回來。不得不說，真是便宜，桂花幾乎沒花什麼錢；羊奶因為腥羶，價格也甚是低廉。

這次的買賣，是她拉著兩個弟弟、保信叔、栓子、季子旦一起做起來的。她出錢最多，占了大頭。

帶他們入股做買賣，首先自己能掙錢，其次想著保信叔他們幾家買地以後，家計多半緊了些，不如一起賺點。兜裡有錢，心裡才不慌。

況且這幾家地都買了，乾放著多可惜，快點攢錢蓋房才好。畢竟一花獨放不是春，零星鋪子不成群，商鋪一條街更容易蓬勃發展。

最重要的是，哎，誰叫她使喚他們使喚得順手呢。

佟小樹、小苗兒和栓子聽見動靜，從屋裡出來。

小苗兒蹦跳著上前，抱住佟秋秋的腿。「姊，今兒妳要的紙和線都裁好了，我有幫著拉線喲。」

這些裁好的紙和線，是要用來包裝的。

「真乖！」佟秋秋摸摸他的頭，以示鼓勵。這兩天，她陸續買回材料，幾個孩子便開始按她的要求，做得仔仔細細。

金巧娘幫佟保信倒了杯茶。「保信啊，辛苦你了，和秋秋來來往往的。」

「哪裡，不過幾趟路，可是掙了秋秋不少錢。」佟保信接過茶水喝完，憨厚地笑著告辭。

金巧娘送走佟保信，正點著女兒的頭，佟保良從做木匠的屋裡出來，衝女兒招手。「秋秋過來，看看爹幫妳做的模具。」

佟秋秋對她娘一笑，喜孜孜地抬腳過去，只見架子上那一排或雕花，或刻著「花好月圓」、「闔家團圓」、「福祿壽喜」等喜慶字樣的手壓式模具，各種形狀和大小不一而足。

他爹是跟著師傅學手藝，才認得幾個字，但雕刻出來的字卻非常漂亮。那花紋更不用說了，簡直就是藝術品啊。

佟秋秋愛不釋手地摩挲，劃過上面的精緻紋路，讚嘆著她爹的雕刻手藝。

她怎麼有這麼優秀的爹呢，只是說了自己的需求，她爹忙裡抽閒，做得就這般好。

佟保良看女兒稱心，不由露出笑容。「秋秋看還缺什麼，或是有什麼不滿意的，爹再幫妳改。」

「嗯，爹真好！」佟秋秋的馬屁一個接一個拍，把她爹的成果從圖樣到細節誇了又誇。

這些日子，佟保良被兒女的誇讚聲圍繞，心裡滿足，但臉還是有些熱。「妳這孩子，怎麼和小苗兒一樣，嘴巴跟抹了蜜似的。」

「嘿嘿。」佟秋秋笑。她這次做的就是中秋月餅，要賺筆快錢。不僅要在月餅種類上下功夫，還要在包裝上搞花樣，不管平頭老百姓還是大富大貴之家，總有一款適合的。

她跟她爹說了，還要幾十個裝月餅的精美木匣，圖樣任由她爹自由發揮。她信得過她爹的手藝，能凸顯貴重就行，她出錢訂製。

「爹，咱們村裡，誰的竹編手藝好？」佟秋秋問。她在大集上看過幾家賣竹籃子的，有些真是手藝絕妙，拿到異世去，便是相當不錯的民間手工藝品。可就是賣不上價，賣個兩文都算高價了。

這麼好，她怎麼能不用？而且要是村裡有人會做，以後需要用上竹籃時，也方便一些。

「妳三叔公就是竹編的老手。」佟保良一聽女兒問，道：「以前他可是十里八鄉有名的巧匠，但現在年紀大了，又有兒孫孝順，倒是許久沒做過竹編買賣了。」

三叔公來工地看過他家打的地基，也很為他高興，還念叨佟保仁兄弟，家裡子孫多，多努力，早日也蓋上新房云云，可見心裡的想頭。如今三叔公年紀大了，家裡攔著，不讓他出來幹活，但做做手工還是行的，想來會十分樂意。

「哦？」佟秋秋兩手一拍，她帶著小玩伴發財，這竹籃的活計也肥水不落外人田，留下一句「我去找三叔公」，便一溜煙跑出去了，賺錢不等人啊。

「嘿，這丫頭。」佟保良好笑。「跟有什麼在屁股後頭追一樣，風風火火的。」

第二十章

佟保忠家裡，袁細妹拿著針線籃子繡衣角，和曾大燕閒話。

袁細妹穿了根線，悠悠地笑道：「嫂子，妳二弟一家是起來了呀，又是買賣、又是買地、又是建房的，火紅得不得了，你們這兄長家可有得沾光了。」

曾大燕一聽，呸了一聲。「沾什麼光，那一家子沒心肝的。」一說起這個，她便怒火中燒，家裡一分一毫她都記著，買地多花出去的錢，跟眼裡的沙子一般，每每想起，就磨得她難受，況且那位置跟佟保良家的根本不能比，老二果然是個沒良心的！

「哎喲，不應該，怎麼說妳也是他們的大嫂，沒有讓小的欺到妳頭上的道理。」袁細妹一臉驚訝。

曾大燕氣惱，最看不上的二弟一家走了狗屎運，便不把她這大嫂放眼裡了。

袁細妹勾了勾嘴角，目光閃了閃。「最近瞧著秋秋那丫頭買回來一車車的東西，就沒孝敬大伯跟大伯母？」

佟秋秋就是個潑辣的，曾大燕覺得自己仗著長輩的身分去施壓，很可能只是鬧個沒臉。況且，還有三叔那個老傢伙在，她討不了好。

她雖然生氣，但也曉得袁細妹的心思，也是見不得金巧娘好的，把她當槍使。儘管知道，她心裡也是不甘，怎麼自家就沒個好處？

袁細妹抿了抿鬢髮，她是和金巧娘鬧翻了，邁不進門檻，但佟保忠家的人就方便許多。

「那家不知在搗鼓什麼，莫不是又有什麼好營生？」

「就算是好營生，他們還不遮著掩著。」曾大燕的眼神極為不甘。「眼裡也沒有我這個大嫂。」

袁細妹的嘴都說乾了，打算抿一口水，就見面前曾大燕倒給她的茶水裡，不知道用了什麼草葉渣子充當茶葉，手微不可察地一收，好不容易忍住眼裡的嫌棄，才沒露出來。

「妳不方便，可以叫香香去啊。」

曾大燕一聽，來了精神。起初她對佟秋秋的買賣不以為意，但眼見老二一家日子好過起來，由不得她不眼紅。不覺用指頭絞著線，仔細想袁細妹的話。

是啊，老二那兩口子，自從分家以後，對她和佟保忠就不如從前了，倒是對幾個孩子還不錯，尤其是佟香香那丫頭。

「那丫頭不成。」曾大燕絞了絞手中的布，嘴角一撇。原本佟香香和佟秋秋玩得好，是最好的耳報神，但佟香香就是一棍子打不出個屁來的，無用得很。

這件事得靠她女兒貞貞，不然讓那家悶聲發大財，她一點好處都沒有，怎麼甘心？

太陽的餘暉灑落，三叔公坐在門前的竹椅上，手上的動作翻飛。

從工地回來的佟保仁五兄弟，去砍竹子的砍竹子，削竹篾的削竹篾，編竹籃的編竹籃。幾個媳婦也沒閒著，跟著打下手，心裡快活得不得了。男人白天掙錢，公公做竹編的手藝，也成了家裡的進項，一個籃子三文呢。

佟保良家的地基已經建好，眼見就要拔地而起，哪個瞧了不心熱，想著自家早早掙足了錢，也蓋起房來。

三叔公的腳邊已經疊了幾個大小相同但花紋各異的竹籃子，按佟秋秋的要求，大小剛好裝八塊月餅，每個籃上還精巧地編出嫦娥奔月的圖案。

按照佟秋秋的描述，是一個仙女遙遙飛向月亮的場景，果真被三叔公編了出來。

「來，保信，你把這些先送去給秋秋。」三叔公手上編竹子的動作不停，吩咐小兒子。

「哎。」佟保信應聲，開始收攏做好的竹籃。

大兒子佟保仁挨著他爹腳邊整理削好的竹篾，看著他爹手下翻飛，搓著手道：「爹，您看您這忙的。要不，我也幫著編？」一共兩百個，一個便賺三文，這掙得可都是錢。

「秋秋就是瞧中了我的好手藝，咱們得用心做。你這來充數的，豈不是敗壞我的名聲？」三叔公的鬍子翹了翹。「要不是看老三繼承了我七、八分手藝，秋秋又要得急，我才不稀罕讓老三做。哼，老三做的，也得由老頭子我過眼，不行就重做。」

正編竹籃的老三佟保禮無言。雖然也是湊數的，但好歹比兄弟們強。

被嫌棄的老大佟保仁，摸了摸鼻子，幫他爹削竹子去了。

佟保信揹著背簍來送竹籃時，堂屋裡沒人，他向裡頭喊了一聲。「秋秋在家不？」

「在呢。」只聽穿堂後頭傳來佟秋秋的聲音。「保信叔，你進來。」

佟保信跨步前去，一過穿堂，就瞧見後頭的忙碌景象。

院子裡多了個新壘的灶臺，和一座像土窯一樣的東西。裡頭那口鍋上的竹屜子正冒著熱氣，佟香香在清洗各色用料，佟小樹幫灶裡添柴。

季子旦、栓子一身衣裳跟手臉收拾得乾乾淨淨，拿著模具一推，竟然便壓出一塊漂亮花紋的餅來。

一向話多的季子旦，閉嘴埋頭幹得不亦樂乎，覺得這太有趣了，他能幹一整天不嫌累。

佟秋秋按照模具的大中小，用不同麵皮包好餡料，再讓他們壓。只要用各式花樣的模具，就能體驗將月餅做成各種形狀的樂趣。

正當佟保信看得新奇時，就聞到一股帶著桂花清香的甜味。他朝香氣來源看去，就見這口鍋裡煮著黃澄澄如蜜的東西，不覺吞了一口口水。

「保信叔，你把籃子放在屋裡的竹架上就行。」佟秋秋拿著鍋鏟在鍋中翻炒，對佟保信示意竹架的方向。

「好！」佟保信回過神，答應一聲，有些不好意思。佟秋秋拉他入股，但他還要去工地蓋房，沒幫上什麼忙。

「保信叔，明天咱們可要早點出發，破曉就動身。」佟秋秋道。大後天就是中秋，她決定明天先去試水。步子要邁大，就得謹慎些，畢竟是帶著幾個孩子一起掙錢，絕不能虧本。

佟保信連連點頭，一看這陣仗，就知道明兒要幹場大的。現在他看這幾個孩子，都覺得不同，膽子大得很，不僅敢想還敢做，不由期待起明天的買賣。

佟秋秋看看竹架上的竹籃，擺得滿滿的，估計有一百來個，明兒要用的肯定夠了。

送走佟保信，才過了半刻鐘，又聽見腳步聲。

佟秋秋以為佟保信有事折回來，抬頭一看，不是佟保信，是她堂姊佟貞貞。

「貞貞姊怎麼來了？現在我忙，沒工夫招待，茶壺裡有今兒剛燒的茶，妳自己倒來喝。」她以為佟貞貞也是來看新鮮的，應對得十分熟練。

「不用，我不渴。」佟貞貞抿嘴，絞了下手中的帕子，才道：「我看妳這裡忙得不得了，來幫幫忙。」

佟秋秋驚訝地眨眨眼睛，這個素來愛乾淨，大概連灶臺邊都不沾的堂姊要來幫忙？頓時笑了。

「那敢情好。」她指指竹筐裡的山藥。「貞貞姊，妳先把這些山藥削皮，洗乾淨吧。」

佟貞貞一看那黏著泥的山藥，還有上面的毛疙瘩，霎時要打退堂鼓。「讓我幹這個？」

她用眼睛一掃，指著佟香香道：「我看香香洗豆子挺簡單，不如我和她換。」話是對佟秋秋說的，完全沒有要問佟香香的意思。

「貞貞姊，妳怎麼這樣勤快？別心疼他們小，幹活累，他們幹得來。咱們不急，慢慢來，先把山藥洗了。」佟秋秋一臉感動，看了細心的佟香香一眼，手上動作不停。

正幫佟香香打下手的小苗兒覺得自己被誇獎了，笑得露出小米牙。「我不累！」他是真覺得佟貞貞想幫他。「貞貞姊，我還行。」說著，捏了捏小拳頭。

他姊也不讓他幹別的，就跟在佟香香屁股後頭搓搓洗洗，累了還能玩一會兒，精神飽滿得很。

佟香香眼睛圓溜溜地睜著，看著佟貞貞點頭。

佟貞貞語塞。她哪裡是要幫他們幹活？她是想換活計。

但這會兒她也不好意思說，有季子旦這個季家族人在，她還要幾分臉。

然後……

佟家的後院，不時傳來啊呀的尖叫。

佟貞貞一身狼狽，這山藥是什麼鬼東西，扎手不說，削點皮就滑不溜丟，稍一分心四處瞄瞄，手裡的山藥便咚的掉進盆裡，濺她一臉泥水，連衣襟都是這裡濕一點、那裡濕一塊。

佟秋秋心裡憋笑，這來偷師的也太菜了些。真當她傻，大大方方任人看？擺在明面上的都是體力活，月餅餡料她早配好了。但也不能叫佟貞貞白白浪費東西，便遞了個臺階。

「哎，算了，貞貞姊妳這份心，我收下了。我曉得妳擅長的不是這個，不像我們老圍著灶臺轉。」

佟貞貞心裡早叫苦不迭，就不該聽她娘的話來打探。她連下廚都不會，看了半天，也沒看出什麼名堂來。

如此，她接過佟秋秋的話，順著這個臺階下，忙起了身，用帕子擦了擦手。「是了，不是我不盡心，我就愛繡繡花，不怎麼會幹這些。」

勉強客套幾句，佟貞貞便匆匆離開了。

佟貞貞一走，大家都覺得耳根子清靜不少。

佟香香心裡吁了口氣，有佟貞貞在，她總覺得手腳都不會使了。她在大伯家裡得小心避讓，不能觸了霉頭。在二伯家裡，她不想也戰戰兢兢的。

翌日，梅縣渡口邊，竹架子一排擺開，季子旦請族兄幫忙寫的紅字招牌貼在竹竿上，來往的行人和客商一眼就能瞧見。

伴著佟秋秋的吆喝聲，逐漸有人看過來。

「後天才是中秋，你們現在就開始賣月餅了。」來往的行人笑言。

「叫大夥兒笑話，我們也是第一次做這買賣，先來請大夥嚐嚐好不好。若是不好，我們也不好中秋節當日獻醜不是。」

佟秋秋穿著一身用她爹舊衣改小的衣裳，頭上綁著布繩，氣色很好，眉眼有種雌雄莫辨的漂亮，說話大大方方，一點不露怯，路過的人都當她是個俊秀的小哥兒。

有人聽到佟秋秋這話，起了好奇心。「當真能嚐？」有單純好奇想嚐鮮的，當然也有貪圖這點便宜的。

佟秋秋笑著從竹架下面的隔層裡拿出一個個小木碟，都是一塊塊切成小半的月餅。各色月餅切開來，餡兒的顏色也各異，讓人看了眼睛發亮。

佟秋秋熱情招待每一個來問的人。「小本買賣，叫大家敞開肚皮嚐那是不能，但每個人能嚐四小塊。要想繼續嚐，只要買超過八個，就能繼續嚐鮮。」

佟秋秋做的月餅，光是麵皮就準備了三種：酥皮、老麵皮、冰皮。餡料更是多種多樣，有豆沙、桂花、蓮蓉、五仁、山藥、橘汁、冰糖等等。

大家一聽真有這等好事，覺得這月餅的味道應該不差，不然也不敢叫人先嚐了再買；另一種，當然是抱著有便宜不占王八蛋的心思。

但無論圍觀的人圖的是什麼，佟秋秋他們攤前有了人氣。

佟秋秋見人湧過來，忙道：「煩勞大家排好，一個一個來。」

佟香香請客人試吃，季子旦收錢，佟小樹幾個小的包裝，佟秋秋從他們手中拿過包裝好的月餅遞給客人。

有許多人挑著最好看的冰皮月餅嚐鮮，一個中年漢子忍不住道：「口感細密又香軟，給我家中牙口不好的老娘吃最好。」賣相還這般好，送人也不差的。

後頭跟著排隊的人，原本只想占點便宜，聽了便想，若味道真的好，不妨買回去給老人和孩子解解饞。

渡口往來人流不斷，又有許多人被這邊排隊的熱鬧吸引。

賣得最好的是散裝月餅，佟秋秋恨不得多出八隻手送往迎來。又送走一位光顧的客人，她喝了口水，正想推銷精裝款，感覺頭頂投下一片陰影，抬頭仰著脖子望去，便見一名壯漢站在攤前。

這人生得腰圓背厚、面闊口方，下頜一圈絡腮鬍，腳上蹬著黑靴，看起來就是那種隨隨便便能將人舉起來丟出去的力士模樣。

排在他後頭的人迫於氣勢，不由退後幾步，離他遠些。唯有一個衣著錦繡、手拿摺扇的少年除外。人群後退散開，他卻幾步上前，當仁不讓地排在壯漢身後。

來者是客，佟秋秋面對壯漢毫無異色，客客氣氣遞竹籤給壯漢，請他品嚐。

壯漢接過竹籤，不客氣地挑了一塊顏色漂亮的橘汁冰皮月餅。

他嚐了第一口，眼神便亮了亮，迫不及待想繼續嚐，就被佟秋秋攔下了。「這位客官，每種只能嚐一塊。要是喜歡，不妨買一包回去慢慢品嚐。」

「嘿，你這小郎君，倒是會做買賣。」壯漢嗓門也大，虎目圓眼挺唬人的，往後退的那波人以為他要發火，搞不好會砸了攤子，擔心殃及池魚，紛紛又後退幾步。

壯漢身後的那少年，倒是一步沒往後挪。

今兒跟來的佟保信和佟小樹幾個小的心裡直打鼓，但仍然撐著沒動一步，彷彿這樣也能叫人看到他們的底氣。

佟香香的手不由牽住佟秋秋背後的衣角，手指顫了顫，但眼睛還是倔強地看著壯漢。

面對這壯漢，佟秋秋察言觀色，覺得他雖一臉凶悍，卻沒有傷人的戾氣，遂笑了笑，依然用手擋住那盤月餅。

「客官原諒則個。」

壯漢突然哈哈笑了兩聲。「你這小子行啊！這個橘子味道的，給我來一包。」覺得這小郎君對了他的脾氣，一隻大掌伸過來，就要拍佟秋秋的肩。

佟秋秋趕忙側身，拱手道：「這位壯士，我這小身板怕是抵不過您一巴掌，實在受不住您的盛情。」

壯漢聽了，不以為忤，反而笑著收回手。「你倒實誠。」膽子也不小，沒被嚇得癱軟。

「您要哪種包裝？」佟秋秋笑咪咪，乘機推出三種款式，有精美木匣包裝款、竹編田園風味款和紙包散裝款。木匣和竹編籃裡，都裝了八塊月餅。

剛才還存著逗弄面前小郎君心思的壯漢，看著眼前幾款包裝的月餅，愣了。

散包裝的、竹籃裝的和木匣裝的月餅大小分明。散包裝的月餅最小，精美木匣裡裝的月餅最大，有這小郎君的手掌大小，餡料飽滿，透過餅皮瞧著，顏色非常漂亮誘人。

佟秋秋分別給出價錢。散包裝零賣，一個兩文；竹籃的三十六文，木匣的八十八文。

雖說有點賣包裝的意思，但這年頭竹籃、木匣的包裝可不是只能用一次，買回家去，月餅吃完，還可用來收納。

木匣雕刻精美，每個匣上是一幅圖，有嫦娥奔月、月下玉兔、貂蟬拜月、月下詩人、小兒望月等等，都符合中秋節的意境，擺在家裡也是極好看的。佟秋秋覺得，她賣的實在是良心價，尤其是木匣，要不是親爹，哪能有這麼精緻又便宜的木匣來包裝？

壯漢笑了一聲。「你這是長了玲瓏心肝，一樣的月餅還分個一二三。」

佟秋秋笑得一臉實誠。「一切都為各位客官的需求嘛。不管您是節省著買一、兩個散裝的嚐鮮，還是包裝得漂漂亮亮送人，皆有。您還可以隨意選擇搭配，各種滋味的都能嚐。」

壯漢還是第一次碰到這麼小的奸商，不過衝著這口味，也算值了。畢竟在這小地方，價錢不過如此，要是去上京，還不是翻上幾倍的賣。

「給我散裝的，先包八個。」他先買了一包橘子冰皮月餅，隨後陸陸續續把酥皮、老麵皮和冰皮的嚐了一遍，覺得各有千秋，口味竟然都不錯。

真真是沒想到，梅縣這個小地方，還有這麼多樣又新鮮的點心。

壯漢看著眼前琳琅滿目的各色月餅，又瞧佟秋秋順眼，便問：「這裡可是你主事？」說著，看向年紀最大的佟保信，氣勢還比不上面前的小郎君呢，遂又轉向佟秋秋。

「我主事。」佟秋秋一派沈著地點頭。

想著馬上要登船，其他地方也沒賣這麼好吃的月餅，壯漢道：「你這攤位上的月餅，我全要了。」

粗嗓音加上大嗓門，不明所以的路人，還當碰上惡霸要強搶了呢。

「您確定是要全部？」佟秋秋本來就不怕這大嗓門，這時候更覺得如天籟。啊啊啊，天降大客戶啊！

「我辛大一口唾沫一口釘，說全要就是全要。」辛大見這小郎君高興得眼角都要開出花來，覺得頗為逗趣。

得了準話，佟秋秋一雙眼睛冒著金光，看看攤子上剩下的月餅，剔除試吃的分，立刻算清存貨，一一報與辛大。

「木匣的十盒、竹籃的……給您優惠，抹了一十四文，算您三兩六錢。」

辛大一雙虎目驚奇地看著這小郎君，居然三下五除二就算出來了。

跟在辛大後頭排隊的錦衣少年，正是溫東瑜。說來也是巧了，再次碰見，他亦十分吃驚，女扮男裝的佟小姑娘算數竟這般快？

第二十一章

季子旦彷彿才從遇見大主顧要全買的驚喜中回神，連連應聲，拿出存貨的籮筐分揀。

佟秋秋看辛大那眼神，笑了。「放心，還要讓您核對一遍的。」說著，有條不紊地安排下去。「保信叔，您和這位辛大爺清點、對數目；大旦把籮筐騰出來，等這位辛大爺核對完，就一一裝好。」

最後算下來，數目和錢對上，果然分毫不差。

辛大笑道：「你這兒郎算帳功夫了得，是個做生意的好材料。」

佟秋秋把試吃的月餅打包好，遞給辛大。「給您打個牙祭，您別嫌棄。」

辛大大方接過。「你這小兄弟年紀不大，做事倒爽利妥帖。」

季子旦裝完，攤子徹底空了。月餅、竹籃、木匣，裝了兩大籮筐。

佟秋秋笑問辛大。「客官到哪裡去，若是不遠，就叫我保信叔幫你送過去。」

「那再好不過。去渡口東邊尋掛著慶字的船找陳四，就說是我辛大叫人送來的。」

佟保信已經挑起擔著貨物的扁擔，聽完便挑著東西先走一步。

辛大索利付了銀錢，朝佟秋秋拱拱手。「小兄弟再會。」覺得這小郎君有本事對脾氣，但他不過是恰巧在梅縣逗留，不知還有無機會碰面。

這會兒，佟香香已沒了丁點害怕的表情，瞅著辛大離開的身影，像看財神爺似的。

佟小樹、栓子、季子旦更是對辛大好感倍增，感覺就是出手闊綽的豪客，舉手投足都帶著豪氣。

送走辛大，也無月餅可賣，佟秋秋正要吩咐大家收攤，就見攤前還有一人沒走，便道：「這位客官，月餅已經賣完了。」

嗯，這位少年的模樣，仔細看去有幾分眼熟呢，似在哪裡見過。

溫東瑜一雙含笑眼，目光清透，笑意朗朗如明月。那天買方子他沒出面，權當不知道她是個姑娘好了。

「小郎君不記得我了？你賣果酪時，我有幸品嚐過幾次，可惜之後便沒來了。今日不巧，月餅也沒趕上。」

「原來是老主顧。」佟秋秋笑容更深了些。「換了別的營生，公子見諒。聽說那福來酒樓有果酪賣哩，您要吃，不妨去看看。」

「我知曉了，謝謝告知。」溫東瑜樂了。小姑娘為人挺厚道，還幫他家酒樓招攬生意。

「公子還有什麼事嗎？」佟秋秋見他沒有離開的意思，問道。

溫東瑜笑答。「小郎君不必叫我公子，鄙姓溫名東瑜。冒昧問一句，你小小年紀，怎麼算數那般快，可是有什麼訣竅？」

原來要問這個。佟秋秋笑著說：「我做小買賣的，熟能生巧，不知不覺就算得快了。」這是真話，在異世剛開始做買賣的時候，她算帳也慢，之後就練出來了，鮮少出錯。當然了，定然有她格外機靈的緣故，這就不多說了。

「多謝姑娘解疑。」溫東瑜道謝，還不忘問：「明兒可還在此賣月餅？」

「後日才到中秋，明後日都要來的。」佟秋秋笑咪咪。這人多有眼光啊，還惦記她家的月餅呢。

溫東瑜看著佟秋秋笑容可掬的樣子，微笑告辭。

佟秋秋送走溫東瑜，看見佟保信挑著空了的籮筐回來，臉上的表情繃不住，哈哈大笑兩聲，拉著幾個小的，高興得跳起來。

「今日開門紅，獎勵大家一人一根糖葫蘆！」

走了百步遠，依稀能聽見後面的笑聲。溫東瑜回頭就見那小姑娘抱著弟妹，似乎在為今日的好生意慶賀，臉上的笑可比剛才對著他時燦爛放肆多了。瞧那笑彎了的眉眼，露出來的一排閃亮白牙，活似隻歡騰的小兔子。

坐在門檻上的小苗兒眼巴巴地望著村路頭，看見遠處來人，便興匆匆向前跑幾步，發現不是兄姊他們，又嘟著小嘴回去，繼續坐著。

他望望頭頂上的日頭，還不到正午呢，兄姊不可能這麼早回來。

哎，什麼時候他才能長得跟兄姊一樣大呢？姊說他長得這麼可愛，怕一個不注意，被人偷走，她得哭得傷心極了，所以不讓他跟著去。

長得好看，雖然招人喜歡，但也有這壞處。小苗兒的小眉頭輕輕蹙起，可模樣是爹娘給的，他也沒辦法呀。

小小年紀的小苗兒覺得自己真是愁啊。

就當小苗兒打算中午過後再來等時，抬眼便看見遠處來人，立刻高興地站起來，噔噔朝來人方向跑去。

「小苗兒！」佟秋秋遠遠瞧見跑來的小身影，大喊了一聲。

佟保信笑著拉了拉車繩，牛的前蹄噠噠兩聲停下來。

佟秋秋跳下牛車，一把抱住跑過來的小苗兒，把他放到車上，自己也上了車，聲音透著愉悅。

「走，咱們回家！」

小苗兒一到牛車上，小嘴就咧開了，笑得露出頰邊的酒窩。

佟小樹從竹筐裡拿出一根糖葫蘆。「給你的，先拿著。車上顛簸，到家了再吃。」

小苗兒的眼睛彎成了月牙，姊說給他帶好吃的，果然沒騙他。不過他小小年紀就知道不能吃獨食了，問道：「你們有嗎？」

「都有，我們都吃了，這根是留給你的。」佟秋秋笑著摸摸他的頭。

「嗯。」小苗兒兩手捧著冰糖葫蘆，開心極了，一掃之前的輕愁。

「那明兒還是今日說好的時辰會合？」季子旦問。

佟秋秋點頭，安排下去。「大旦這邊，你看著找個坐鎮的人，能唬人的最好，我覺得你娘就挺適合的。咱們一樣給酬勞，不白使喚人，問問你娘願不願意。」

季子旦聽了，便是一樂。他娘那驃悍勁，尋常男人不敢在她面前挺腰桿，且之前涼粉買賣的甜頭還在，買的地又在前頭吊著，眼看佟家建鋪子，心裡能不癢癢？不知多願意呢。

但跟著佟秋秋做生意這些時日，他接觸那些買賣人，也學了些為人處世，便道：「我們人手挺足的啊，還有保信叔在。」

「我打算分兩批。我、小樹和保信叔明兒去對岸的興東府府城，那邊富人多，肯定好賣。」佟秋秋摸了摸下巴，她還想多銷售木匣精裝款的，利潤最大。

佟保信跟了佟秋秋一段時日，覺得自己的膽也肥了不少，竟然有點期待。到了興東府，那裡的買賣該是怎樣？也叫那些城裡人見識見識他們扶溪村出來的好東西。

佟秋秋一說，佟保信和佟小樹紛紛點頭，沒有異議；季子旦覺得，他娘那邊完全沒問題，有錢拿，巴不得呢！

「好，就這樣定了。今兒大概得點燈做月餅了，明兒有兩攤生意，得多做不少。」

「哎！」車上幾人答得響亮。點燈熬油怕什麼，賺的可都是錢。

第二日，佟秋秋請了有牛車的季族長三兒季慷趕車送他們去梅縣渡口。畢竟多了輛雞公車，又載滿了貨，一輛牛車不夠用。

季慷看著這幾個孩子，只能說一聲初生牛犢不畏虎，這麼點大就曉得出去闖，目送佟秋秋帶著她弟和佟保信推著雞公車，上了渡江的船。

他在心裡感嘆佟秋秋這個女娃的膽氣。當然也是托了曾大燕的福，佟秋秋從小性子野是出名的，不算出奇。

他的鞭子在牛背上輕輕一甩，拉著牛車掉頭，就見渡口旁人來人往經過的地方，季子旦、栓子、佟香香已經有條不紊地擺起了攤，比旁邊看著幾個小的忙活而瞠目結舌的季子旦他娘麻利許多。

這會兒工夫，三個孩子吆喝聲起，竟無他們這個年紀的生澀。

季慷是真的驚訝，季子旦這個調皮的放得開，不讓人驚奇，沒承想栓子和佟香香這兩個老實孩子的精神也跟從前不一樣了，完全沒有畏縮之氣。

本來季慷準備打道回府，佟秋秋那丫頭和他商量的是送來就成。等做完買賣回去，要是存貨多太重，他們雇一輛車就是。

但他卻把牛車停在他們攤子的後方，看著幾個孩子做買賣，季子旦他娘居然只發揮了點吆喝的力氣和鎮場面的作用。

收錢、包裝，幾個孩子弄得清清楚楚，對人就笑，迎來送往都讓他說不出什麼來。換作是他，還不一定比這幾個孩子強。

「大爺，吃了月餅闔家團團圓圓，您慢走啊。」季子旦又送走一個客人，把銅錢丟進錢袋裡，都能聽見悅耳的叮噹聲。

另一邊，佟秋秋上了船，遙遙望去，興東府有大船停泊，岸邊人潮攢動，比梅縣不知繁華多少。連渡口都是青石鋪就的，車水馬龍、人來人往，在船上就能聽見喧囂聲。

不知不覺中，船靠了岸，佟秋秋推雞公車上去；佟保信扛著竹架，佟小樹揹籮筐跟上。到了渡口，往外走，就能看見一排店鋪，擺攤的小販更是繁多。

人群擠擠挨挨，好不容易尋到一處空閒角落，佟秋秋趕緊招呼佟保信把攤子擺起來，不然位置轉眼就被擠掉了。

趁著擺攤的工夫，佟秋秋去附近的糕點鋪子和小攤遛了一圈，發現不過是隔了條江，這邊的東西就是比梅縣貴。

佟秋秋十分奸商地漲價了，月餅只賣這個時節，不抓住機會賺一筆，對不起她來這一趟。散賣的一個三文錢，竹籃的一籃四十文，木匣的一百零八文。

人潮多，生意比梅縣那邊好。來往的客商，或是興東府的有錢人，看見這些花樣多的新鮮月餅，不會吝嗇幾個錢。

感謝這些講究排場的富戶，有好些個就看中了木匣的精美包裝，送禮好看，拿出去有面子，一口氣買走幾盒的都有。

佟小樹無言。「……」各取所需。這些富人要臉，他們要錢。

佟保信不語。「……」這些有錢人的腦袋不太行啊，怎麼這麼好忽悠呢？

然而，福兮禍相倚。生意好，便惹來了瘟神。

佟秋秋剛送走一位客人，就見攤前站了三個人，抄著手、吊兒郎當的。打頭的穿著一身綢緞，後面跟著兩個仰頭斜眼的嘍囉，其中一個瘦猴樣的人，指著穿綢緞的男人出了聲。

「知道這是誰嗎？」

佟秋秋在心裡翻了個白眼，很想來一句關她屁事。

但第一次來興東府，人生地不熟，又不知道來人背景，萬一真是哪家有權有勢的狗腿子，現在她也惹不起。這就是最慘的地方，處於社會底層的人，真沒人權可言。

佟秋秋一副巴結討好的模樣。「請問您是？」

「算你識相，這可是咱們府學教授榮大人的妻弟，秦用秦大爺。」旁邊一個大嘴的嘍囉對秦用拱了拱手，一副「你這小子狗眼不識泰山」的表情。

「哦，原來是秦大爺。」佟秋秋也學著他的模樣，向秦用拱了拱手。「不知秦大爺所為何事？」

「我們瞧這月餅不錯，賞個臉來光顧光顧。」大嘴一臉「給你臉就接著」的囂張表情。

有兩個狗腿子吆喝，站在前面的秦用一副習以為常的樣子，占人便宜還等著人家主動把東西獻上。

「哦，原來如此。」佟秋秋也對著大嘴拱手，轉頭對秦用十分自然地恭維道：「看您一身華貴，通身氣度，家裡怕是擱著金山銀山享用不盡，一看就不是什麼破落戶可比的。相中了咱們家的月餅，真真叫咱們這小攤蓬蓽生輝。」

「你小子不錯。」秦用被捧得高興了。「愣著幹麼，有什麼好的，還不快給爺送上。」

佟秋秋忍著憋屈，笑吟吟地拿出幾樣試吃的月餅。「您嚐嚐。」

後面的瘦猴便道：「你打發叫花子呢，快拿好的來！」

佟秋秋一臉害怕模樣。「我是見秦大爺這富貴人，什麼好吃的沒吃過，又不是窮苦乞丐，碰到吃食便胡吃海喝一頓。自然是挑中口味，才下尊口的好。」

秦用扭身在瘦猴腦門上拍了一巴掌。「沒見識的玩意兒，丟了大爺我的臉。」

佟秋秋一臉恭敬地遞出竹籤給秦用。秦用鮮少享受到如此「尊重」的服務，不由心中大悅，將佟秋秋擺出來的月餅挨個嚐了一遍。

佟秋秋看眼前這人一副窮人乍富的氣質，權當不知道他們是來吃霸王餐的，繼續把他捧得高高的。

「小本生意也不貴，一個三文錢；看中什麼，馬上幫您包好。今兒真真好運道，遇見您這樣的闊綽主顧，肯定讓咱們沒白開張。」

秦用心裡十分受用，理了理衣襟，一副闊綽大爺的模樣，伸手就要去摸錢袋。

大嘴立刻附耳提醒他。「爺，待會兒咱們還要去隆慶坊。」

佟秋秋看著秦用把掏錢袋的手收回來，暗道一聲可惜。

秦用放下手，從他姊那裡討來的幾個錢，還要去賭場玩幾把，咳了一聲，對佟秋秋不客氣道：「還不趕緊把我剛說好的那幾樣包起來。」

佟秋秋的眼角餘光瞥見低下頭、拽著拳頭的佟小樹，向他那邊走了兩步，把他擋在後面，也不叫被這些無恥之徒驚到的佟保信幫忙，按照秦用瞧中的口味，分別包了幾包。

「您拿好。」

「你小子滿有眼色的，不錯。」秦用看了佟秋秋一眼，稱心如意地走了。

小嘍囉們自然跟著揚長而去，一個個走時還一臉「給你臉才光顧」的欠揍模樣。

等人走遠，佟秋秋默默運氣，才回頭對佟小樹和佟保信道：「沒事，咱們繼續做生意。」像沒事人一樣吆喝起來。

佟保信憋紅了一張臉。「沒公道王法了？府學教授的妻弟就這個熊樣兒，橫行霸道沒人管嗎？」

見附近的商販看過來，佟秋秋用食指抵著嘴，輕輕噓了一聲，示意佟保信人多嘴雜，不要多言。

她仔細觀察，秦用那狐假虎威的小人行事，真實身分是不是大人的小舅子未可知。但她只是做這兩天買賣，即便官府秉公執法，那群人人多勢眾，別公道還沒得到，生意倒是叫他們鬧得做不成，豈不是白折騰？她可是拿著幾個小玩伴的錢一起做買賣，必須控制風險。

佟小樹壓抑著怒火，今兒清楚地明白了，他們這些小民即便有了點錢，這世上也有得是比他有身分、有背景的人，即便是那些地痞，也能狗仗人勢欺負他姊，還要他姊委曲求全。

從前，他想讀書，覺得學字就是單純的快樂，但現在似乎對讀書有了新的領悟，必須讀出點名堂。他不欺壓旁人，但旁人也休想輕易欺壓到他的家人頭上。

對面隔窗的酒樓上，季恆看著從月餅攤前大搖大擺離開的秦用等人。

「少爺，那秦用不過是個沒腦子的地痞無賴，還要繼續查？」丁一恭敬地立在一旁。

「繼續盯著。」季恆的臉覆上了一層寒霜。這人就是個幌子，那又如何，即便是障眼法，他也要挖出東西來。隆慶坊、秦用、秦氏、榮久常……還真有點意思。

書院已經開始建了，以自家祖父的人脈和聲望，季家勢必將重新回到眾人的目光中。

呵，他可真是好奇至極啊，那些人是當他和祖父是傻蛋，對於過去一點懷疑都沒有？

這些年，他暗暗發展勢力，從興東府渡口沿著河道開鋪子，讓手下的人小心打探。

當年那夥人就是在興東府作惡完，便泥牛入海般消失無蹤，他就不信沒個蛛絲馬跡。

皇天不負有心人，前兒聽到興東府這邊的掌櫃來報，說有個和他給的畫像中的人特徵都對得上的男人乘船從碼頭上岸。

他帶著丁一親自去追，證實此人正是柴六，是那夥凶徒之一。那稀疏雜亂眉毛下的一雙三角眼，就是化成灰，他都認得。

可惜，追蹤到百里外，人便跟丟了。那人消失的地方附近，就是隆慶坊，你說巧不巧？

暴烈的心情讓人瘋狂，他想不管不顧地衝進去，把那人抓出來千刀萬剮，可最後的理智告訴他，即便有武藝傍身，但強龍不壓地頭蛇，他在淮南府沒有根基，只會送死。就算只是進去探聽消息，一進去，他這張和父親相像的臉，也極有可能打草驚蛇。

他用上僅餘的克制，讓丁一去探查隆慶坊。可惜，那人再無蹤跡，什麼都沒查到。

心如烈火焦灼，季恆閉了閉眼。

再睜眼時，眼裡已經只剩下如深潭般的平靜，望向對面那個已經從容地開始招呼客人，彷彿那群無賴不曾來過的小姑娘。

這麼點大的丫頭，尚且能審時度勢、沈著如斯，他心懷血海深仇，怎能自亂陣腳？

第二十二章

雖然損失了幾包月餅，但攤上的月餅賣得好，不到申時便賣得所剩無幾，佟小樹和佟保信的臉色才好看些。

佟秋秋拿著預留的月餅，用紙包仔細包好，分別送給附近的小販，笑得和氣。「晚輩初來乍到，一點月餅，不是什麼貴重東西，叔叔伯伯們請笑納。」

幾個小販接過來，扯開紙包的一角一看，是上好的月餅，那顏色好看得不比正式點心鋪子賣的差，不是賣不出去的歪瓜裂棗。

俗話說伸手不打笑臉人，即便對佟家攤子生意好有幾分嫉妒的小販，這會兒心裡也舒坦不少，提點了幾句。

「給秦用一點好處，總比做不成生意要強。你賣月餅也就這兩日，犯不著跟他硬來。」

小販說完，擠眉弄眼地悄聲道：「那不是什麼富貴人，他姊姊不過是榮大人養在外頭的，就住在柳葉胡同呢。榮大人愛偷腥，瞞著家裡的母老虎，不然能叫秦用這個腹中空空的草包橫行於市？」

「秦用也不敢太放肆，就愛欺壓外來的小買賣人，你看他敢不敢上店鋪去？」又有小販接話。

其他人附和。「瞧你們眼生，頭一天來吧？倒是機靈。先前有攤販反抗，結果攤子被砸，求告無門。」

其實也不全是求告無門，而是他們這些升斗小民不敢去沾惹府學教授的親戚，息事寧人罷了。

小販說著，有了幾分優越。雖然他家裡沒幾個錢，但也是興東府土生土長的人，什麼小道消息都能提一句。

佟秋秋再次謝過這些小販，才收拾攤子，和佟小樹、佟保信去坐船。

回到梅縣渡口，季子旦他們還在做買賣，一看到佟秋秋，連忙揮手。

「你們回來得早啊。這麼快就賣完了？那邊果然富得流油。」

「別提了。生意好是好，可也招來了惡霸，好囂張的氣焰，白吃白拿不給錢。」佟保信憋了一路的話，這會兒能敞開說了。

季子旦和栓子、佟香香聽得義憤填膺。「還有這樣的無恥之徒！」

季子旦的娘雖然脾氣火爆不好惹，但也沒見識過這等無賴，不由擔心道：「就你們兩個孩子和保信上興東府擺攤行嗎？要不，明兒我跟著去。」

佟秋秋婉拒了她，心裡冷笑一聲。今兒就罷了，要是明兒那夥人再來，那才真是嫌好日子過久了。

不過，今兒讓佟保信受了驚，佟秋秋道：「保信叔要是想留在梅縣也行，我再找人。」

「那哪行。」佟保信連忙搖頭。答應的事，沒道理不幹。況且，佟秋秋應付得很好，根本沒他的事，他是乾著急和氣憤罷了。

佟秋秋轉頭看小樹，還不待她開口，佟小樹便執著地說：「明兒我也是要去的。」

佟小樹這孩子早熟，有些事不是躲著就不會遇到，除非一輩子窩在一畝三分地不動彈。

佟秋秋考慮了下，點了點頭。那夥人還沒那麼大膽，大庭廣眾之下出手傷人。若真要動手，也就那大嘴需要對付，其他兩人都是弱雞，她應該沒問題。但保險起見，她得準備點防身工具。

接著，她對眾人道：「明兒就是中秋，咱們自己做月餅，不能寒酸了。今晚做好的，每家分一些，過個好節！」

「好！」大家一掃之前的陰鬱，又高興起來。

佟秋秋把雞公車推到後頭，看見在旁邊等著的季慷。「慷叔，您還等我們呀？」

「家裡沒什麼事，也不放心你們這些孩子，索性在這裡看著了。」季慷聽完全程，心裡對佟秋秋越發高看了幾分。

佟秋秋道了謝，包一份月餅遞給季慷，又堅持給了車錢。

季慷看看手中的月餅，因這大方講究的行事，啞然失笑。

佟秋秋坐在牛車上歇腳，瞧見幾個眼熟的客人來攤前買月餅。

「哎喲，你們還在。我老娘吃了說好，明兒就是中秋，今天再買些準備過節，明兒還能送禮。」

除了回頭客，還有昨兒買過覺得好，幫他們介紹來的客人。雖然不是大宗買賣，但散裝小包的賣著，也傳出了口碑。有人鍾愛酥皮；有人喜歡冰皮，覺得香軟顏色好；有人覺得，還是老麵皮的味道佳。

這裡的生意雖然和對面不能比，但迎來送往的香火情卻不少，都是親戚朋友介紹，口口相傳便來了。

又是收穫頗豐的一天。儘管有些波折，但幾人的臉上都高興，忙忙碌碌，可賺到的都是實打實的錢。

當天回去，佟秋秋把各色月餅用訂製的籃子裝好，分給大家帶回去，自家過節或是送禮都適合的。

外公家和姨母家的月餅交給她娘，明兒早早送去；三叔公、大伯家，除去佟保信和佟香的分，也各送了一籃，從她的帳上扣。

金巧娘看著女兒分給她的幾籃送娘家和小妹家的月餅，又是好笑、又是高興。

「這陣子家裡忙，叫妳宗治叔捎回去。」這幾天她都在家裡坐鎮，還要看顧工地，得把一切安排妥帖。

第二天去興東府，佟秋秋還是昨兒的裝扮，只在頭頂的髮髻上多插了根竹簪。

她特意挑了另一個方向的街上擺攤。當然，她也清楚，那無賴非要來，是避不開的，但給他們增加困難，還是可以的，萬一那幫傢伙眼瘸呢？

果然，佟秋秋賣著月餅，就看見那三人搖搖擺擺經過，眼睛到處瞄著。正當她以為他們要上前時，卻錯身過去了。

佟秋秋傻了。難道是她誤會他們，他們還有點武德，曉得不能占同一個人便宜？

就當她以為此事了了，不過半個時辰工夫，那三人又找了過來。

佟秋秋擠出一個完美笑容。「哎呀，客官，有何貴幹？」

「你們倒是會挑地方，讓我們好找。」秦用一臉被人瞧不起的氣急敗壞。「我可知道了，你們有精品包裝的月餅禮盒，昨兒怎麼不給我？」

昨天去縣衙給教授姊夫送禮，就是帶著那幾包點心。可姊夫案桌上擺的，分明是同一種月餅，但包裝華貴，一看便不知比他的高級多少，讓他很沒臉。

「怎麼，不給咱們秦大爺面子？」瘦猴在旁邊幫腔。

佟秋秋心下厭惡，嘴上道：「沒有的事，昨兒那精裝的全賣完了。不信，給大爺看看，今兒那木匣裝的也早早就賣完了。」

他們錯過的時間，最後幾盒木匣月餅也被買走，這幾個混蛋沒那個命消受她的好東西。

三人上上下下、仔仔細細瞧了瞧，確實沒有，秦用的臉上才好看了些。「看在你這麼上道的分上，饒了你這次。」

大嘴盯著攤前的月餅，咂了咂嘴。「還不給爺幾個包上幾包。」

佟秋秋心裡的白眼都翻到天上去了，但臉上笑咪咪地照辦，想著退一步海闊天空，再次送走了三個潑皮無賴。

佟保信沒了昨天的義憤填膺，反而道：「幸虧只賣到今日，還是咱們那地方好。」

正當中秋，熙熙攘攘的街道上人來人往，吆喝聲不絕於耳。有人歡喜過節，伴著親人逛街市；有人為著佳節好生意而奔忙。

佟秋秋收斂思緒，不想被幾顆老鼠屎壞了心情。

今日佟小樹也沒多激動，那三人來時，他就站在佟秋秋身旁；那三人走了，他就幫著佟秋秋招呼來往的人。

原本老實的孩子，現在也知道見人說話了。不需要佟秋秋多操心，他就能應付得很好。客人多，他們也能忙而不亂，把最後一天的買賣做好。今日準備的貨比昨日多了兩倍，但收攤的時辰居然沒有晚多少。

收了攤，佟秋秋幫自己和佟小樹、佟保信各叫了一大碗餛飩，一邊吃、一邊歇歇腳。鮮美湯汁中的飽滿餛飩，讓人吃得舒爽極了，一身疲憊消減許多。

中午只吃了點乾糧的佟秋秋，也不由狼吞虎嚥，呼嚕呼嚕吃完，抹了抹嘴，對佟小樹和佟保信道：「你們在這兒等我，我去買些東西。」

佟小樹立刻起身，要跟著去。

佟秋秋衝他擺了擺手。「我去前面的鋪子轉轉，馬上回來。你們在這兒等我，別亂跑，不然我回頭找不到人。」說著抬腳走了。

佟小樹一邊吃著餛飩、一邊抬頭朝佟秋秋離開的方向望去。

「擔心你姊？」佟保信道：「放心，你姊心裡有成算的，待會兒就回來了。」現在他對佟秋秋這個姪女無比信任，覺得就算他丟了，佟秋秋也不會丟。

佟小樹沒說話，還是時不時往那邊看一眼，終於看見穿著青布衣裳、挽著一個小布兜的少年走來，他若無其事的低頭，把留在碗底已經涼了的餛飩湯一口喝光。

「秋秋回來了。」佟保信後知後覺，拍拍佟小樹的肩膀。「來，收拾東西，回家嘍。」

「嗯。」佟小樹揹起背簍。

中秋當夜下了一場雨，翌日一場秋風颳來，樹葉被風吹得簌簌作響，大白天的都感覺天色暗淡。

有些蕭瑟的情景，卻不影響栓子一家的心情。

中秋的月餅買賣，讓投錢的人都有了數倍的進帳。吳婆婆拿著栓子帶回來的一兩多，眼裡都濕潤了，沒承想她這麼早就得了孫兒的孝敬。

孫子懂事上進，吳婆婆更有希望了，心裡想著，她和兒子、兒媳再多辛苦些，多賣豆腐，再攢些錢，鋪子也能蓋起來。

春喜嬸眉開眼笑，還記得心中記掛的事。「娘，我聽巧娘說，要送小樹去季家族學，那咱們栓子？」

「上！」吳婆婆擦了擦眼角，發現佟保良家的娃都是心裡有成算的，栓子跟著他們，能少走不少彎路。「叫他和小樹一起上學。」

要不是有他們帶著，自家孩子能認得字？她對自己的孫兒還是有幾分了解的，從前性格偏軟又老實，沒什麼主見，現在好了很多，人看著也大方了。

於是，兩天後，佟小樹和栓子一起被送去了季家族學。

至於季子旦，被他娘追著打了一路，還是不樂意去讀書。

他摸著被踹的屁股。「娘，我是真不想讀書。」

他的心思根本不在讀書上，教佟秋秋他們認字也就罷了，還有點好為人師的樂趣。去了族學，一坐一整天，神思不屬地惦記著掙錢，還不如不上。

「哎喲，我怎麼生了你這個不聽話的臭小子！」季子旦的娘氣得胸膛起伏。人家佟小樹和栓子還要交束脩，這個小王八蛋能不花錢補學一年呢，卻不肯去。

「我這不是替咱們家操心嗎？咱們家要做什麼營生，還沒想好呢。」天氣涼了，涼粉生意淡下來，現在自家沒錢建不了鋪子，也能琢磨著做個小買賣不是？

「做什麼營生，咱們慢慢想，先去讀書才要緊。人家小樹和栓子都去了，你怎麼就死腦筋呢？」這小子就是欠收拾。

「哎哎哎……娘，咱們能不動手嗎？」季子旦見老娘要去拿燒火棍，趕緊道。

「哼，打的就是你！」

老娘暴躁，季子旦只能出門躲風頭了。

季子旦百無聊賴地溜達著。佟小樹和栓子上學，佟秋秋不知幹什麼去了，也不見蹤影。他溜達著，就溜到了佟保信家後院用泥巴院牆圍出來的菜地，剛想錯身走過，眼角餘光便看見佟香香蹲在菜地裡，不知道幹麼呢。

季子旦做賊似的，輕輕走到離她最近的籬笆前，大聲地嘿了一聲，把佟香香嚇得往旁邊栽倒。

不待季子旦惡作劇成功大笑三聲，就見佟香香抬起來的臉，嘴裡還含著半截沒嚥下去的蘿蔔。

佟香香趕緊把蘿蔔塞進嘴裡，捂住嘴吞下去。但越急越難下嚥，她被噎得嗆咳起來，立刻扭過身去不看他。

「妳……」季子旦不知如何言語。平時看佟香香一副樂顛顛的模樣，還愛和他們這些小爺們比個高低，摘棉花也跟頭小驢子似的有勁，還沒見過她這樣，讓他怪難受的。

「沒吃飽飯？咱們不是掙了錢嗎？別跟守財奴似的，把自己餓壞了不值得。」

「要你管！」佟香香轉身，瞪著一雙圓眼睛。說完這一句，又咳了起來。原是凶巴巴的一句話，卻因為嗆咳而紅得像小兔子一樣的眼睛，反而變得有些可憐。

季子旦抓抓臉，這可怎麼辦？他不會哄女孩子。「哎，是我不對，妳別哭呀！」

佟香香一聽季子旦這話，霎時如被踩了尾巴的貓，眼睛睜得大大的。「誰哭了？你才哭了呢。」上前兩步，隔著籬笆牆，沒好氣地推了他一把。

「怎麼沒哭？妳看妳的眼睛都紅了。」季子旦覺得冤枉。

這下真是捅了馬蜂窩，佟香香把手伸出籬笆院牆，使勁地擰著季子旦的胳膊轉一圈。

「我的娘哎，妳殺人啊！」季子旦痛得跳腳。

佟香香看著他齜牙咧嘴的模樣，五官恨不得扭成一團，忍不住噗哧笑出聲。然而，隨著這聲笑，她的鼻子裡突然冒出一個鼻涕泡泡，啵一聲破了。

季子旦看著剛才還跟母老虎似的佟香香，臉紅得跟猴子屁股一樣，用手帕掩住鼻子，扭過身蹲下，不理人了。

季子旦好不容易憋住笑。「好了好了，我什麼都沒看見。」又試探地問：「怎麼回事啊？妳大伯母不給妳飯吃？」

「沒有。」佟香香悶聲悶氣地道。

季子旦見她死鴨子嘴硬，覺得她有點傻，這有什麼好隱瞞的。「她不給，妳自己買啊，咱們不是掙了錢嗎？」

一提到錢，佟香香便覺得不那麼餓了。她賺的錢藏在佟秋秋那裡，一文也不敢放大伯家，放多少都能被大伯母搜走，讓她心裡如割肉般疼呢。

待會兒，她再去地裡拔根蘿蔔，便能填飽肚子。大伯母不讓她吃飽，她就這樣過了。

本來她也不覺得多委屈，忍忍就過去了。但被季子旦一聒噪，心裡難受起來，抬頭望著天，怕自己不爭氣掉眼淚。

在外人跟前，大伯母裝作疼她這個姪女，不管看在她爹的撫恤銀子分上，還是看二伯、三叔公在，不好做得太過分。有吃有穿，還沒叫她下田，尋常家的女孩也沒有這樣的待遇。

但是，她要做飯、要洗衣、要做全部的家務，現在更是因為這次去賣月餅沒拿回一分錢，被趕去睡柴房。

那柴房裡只有一張木板床，旁邊堆的是灰撲撲的柴禾、醬菜缸子，以及不知道是什麼的骯髒舊物。晚上彷彿還能聽到老鼠竄過，打翻東西的聲音。

窸窸窣窣的動靜，讓佟香香害怕得睡不著，埋在被子下面的身子都在打顫，覺得會有東西爬到她身上來，一整晚都睡不好。

季子旦看著佟香香這樣，抓了抓頭髮。「妳大伯和大伯母對妳不好？」見她不說話，便道：「我說妳奶奶那時是怎麼想的，怎麼把妳交給大伯家養？去佟秋秋家多好啊，妳二伯跟二伯母看著好相處多了。」

「不要說我奶！」佟香香瞥他一眼。誰都能怪她奶奶，但她不能。

奶奶是真對她好。在奶奶活著的時候，她過得很好。

至於為什麼把她交給大伯家，當時她已經能記點事了，多少知道原因。

那時，她奶奶當家，聽了大伯母的慫恿，對二伯母沒好聲氣。後來越演越烈，還鬧到了甜水村，關係再難回轉，二伯母也堅持著分了家。

分家時，奶奶氣急，說了很多難聽的話。別的她記不得，但奶奶對二伯母說的那句「妳別在香香面前假好心，是不是要貪了她爹的撫恤銀」，她卻記得清楚。

奶奶死後，這句是大伯母常掛在嘴邊的話。若說二伯母對她好，就是鑽進錢眼裡了。

再者，彼時的大伯母對她的態度，可不是現在這樣，對她也是好的，在奶奶跟前，嘴上自然是心疼姪女之類的話多，有個好伯母的樣子。

其實，和奶奶挨著一起睡的她，知道奶奶後來後悔了。奶奶大概也對大伯母的性子了解一二，知道自己犯了糊塗，不該把二伯家鬧得分出去。

但是，沒來得及挽救，冬天奶奶摔倒中風，沒多久就去了。她還記得奶奶去世前，兩眼含淚看著她，嘴唇翕動的模樣，彷彿有話要對她說，卻又說不出來，叫她看著直哭。

季子旦抿了抿嘴，也覺得說過世的老人不好，便道：「是我嘴壞。妳在大伯家不好過，怎麼不去跟妳二伯說？」

佟香香又不吭聲了。她哪裡好意思，二伯一家已經幫了她那麼多，去了豈不是叫他們難做。她呀，現在就盼著早早攢夠錢，早早有個屬於自己的家。

季子旦見她這模樣，也不知道該說什麼，就在籬笆院外陪著她一起蹲著了。

第二十三章

佟小樹順利進學，第一日就被族學裡的胡先生取了大名，叫佟嘉樹。

佟保良和金巧娘十分歡喜，順著小樹的大名，也幫小苗兒取了名，就叫佟嘉禾。

栓子本來就有大名，還是找小香山廟裡的和尚取的，喚吳壽。

有了大名的小樹，性子越發穩重，每日上學不需要爹娘提醒，下學便自己溫習功課。

跟著先生學得頗感吃力的栓子，在佟小樹的陪伴下，慢慢跟上。

這日下學回來，佟小樹一路上還在回想著先生教授的字意。每個字都有著多種含義，比他粗略跟著季子旦學的要駁雜不少。

臨近家門，他和栓子正打算各自回去複習功課，就聽見佟家後頭傳來小苗兒咯咯的笑聲。那聲音就像被卡住脖子的小雞似的，咯咯不斷，佟小樹都擔心他笑岔了氣。

佟小樹抬腳過去。栓子抓抓頭，也跟上了。

兩人一進院子，就看見小苗兒笑得眼淚掛在眼角，而佟秋秋正俯身用水盆裡的水洗臉。

聽見有人來，佟秋秋轉頭，咧開嘴笑道：「你們下學回——」

然而，話音還沒落，栓子一個踉蹌扶住門框。「哎呀，我的娘，妳要嚇死人啊！」

看那黑漆漆的眼眶、紅褐色的大嘴、暈黃的臉蛋，額頭上那一條條灰印子……夜晚出來準能嚇死人。

佟小樹閉了閉眼，沒像栓子那樣失態，只是張嘴說話就結巴。「姊，妳幹什麼呢？」幾天沒出門，現在待在家，就開始嚇唬人。

佟秋秋知道臉上沒洗乾淨，卻不知是個什麼鬼樣子，很是理直氣壯。「女孩子妝扮一下怎麼了？你們這些男娃懂什麼呀。」揮手趕人。「一邊玩去。」

佟小樹無言。「……」他是不懂，但他姊要是這副鬼樣子在外，家裡不多攢幾倍的嫁妝，是別想出門了。

小苗兒終於緩過來，沒再咯咯笑了，非常捧場。「姊畫得真好！」剛剛還扮得跟老婆婆似的，真像啊。

栓子無語。「……」完了，小苗兒沒救了。

佟秋秋對小苗兒的誇獎照單全收，她對自己的化妝本事還是有自信的，今日模仿了一下城裡老婆子的裝扮，覺得挺不錯，就是不容易洗乾淨，得琢磨著做個簡易的香胰子。

這日清早，太陽剛露臉，興東縣的菜市就熱鬧起來。

這時候的菜蔬最水靈，城裡的菜販、挑著擔子來賣菜的村人都吆喝著叫賣。一條長長的巷子裡，都是問價和討價還價的聲音。

一個梳雙丫髻、挽著籃子的十四、五歲丫頭，步子走得輕慢，每碰到一處有菜葉的地方，就嫌棄地直捂鼻。

她也不找那挑著擔子的小販，不想蹲下來挑挑揀揀，眼睛隨意掃了掃，去了個收拾得乾淨、種類比較齊全的菜攤。

小販一見來客，就知道是富貴人家的丫頭，忙招呼道：「小姐看要點什麼？我這攤上的菜，可是出了名的水靈。」

被稱作小姐的丫頭，笑著用手帕掩了掩唇。「你這人倒是嘴甜。」

她翹著手指挑選，剛好挑中幾棵鮮嫩的菜，腰就被人撞了下，腳步一趔趄。

丫頭受了這無妄之災，自然氣惱，站穩回頭就想罵人，卻見一個黃麻臉、紅嘴唇的矮瘦婆子，一把拿過那些她挑好的菜，竟是看也不看她，對著攤主趾高氣揚地發話。

「這些我全買了，要幾個錢？」

「嘿，妳這婆子好生無禮，撞我不說，還要強買我挑好的菜！」丫頭氣得臉上脹紅。

「哎喲，菜擺在這裡，又沒寫妳的名姓。」婆子扠腰，掃了丫頭一眼，撇撇嘴。「我家老爺可是貴人，看中妳選的菜，是妳的福氣。」

「哪家有這麼大的臉面？」丫頭一聽，心裡冷笑，她可是在榮府伺候的，倒想知道是哪家的老虔婆這般狗仗人勢。

府城誰人不知她家老爺是府學教授？管著讀書之事，讀書人見了他便恭恭敬敬，達官貴人亦會禮待三分。她這等小丫頭出門在外，也被高看一眼。

婆子斜睨她一下，紆尊降貴地用手背掃了掃袖襬，揚起下巴道：「好叫妳這毛丫頭知道尊重，我家老爺是榮大人的妻弟，在這個地界，誰見了都要給幾分薄面。」

「我呸！」丫頭一聽就炸了，她們家夫人的兄弟早早過世，興東府居然出了個冒牌貨。

婆子快退兩步躲過了口水，指著她道：「妳這丫頭真是無法無天，竟敢這樣對老娘。回去我就稟報老爺，讓你們家沒有好果子吃。不過是個富戶的丫頭，還敢在老娘跟前耍橫。」

丫頭擼起袖子。「我告訴妳，我就是榮大人府裡的。怎麼著，妳這冒牌攀關係倒是攀到跟前來了？」

婆子眼神躲閃，囁嚅片刻，似有些氣虛，但又挺起腰道：「不過是母老虎當家，我們家那位遲早是正正經經的妻弟。不信妳去柳葉胡同問問，誰不知道咱們秦用秦大老爺。」

婆子說著，不待丫頭多話，塞些銅錢給小販，哼了一聲，提著菜籃子走了。

丫頭氣得七竅生煙，跺了跺腳，菜也不買了，她就要去打聽打聽，住在柳葉胡同的到底是什麼鬼魅魍魎。回去稟報夫人，讓那些狗仗人勢的東西吃不了兜著走。

溜了溜了。順利挑起戰火的佟秋秋，感覺自己可能會被打。

這幾天她來興東府，就是為了打聽榮府，仔細觀察府裡進出的人，丫頭、小廝都不放過，好找個時機，把秦用攞到榮夫人跟前，即便榮夫人想裝聾作啞也不能。

打狗還要看主人，欺到自己府裡，下人都知道了，榮夫人不要面子？以那母老虎的名聲，要是連這都能忍，佟秋秋也只能說聲佩服。

她腳步極快地穿過人群，在巷子裡七彎八拐，到了提前找到的高牆下隱蔽處洗臉，用的是她事前取草木灰和豬油做成的香胰子。

佟秋秋洗淨臉，脫掉身上灰撲撲的褂子，取下抹額，散了頭髮重新紮好，又換了鞋。走出來時，已是揹著包袱的少年裝扮。

另一邊，丁一一大早起來，就聽見巷子後頭的動靜。他耳力極佳，自然聽出這腳步有些不同尋常的急促，立刻出去探查情況，竟看見巷角處的婆子瞬間變成少年，目瞪口呆。

難道這就是傳說中的易容術？

這小子一定有問題。丁一想起少爺追查的事，自不會放過這樣可疑之人，必得仔細查探一番，便悄聲跟在佟秋秋身後。

佟秋秋收拾妥當，不打算在這地方停留，準備回家。

原本丁一只打算跟蹤，卻發現這小子要坐船溜了，那怎麼行？上去就是一手肘，把人敲暈了。

看著丁一抓回的人，季恆放下手中的茶杯。「你怎麼把這小姑娘帶來了？」

「姑娘？這不是上次在街上賣月餅的小子嗎？」

丁一滿臉懵，看著在面前昏睡的稚嫩臉蛋。長長的睫毛、秀氣的鼻頭、紅紅的嘴唇，是有點過於秀美了，但他確定自己沒跟錯人，把看到的事一五一十地對季恆說了。

季恆靜默半晌，道：「確實是扶溪村的姑娘。至於她的鬼祟行事，等她醒來再問吧。」

佟秋秋醒來，睜開眼睛看著雕花的牆壁和房頂，一看便是個富貴窩，以為自己又飄去哪個異世。

但脖子後的痠疼提醒她，她是被人偷襲了！

「莫不是榮府的人這麼快就抓住我的小辮子，還是秦用那傢伙？」佟秋秋皺眉，小心翼翼地用眼睛掃視周圍，空無一人。她抬手摸了摸頭上，竹簪還在，頓時心安不少，好歹不是赤手空拳。這木簪被她磨得鋒利堪比刀具，隨時能給人一擊。

她低頭看自己，穿著沒變，身下是一張睡榻，手下是柔軟舒適的錦繡緞面。

這待遇也太好了，不可能是秦用那無賴，難道是榮夫人感謝她抓住丈夫偷腥？但答謝也不是這種答謝法，非把人劈暈帶來，打一棒子給個甜棗？沒有哪個正常人幹得出這樣的事。

摸摸身上，總覺得少了什麼。她的包袱呢？那裡頭可是她換裝的行頭。眼睛四下一掃，就在牆邊的高几上瞧見熟悉的包袱，輕吁了口氣。

她正想起身查看，門吱的一聲開了，趕緊躺好閉眼。

腳步聲漸進，佟秋秋被輕輕拍了拍。

「姑娘醒醒。」

姑娘？哎，這是被人發現了！佟秋秋一驚，按捺住撲通撲通直跳的小心臟，又聽來人叫了兩聲，感覺還挺溫和，準備靜觀其變，如剛醒來般，慢慢睜開了眼睛，就看到一個四十來歲的婦人。

婦人見到佟秋秋就笑。「我是府裡的劉媽，少爺叫我喊姑娘過去。」

少爺？佟秋秋一頭霧水，霎時腦補一齣富家少爺強搶民女的戲碼，又趕緊甩掉。還不知道情況呢，瞎想什麼。

人在屋簷下，不得不低頭。她依言起身，跟著劉媽梳洗，整理儀容，揹好自己的包袱，才由劉媽帶著出了房門。

她一邊觀察、一邊用手摸包袱，還是那幾樣東西，心裡稍安。

走出房門就是遊廊，遊廊下還有個養著鯉魚的小池。院子裡種著各色草木，既清幽又不失雅觀。

瞧這品味，佟秋秋心裡嘖嘖，秦用那潑皮無賴絕對沒有，想來這少爺還是有一定的修養。

路上她向劉媽套話，卻發現劉媽是個嘴緊的，問不出什麼來。索性不再折騰，反正馬上就能知道了。

佟秋秋被帶到一處紅木雕花門前，跟著劉媽停下腳步。

「少爺，姑娘到了。」劉媽在門邊恭敬道。

「進來。」簡單的兩個音節。

這是什麼樣的聲音呢？如此特別，似幽靜石壁上凝聚成的水珠滴落在山澗，明明清冷如斯，卻又格外動聽。

佟秋秋怔了怔，莫名的熟悉，一種奇異的感覺襲上心頭。

「姑娘，可以進去了。別怕，我家少爺不吃人。」劉媽看著她緊張的樣子，有點好笑。

「哦。」佟秋秋甩甩腦袋，不可能不可能，定是她聽錯了。腳步往前邁，卻失了神，沒有注意門檻，腳下絆住，咚一聲栽倒。

屋裡當即傳來被佟秋秋一摔驚起的狗叫。劉媽哎喲一聲，伸手去拉，已經來不及。

佟秋秋整個人趴伏在地，一隻腿還搭在門檻上，宛若一隻小烏龜。

她意識到此刻的「英姿」不好看，趕忙收回門檻上的腳，由著劉媽扶起來。起身揉了揉鼻子，該慶幸屋裡鋪了地毯，不然得多疼呀。

屋裡又傳來一、兩聲狗叫，佟秋秋抬頭去尋那聲音的方向。

老狗趴在地上，皺巴巴的皮毛，眼皮耷拉著，還衝著她不客氣地嗷嗷兩聲，想表達對她這個陌生人的警告，但聲音虛弱，反而有點像撒嬌。

「聽話。」坐在老狗身旁矮榻上的男子，手一下一下順著牠的皮毛，說話的聲線清冷如冰，動作卻極為輕柔有耐心。

佟秋秋看到男子的臉時，整個人已如泥塑木雕般，一雙眼睛直愣愣的。

還是那樣俊美的臉，讓人看了還想多看一點，真是賞心悅目，讓人心生歡喜……

佟秋秋眨巴眨巴眼，伸手掐自己的虎口一下。嘶，確定不是幻覺。

季知非這傢伙也穿回來啦？

在異世時，他把遺產全留給了她。她想不通啊，他怎麼回事，為什麼要立這樣的遺囑？難道是看她在孤兒院過得太寒磣可憐她？還是看出她見錢眼開的本質成全她？

本只有同在孤兒院長大的情分，一扯上遺產這麼大的事，她實在受之有愧。當她被律師通知時，都要崩潰了，心裡為他英年早逝難受，又覺得手裡抓著燙手山芋，正打算把這筆錢捐去孤兒院，就一命嗚呼穿回來，簡直沒有更悲慘的事了。

「這次帶妳來，是有些事要問清楚。」季恆抬起頭。

佟秋秋和他四目相對，什麼讓人心生歡喜的感覺都破滅了，不覺搓了搓胳膊。那雙如寒潭般冰冷、看人恨不得把人凍成冰渣子的眼睛，就是季知非沒錯。

換了個地方，他這雙眼怎麼還是這般有殺傷力？想到那些年在孤兒院因為這傢伙雙眼冷酷到沒朋友的光榮事跡，還有她瞧他獨來獨往怪可憐的，要拉他當小生意合作夥伴卻慘遭拒絕的往事，當時她氣得不得了，都是窮光蛋，帶他掙錢還不樂意。

後來，她知道他賺錢比她快多了，人家靠的是聰明腦子。後來的後來，才知道他心裡藏著血仇，大概是幼時遭遇太過慘烈，連笑都不會了，又怎麼會同其他孩童嬉鬧？

這傢伙在異世比她慘多了，佟秋秋的眼裡自帶包容，張口接話。「季知非，你問吧。」反正她沒辦法從異世拿錢回來。真要還，只能先打欠條了。

聽見佟秋秋說的話，丁一頓時瞪圓了眼。這小女子居然連他家少爺的字都知道，但知非是她能叫的嗎？

「姑娘，請注意妳的言行。」

她言行怎麼啦？佟秋秋瞅了這小廝一眼。

季恆一直觀察著她，看出了她對他的熟稔。「姑娘對我很熟？」

「能不熟……」佟秋秋轉眼看清他眼裡的探究，那眼神……他倆好像不熟啊。一頭熱的大腦立刻像被潑了一頭涼水冷卻下來，話斷在了嘴裡。

她盯著他的眼睛看，不放過一個細微的表情。他太正常了，確實沒有一點破綻，除了剛才那一閃而逝的探究。

可就是太正常了，眼裡一絲絲的嫌棄都沒有，她才肯定，眼前的人沒有異世的記憶。他根本不認識她！

她眼皮輕顫，忽略掉心裡那點失落，一時不知該怎麼接話。說出她在異世和他的交集，他也不會信呀。

佟秋秋咬牙，一跺腳，厚著臉皮道：「能不熟嗎？我留心你很久了，當然熟悉呀！」

好不知羞！丁一沒眼看，瞧這姑娘說的什麼話？心下暗驚，他這哪裡是抓了個可疑人物，分明是把少爺送到這「登徒子」面前了。

佟秋秋按捺住想捂臉的手，挺了挺胸，讓自己更理直氣壯，還對季恆露出大大的笑容。呵呵呵，看他仍是那拒人於千里之外的冷酷模樣，必然對她這厚顏無恥的女人不屑一顧。

季恆轉開目光，揮手讓劉媽退下。

劉媽欠身離開，心裡好奇激動呀，愛慕少爺的姑娘都追到眼前來了。哎呀呀，不知道少爺什麼時候娶媳婦兒，給家裡添個小小少爺。

「言歸正傳。不管怎麼說，把姑娘抓來，總要有個交代。」季恆開了口。

佟秋秋被季知非突然出現亂了陣腳，都忘了她可是遭人敲暈帶來的，瞬間覺得理更直、氣更壯了。

季恆接著道：「我是季家族中七太爺的孫子季恆，字知非。」敏銳地感覺到，當他說到「知非」二字時，這姑娘的眼睛飛快眨動了幾下。

佟秋秋心想，哦哦，原來現在大名季恆，還是叫季知非順耳。

季恆頓了頓。村裡族人是用排行稱呼他，如十六叔；外姓村人喚他季小公子。家裡只有祖父叫他的字，祖母、母親喚他恆兒。看來這姑娘為了了解他，著實費了功夫。

哎呀呀，佟秋秋垂下眼，心裡震驚不已，原來他就是季七太爺的孫子。

她早和他相遇過，那次摘桑葚落水看到的少年背影，八成就是他。還有那回去梅縣渡口，路上遇到他騎馬而過。

佟秋秋不由又想起那個瘋狂劈砍樹樁的背影。那般發洩的模樣，又是為何？

據她在村裡的耳聞，這一世雖然他的父親早亡，但祖父母、母親健在。不似異世，他的家人皆死於一起入室搶劫案。

如今境況完全不同，季知非不再是背負全家血海深仇的少年，為什麼還會那般模樣？

第二十四章

見佟秋秋默默聽著，季恆繼續道：「我小廝見妳在我的宅子附近行蹤詭異，變妝活像換了個人，誤以為是歹人，才抓了妳來。」

原來是她變妝被人瞧見了。「可見我倒楣哩。」

季恆又問：「說到此，冒昧一問，據丁一說，姑娘變妝後宛如換了個人，姑娘是怎麼學來此法？」

佟秋秋瞅他一眼，她要老實說，在異世除了賣小吃，還學「換臉術」這謀生手段，接案幫人化妝掙錢，他也不會相信呀。便硬著頭皮道：「我愛打扮，買了胭脂水粉自學的。」

季恆眉尾輕挑，他也算是見過許多人，有人就是有天生擅長的東西，像有的人耳力好，有的人記性佳，有的人擅畫畫，有的人會雕刻……至於這姑娘嘛，姑且當她說的是真的吧。

「那妳打扮成婆子的模樣幹什麼？」

「私事，不方便說。」佟秋秋捏了捏手指。說出來有些丟人，還是別說了吧。

「妳不說也可以，那我就派人沿路打聽，總會知道。」季恆看過來，眼神裡寫著，到時就不知道她掩人耳目做的事能不能瞞得住了。

佟秋秋語塞。這一世，他怎麼還是聽不到想知道的就不罷休的性子？還是一樣討厭啊。

她只能捏著鼻子，把事情說了一遍。「我不過是想教訓一下秦用而已，誰叫他仗勢欺負老實人。」

季恆聽佟秋秋說完，已經信了八成。她可不知道他那天看過全程，況且這事只要查一查後續就知道了。

事情大概明瞭，季恆用一如既往的冷淡聲音道：「我和妳做件買賣如何？」

「什麼買賣？」佟秋秋反應過來。「你想要我化妝的本事？那沒問題。」

這姑娘答應得也太快了些。季恆頓了頓。「姑娘開個價。」

佟秋秋原本打算免費教了；誰叫這傢伙上輩子把遺產留給她呢，現在總覺得她欠了他的。

她輕咳了聲。「你看著給。」

居然不討價還價？季恆仔細觀察她臉上的神色，有些難以理解。這小姑娘就這般急迫？像要甩掉什麼包袱似的。

佟秋秋見他的眼神釘在她身上，尷尬得很，心道她這個癡心女人做來著實不易。

季恆思忖片刻，道：「先付五十兩。若教得不錯，再給雙倍。妳看如何？」

一百五十兩，比縣太爺買打穀機給的還多，簡直是天降銀子。當初她學化妝這門手藝，還不是為了掙錢。心裡撲騰，實在盛情難卻啊。

「就按你說的辦。」

她能怎麼辦？他給的實在太多了。

興東府裡，丫鬟、婆子在後頭簇擁著一座轎輦，浩浩蕩蕩到了一間位在柳葉胡同的紅漆木宅院門前。

一名衣著華貴的婦人下轎，幾個婆子上前敲門。裡面的丫頭剛應聲開了門栓，就被一腳踹翻在地。

另一個小丫頭見一群來勢洶洶之人闖進來，跌跌撞撞地跑回房裡，鎖上房門，對秦氏道：「夫人，不好啦，榮夫人找上門了。」

秦氏躲在窗邊的一角，早已看清來人，捏了捏帕子，聽著外邊的聲響，就知來的人不少。對方人多勢眾，她恐怕沒有好果子吃。

她原是船上唱戲的，好運得了馬爺賞識，才被送給榮老爺，有了受人服侍、穿金戴銀的好日子。她摸了摸肚皮，可惜跟榮老爺的時日尚短，還沒懷上。她本想著有孕後，再徐徐圖之，好和大婦對上，如今怎麼這般早就被這母老虎察覺？

「這可怎麼是好？秦大爺也不在。」小丫頭六神無主。她遠遠瞧過這大婦幾面，聽說為人厲害得很，只生了個女兒，還霸著老爺，現在又帶了許多人來，家裡沒個男人支應，真要急死人。

外面傳來哐哐砸房門的聲音，每一下就像砸在這對主僕心上。

小丫頭急得不得了，心裡罵大爺成天鬼混，不知又宿在哪個花娘那裡，靠不住。這會兒大門也被那些婆子堵住了，想去叫榮老爺也不能。

砰！門扉倒地，地面彷彿顫了顫。秦氏死死捏著手帕，牙關緊咬，見到凶神惡煞的婆子們一擁而上，就要過來抓住她。

秦氏驚叫。「妳們這些婆子怎麼敢動手！」

「有什麼不敢的？妳這小娼婦，我們還治不得了？」一個五大三粗的婆子上前，甩了她一巴掌。

榮夫人由丫鬟服侍著坐下，丫鬟正是今日買菜的紅杏。她的眼睛四下掃了一遍，沒瞧見那可惡的婆子，心中很是氣惱，想給那婆子顏色瞧瞧，但人居然沒了影，遂對榮夫人耳語了幾句。

榮夫人眉眼都沒動一下。拿住這猖狂的賤人，那婆子只是個上不得檯面的跳梁小丑罷了，有什麼要緊。

她上下打量秦氏一眼，不過六、七分顏色，主要是弱柳扶風惹人憐的模樣有幾分勾人。

秦氏臉上吃痛，眼裡怨毒，但受制於人，掙脫不得，咬了咬嘴唇。「夫人怎能這樣隨意打罵我，老爺可知？」

「知道又如何，不知道又如何？不過是個玩意兒。」榮夫人輕蔑一笑。「這次我不僅要拿妳，還要拿妳那好弟弟秦用。竟敢打著老爺的名頭出去欺壓百姓，我若是不管，倒是讓你們這群無賴和娼婦害了老爺的名聲。」

「沒有的事，你們別平白誣賴人。」秦氏額上頓時冒出汗來，心裡暗罵弟弟，愛欺負那些升斗小民也罷了，竟將事情鬧到這母大蟲耳朵裡。

「妳弟弟那無賴做事可不檢點，人證多了去。今兒我剛好找到幾位苦主，現在大概已經上衙門告狀呢。」

「夫人，妳不能這樣。」秦氏身子一抖，要是被這大婦抓去府衙，那弟弟不得脫層皮？急忙道：「去了官府，豈不更丟老爺的臉面？些許小事，何必鬧得老爺在同僚面前難看。」

榮夫人嗤笑一聲。「怎麼會丟了我家老爺的面子？他和妳又沒干係，秦用不過是假借老爺的名聲罷了。」

秦氏聽了這話，冷汗直冒，險些撲倒在地，心裡翻滾。現在這般境地，要是外室的名分都沒了，被棄之不用，那她不是白白浪費了清白身子，什麼都沒撈到？

就在這時，院門處傳來幾下急促而大力的拍門聲。

秦氏聽見這動靜，張嘴要叫，便被婆子捂住了嘴。

拍門無人應，隨即響起酒醉後的含糊男聲。「都死到哪裡去了，還不來幫大爺開門！」

此人正是秦氏的弟弟秦用。

榮夫人使了個眼色，幾個婆子會意而去。

門哐噹一聲開了，傳來一聲驚叫，而後便是人摔在地上的悶哼。

「哪來的老婆子……哎喲，別打別打……」接著哭爹喊娘的聲音不絕於耳。

榮夫人站起身，斜眼瞥地上的秦氏，彷彿看蒼蠅般，揮了揮衣袖。「押秦用去縣衙。」

秦用鼻青臉腫，還滿口污言穢語地叫罵，沒一會兒就被堵住嘴。

秦氏被婆子押走，跟在榮夫人的轎輦之後，見一路求饒都不管用，乾脆白眼一翻，暈了過去。

住在一條巷子裡的人，紛紛探頭出來看，眼裡卻無同情。

秦用姊弟搬來此處後，他們也不愛管這些閒事，但秦用總愛帶人仗著掛名姊夫，對鄰里吆五喝六，有時半夜喝成醉鬼回來拍錯門，擾得人不得安寧。

這下好了，總算得了報應。

佟秋秋從季恆的宅子出來，正好趕了個尾場，在人群裡看那外室和秦用被押走。

對於暈過去的秦氏，她一點也不可憐。秦用仗著誰的關係扯虎皮大旗，這個姊姊脫不了干係。

此事了結。佟秋秋沒興趣關心後續，揹著包袱朝渡口的方向去。

她邊走邊摸了摸包袱，裡頭有五十兩，還有一套離開時丁一給她的文房四寶，說是他家少爺的吩咐，作為誤會一場的一點賠禮。

哎呀，季知非冷歸冷，怎麼就這麼明白她呢？她正愁買筆墨紙硯的事呢。

她家小樹上了季家族學，雖說現在學字用沙盤，不急著買筆墨紙硯，但遲早要用的嘛。上次買胭脂水粉時，她順道逛過書鋪，看不出那些筆墨紙硯的好壞，只能憑肉眼瞧瞧表面光不光滑、漂不漂亮。

她擔心自己被東西的外表騙了，遂也沒買，打算以後貨比三家挑著試試，沒承想這就省了事。

還有五十兩的鉅款，得想想怎麼和她娘說，真是快樂的煩惱啊。

季知非拿錢、拿禮物砸在她心口上，她決定好好準備，定不會做那偷偷留一手的老師，把畢生絕學傾囊相授。

渡船過了大麯河，抵達梅縣渡口，問了許久，也沒有要拉貨去扶溪村的車，看來今兒得走回村裡，著實可憐了她兩條細腿。如今都練出來了，現在走個來回去縣裡不在話下。

回到扶溪村，申時已過了大半。

到了家門口，佟秋秋跨進門檻，就見小苗兒在一旁玩木頭，她爹做著活計，跟一個婦人說話。

婦人轉過身來，看見佟秋秋就道：「秋丫頭回來了呀。瞧妳去哪玩了，流了滿頭汗，快喝口水歇歇。」說著，拿起桌上的茶壺倒了杯水，往佟秋秋那邊推了推，笑了。「瞧我這外人，還招呼起這家裡的姑娘來。」

小苗兒已經撲到佟秋秋跟前，舉著手裡爹做的木馬給她看。

「怎麼會，多謝趙嬸兒。」佟秋秋摸摸小苗兒的頭，對婦人笑道。趙嬸兒是在族學門口賣韭菜鍋貼的趙家兒媳婦，鮮少登門，今兒來她家不知有什麼事。

佟秋秋正疑惑，就聽趙嬸兒轉頭對做著木工的她爹告辭。「佟二哥，多謝你跟我說了這麼多。我就月芽這麼個姑娘，聽你說了什麼家什做嫁妝最實用，心裡有個底。我慢慢攢錢，將來也給月芽湊一套好嫁妝。這就不打攪了。」又朝佟秋秋笑著擺手才離開。

月芽是趙嬸兒的獨生閨女，今年七歲。這麼小，趙嬸兒就考慮嫁妝的事來了。

「趙嬸兒慢走。」佟秋秋看著她的背影，直到看不見，才轉過頭來。她搖了搖頭，覺得自己大概想多了吧，自從家裡做出了打穀機，還開始蓋新房後，平時關係不好不壞的村人都愛來串門子了。

「妳娘去工地送飯食，家裡熱的飯菜在鍋裡，妳快趁熱吃了。」佟保良一改剛才對趙嬸兒的客氣，看著女兒端起水就往嘴裡灌，連連道：「慢些，小心嗆到。妳在外面玩累了，渴了跟人討口水喝啊。」

佟秋秋只能心虛點頭。「我去吃飯，爹忙吧。」

現在她爹不僅要做訂單上的活計，還要準備新家的家什，可忙了。她也不耽誤她爹做活，遁去了後院。

佟秋秋去了後院，看見在練字的佟小樹。

她家小樹只要三樣東西：一支筆、一碗清水、一塊小石板，就能練半天的字。那筆還是剛進學時胡先生送的，他用得小心翼翼，不忍損壞一點。

每每看著，佟秋秋都有點心酸，這孩子也太懂事了些，便不去打斷他。待他練完了，打開包袱，笑著朝他招手。

「小樹快來瞧瞧，我給你帶了什麼。」

佟小樹收好筆，瞧見他姊手裡托著的東西，眼睛都看直了，嘴裡道：「姊，妳是不是把掙的錢全花了？」那硯臺做工極好，筆看不出任何瑕疵，那方墨還飄出一股好聞的香味來；幾刀紙白如雪，比先生用的紙還好。儘管見識不多，他都能肯定這是花了大錢。

「你這愛操心的，給你用就用。」佟秋秋一把將這套文房四寶塞進他懷裡。「姊賣了個方子，這是人家送的。」

佟小樹一聽，以為她把做月餅的方子賣了，也不問賣多少錢。都是她琢磨出來的，怎麼處置，當然是她自己做主。

他捧著筆墨紙硯，像捧了傳家寶似的，鄭重道：「送的也就罷了，妳可別買這麼好的筆墨，我還用不上呢。」

佟秋秋敲了他的腦袋瓜一記。「怎麼用不上了？」

佟小樹由著他姊敲，堅定搖頭。「先生說，現在我懸腕不穩，寫出的字沒根骨，軟趴趴的。用這麼好的東西練，不是浪費嗎？」

佟秋秋聽了，拿他沒辦法，只能由著他去了。

晚上，佟秋秋偷偷把五十兩塞給金巧娘，拿福來酒樓作幌子，說是又賣了個方子換的。自然不能說出和季知非做的學化妝術的買賣，她娘只知道她失魂去了異世，學了些本事，解釋又要扯出許多事來，乾脆如此。

金巧娘還是不放心，抓著她，把她拉到沒人的角落問：「可穩妥？」

「沒問題。五十兩是訂金，教會後，再給一百兩。」佟秋秋道：「碰巧遇上少東家，人家自己報的價。」哎，瞧她機靈的，說是掌櫃不好信，說個少東家便可信多了。

遠在自家府裡品香茗的溫東瑜，冷不防打了噴嚏。

旁邊候著的小廝道：「天氣涼了，少爺多添件衣裳吧。」

金巧娘咋舌。「這福來酒樓的少東家是個冤大頭呀，瞧著敗家的。」

佟秋秋無語。「……」那個真正敗家的冤大頭是季知非，險些笑出聲來。

金巧娘抓著手裡的銀錠，想到之前賣了果酪方子得的三十六兩，如今手裡捏著新得的五十兩，還有一百兩等著，都是女兒掙來的。女兒這麼能幹，金巧娘覺得她這做娘的也要加把勁了。

自從開始建房，她就待在工地上，老師傅和幫工需要磨合，除了安排飯食，就是在其中調解，忙得腳打後腦勺。現在一切順當了，她要是雇人接手做飯，便能空出時間來。這活計交給仁大嫂子就不錯，她為人實在，做家常飯菜的手藝也不差。

想到就做，金巧娘一下子神采飛揚起來。在家忙活，哪有掙錢爽快帶勁。

陽光穿過雕花的窗櫺，在窗臺上灑了層金黃色，室內都被柔暖的光籠罩。

佟秋秋在季恆的鼻翼右側畫上大黑痣，黏上一撮毛，才收了手。看著眼前的傑作，努力憋笑憋不住，終於忍不住噗哧一聲笑出來，險些笑岔了氣。

對面的少年動也不動，黑色瞳仁如起了漣漪的深潭，目光注視著她，等笑聲方歇，才問道：「好了？」

佟秋秋點頭，嗯了一聲。哪裡想到季知非會有這一日，這般乖，任由她作為。

季恆看著彷彿偷吃了人參果般的小女子，提醒道：「手是不是可以拿開了？」

「嗯？哦！」佟秋秋這才發現，她笑得前仰後合的時候，化妝時輕輕托在他下頜的左手已經變成緊緊扒住他的側臉。這時候他出聲，手指不由動了一下，指腹摩擦過他微冷的肌膚，心頭一顫，假裝若無其事地拿開手掌。

季恆喉結微動，扭動了下脖子，就見佟秋秋把几案上的鏡子推到他面前。

「怎麼樣，是不是自己都不認識自己了呀？」

佟秋秋心想她真是造孽，瞧她把好好一美男折騰成什麼模樣了？嘿嘿。

季恆看著鏡子裡的自己。皮膚黑了，眉毛粗獷不說，眼睛變小一圈；鼻梁顏色暗沈，顯得鼻子寬大許多；嘴唇變厚、唇色暗淡，顯得人沈悶憨實，外加一顆破壞面容的大黑痣……要是換上一身短褐，就是個平平無奇的貧家漢子。

這對於出門便引人注意，不能忽視其容貌的人來說，確實是大變樣了。

不過……這瞳仁太耀眼，泛著熠熠生輝的冷光，就像是藏在冰下的寶石。雖然讓人望而生畏，但只要看上一眼，便彷彿有催人一探究竟的魔力。

那目光沈靜如幽潭，如此迷人。可能是異世見識過這傢伙小時候的種種窘態，印象深刻的是他冷冷的表情，卻有一張如白團子般漂亮可愛的長相，佟秋秋心裡一點也不怕，仔細盯著瞧，裡頭似有什麼要把她吸進去。

季恆對看到的效果很滿意，看了他讓人從市面上收集來的各色胭脂水粉，以及佟秋秋自己調出來的各色妝粉一眼。

自幼擅丹青的他一點就透，這是利用明暗色調對比、色彩填充來塑造臉部輪廓，造成錯覺。但明白和懂得運用是兩回事，季恆看向這個還兀自開心望著他的小姑娘，竟然就這樣把手藝毫無保留地展現給他看。

被佟秋秋嫌棄聒噪而被季恆勒令閉嘴的丁一，再也忍不住了，道：「少爺，您真變了個人似的。若非我自幼跟著少爺，熟悉得不得了，都要認不出來。哎呀，要是咱們——」

「丁一，你出去。」季恆似不經意打斷他。「看看劉媽準備好午飯沒有，讓佟姑娘吃了再繼續。」

丁一一時激動失言，忙順著季恆的話頭應了。

季恆面色不變地轉頭，對佟秋秋道：「效果我很滿意。」

佟秋秋正豎起兩隻耳朵聽這對主僕說話呢，見季知非轉過頭來，有點被抓包的感覺，連忙笑著回應。

「滿意吧？我可是把看家本領都拿出來了。」

季恆點點頭，起身去了隔間淨面。

她就這樣過關了？佟秋秋皺眉，看著他離開的背影，季知非這一世是不是又面臨艱難的局面？可就算是有什麼難事，也不是她這不相干的人能插手的。

希望是她想多了，平平順順最好。

第二十五章

這一方宅院裡，佟秋秋甩開紛雜思緒，安心教習化妝術。那邊廂，榮夫人季氏回了娘家哭訴。

七老太太拍撫著趴在膝頭哭的女兒，無可奈何。「久常都快四十歲的人了，還沒有子息，妳不能管住他，不讓他生兒子吧？」她就是再心疼女兒，這在外邊一說，也占不住理。

榮夫人穿著豆綠繡裙，配著海棠花暗花錦緞褙子，三十多歲的人了，看著還如年輕少婦般。此時她哪裡還有對付秦氏時的張揚傲然，抹淚道：「我尋醫問藥這麼多年是為了誰？那個沒良心的！」說著又抽泣起來。

怎麼能因為她沒生下兒子，榮久常就在外頭養小？現在，連那上不得檯面的秦氏姊弟都敢犯到她跟前來了。她前腳抓了人，後腳榮久常就把那小賤人秦氏放回柳葉胡同，這不是生生打她的臉嗎，叫她怎麼做人？

自古子嗣傳承事大，七老太太也無話可說，長嘆一聲。「前些年就叫妳從他姪兒裡過繼一個，妳不願意，這下子得把苦水往肚裡吞了。」

「那榮家一大家子想方設法扒著他吃肉喝血呢，要是過繼了，還不得翻天，我能讓他們得逞？哼！」榮夫人臉上都是忿然之色，而後又流下淚來。「娶我的時候山盟海誓，什麼好聽的話說盡，現在就這樣對不起我。」

七老太太拍著女兒的背，她知道這個女兒脾氣倔。但事情已經這樣，看女婿的行事，那外室就要養在外頭了。

「女婿做事向來不出格，這次大概是真想要個兒子。妳收收脾氣，等女婿來了，不要擺臉色。有妳爹在，女婿不會糊塗，就算生了兒子，也必得放在妳跟前養的。」

「是我沒有給佩環一個親兄弟。」誰叫她肚子不爭氣，榮夫人再不甘願，也得低頭了。哼，等生了兒子，看她怎麼收拾那賤人。擦了擦眼淚，拉著七老太太的衣角。「娘，我就佩環這一塊心頭肉，您看佩環和恆兒的婚事……」

這次榮夫人是真的傷心，這會兒撒完氣，便想趁著她娘憐惜她時，鬆口把榮佩環和季恆的婚事訂下。

「這……恆兒的婚事，妳爹不讓我插手。」七老太太為難起來。她對佩環這個外孫女是一萬個滿意，可是老頭子有言在先，她不好做主。

「佩環都快十五，再拖年歲就大了。何況恆兒也不小，還是家裡的獨苗，早日開枝散葉才是正理。爹不知怎麼想的，您可得再催催。」別看榮夫人脾氣大，在季七太爺跟前卻從不敢吵嚷。她親爹可是前一刻還溫和好脾氣，後一刻便抽戒尺打人的。雖然她出嫁後，沒再被親爹教訓過，但心裡還是敬畏的。

七老太太心裡琢磨著，覺得老頭子可能是擔心當年的事情，怕恆兒心裡有疙瘩，幫榮夫人出主意。「妳多去看看妳嫂子，她是恆兒親娘。」這些年了，女兒對她大嫂阮氏始終不冷不熱。雖說阮氏病了的緣故，見不得生人，但女兒也確實冷淡了些。

榮夫人眼神閃了下，怨恨、愧疚、彆扭各種情緒湧上心頭。「我就是恨她招來凶徒，害死我親哥哥，才口不擇言罵了她幾句。況且族裡跟外頭閒言碎語滿天，誰……誰能想到她後來就瘋了。」

「妳還說這些沒道理的話，都是那群沒心肝的傳的，妳就當了真。匪徒喪盡天良，妳大嫂好不容易撿回一條命，她和淳之感情那般深厚，唉……」

七老太太說到此處，老淚縱橫。當初兒子遭難橫死，她承受不住病倒了，兒媳婦阮氏大悲大痛，還要操持家裡，不知道哪個喪良心的開始傳，是因為阮氏貌美的緣故引來賊人，害兒子送命。

族裡和家裡的風霜刀劍嚴相逼，阮氏便瘋了，至今還是時而清醒、時而瘋癲。清醒時，哭泣流淚；瘋癲時，即便在親兒子面前，都在一邊痛哭、一邊發瘋般的喊打喊殺。

她在病中聽聞兒媳發瘋的噩耗，支撐著一把老骨頭起身，約束訓誡族人，嚴懲府中碎嘴的婆子丫頭，教訓女兒，也換不回正常的兒媳了。

「好了好了，我知曉。」榮夫人趕忙勸慰七老太太。

七老太太臉上卻是少有的嚴肅。「妳這樣，就是我也不放心讓妳和阮氏結為親家。」

榮夫人抿了抿嘴，只得低頭。「是我錯了。」

七老太太見女兒這樣，知道她因她哥哥的死，還怨懟阮氏，聽不進勸，心裡滋味難言，打發她出去。

「知道錯就好。時辰也晚了，早些睡吧。」

至此，七老太太對於外孫女和孫子的婚事，也歇了撮合的心思。

金巧娘在自家正在建的新宅前架了個鍋子，重操賣湯麵的老營生。

每日她早早起床和麵、擀麵。做好麵條，把麵條放進熬了一夜的濃香骨頭湯裡滾熟，撈起倒入碗中，加入蔥花、酸蘿蔔丁，再淋一勺香噴噴的湯汁。

趁熱吃上一碗，熨貼得很。

早早來書院工地上工的幫工們，就是幾天中挑出一天來換換口味，金巧娘的麵攤也不缺進項。

因為金巧娘做的麵勁頭跟分量都足，季家族學裡的學子也有跑來打牙祭的，錢宗治就是其中之一。

清晨梳洗好，錢宗治伸了個懶腰。他的同窗還沒醒，是個憊懶的，但心思單純。家裡就他一個兒子，自然寵著。

當初他選擇借住在這位同窗家中，第一就是看中這人品。再者，同窗家沒有年輕的姑娘，女眷都是年長的長輩，沒什麼忌諱，住著挺好。

巧的是，這一家就在佟秋秋她大伯佟保忠家的隔壁。

他站在院子裡，還能聽見一點隔壁的動靜，也沒在意，揹了書袋，準備去書院之前，先到金巧娘的攤子吃碗熱騰騰的湯麵。

他剛要出門，卻見一個身影做賊似的關上隔壁大門，包著頭巾，匆匆朝村東頭走了。

錢宗治瞧了那背影半晌，那不是總和佟秋秋在一起的丫頭嗎？好像叫香香，印象裡挺可愛乖巧，這把頭包得嚴嚴實實，不知道幹什麼去。

拋開此事，錢宗治到金巧娘的麵攤時，附近不只有麵攤這一家賣早點的，在季家族學前賣花捲饅頭的季五家的、賣韭菜鍋貼的趙老爹兩口子都來了，族學和這邊兩不耽誤，兩邊都留人，用籃子裝了兜售。

除了這幾家外，錢宗治還聞到一股格外勾人的香味，順著香味尋去，就見金洪、金波正煮著一鍋香濃的湯汁。

原來是金洪和金波聽了金巧娘的提議，這邊營生好，也跟她一樣擺起了攤，在鋪子前架起滷水鍋子，主要賣的是滷藕、筍尖、白菜、蘑菇、雞蛋、豬大腸，另外準備一些滷肉。

在麵攤上吃麵還不足飽的，到隔壁叫上一碗滷菜，兩文錢就能有一小碟素菜，兩邊的生意都更好了。

「你這小子，眼睛就長在滷水鍋裡了，親兄嫂來了都沒瞧見。」錢宗淮看著弟弟那模樣，好笑道。

錢宗治轉頭看見兄嫂，高興不已，原來金雲娘和錢宗淮也擺了個賣糖的攤子。

「哎呀，這可熱鬧了。」錢宗治沒大沒小地拍他哥的肩膀。「哥，你和嫂子好好努力，早日跟秋秋家一樣在這裡蓋房，我就不用去同窗家借住了，早上打個牙祭也方便。」

「嘿，看你想的美事，有得等了。」錢宗淮笑。爺爺說了，不再給錢，要靠他自己拚。

書院對面的地，不過是多了幾家賣吃食的，便已今時不同往日。連不是在書院做工的扶溪村、甜水村的村人都愛來了。

這邊聚集的人越來越多了，心裡有成算的見狀，也跟著行動。季子旦就挽個籃子、揹個背簍，賣起自家的菜蔬、雞蛋等物。

不久，這裡慢慢變成一個集市，且不似大集那般逢五才開，每天都有附近的村人前來，或賣點家裡的東西，或做點小營生。

這時，清晨朝露掛在葉片上，佟秋秋已經走在去梅縣渡口的路上，一邊走、一邊哼著不著調的歌。

「我是一隻勤勞的小蜜蜂，你是我心中最美的花，我們一起釀蜜吧……啦啦……」

佟秋秋唱著，心想她怎麼那麼傻，季家老宅就在村裡，幹麼答應季恆要去府城教他？

「路好遠啊，我真是一隻勤勞的小蜜蜂，都怪小錢錢太迷人呀，他給得實在太多啦……

啊啊啊啊啊……」

季恆騎馬經過，就見這一身少年打扮的小女子，拿著根樹枝搖搖擺擺，荒腔走板地唱著亂七八糟的歌，沒忍住勒住馬，回頭看她。

「啊——」沈浸在自己小世界中的佟秋秋，猛然看到季恆這張冷臉，一個收不住，被自己的口水嗆到了。「咳咳咳……」

她還沒緩過來呢，季知非這傢伙瞥她一眼，一甩馬鞭跑遠了，只留下馬蹄揚起的灰。

這人真是讓人牙癢癢，佟秋秋揮了揮拳，她運氣不好，沒碰到能搭一程的順風車，只得走著去渡口過河。

季知非有寶馬坐騎揚塵而去，卻避諱跟她認識似的，每每路上遇見就當沒看到。今天居然轉過頭來看她，難道是被她的歌聲傾倒了？

自戀的佟秋秋想到異世在孤兒院時的孩童時光，她領著小朋友們唱歌，季知非不合作就算了，還堵上耳朵，一副不堪荼毒的表情。

算了算了，那就是不懂得欣賞的，不跟他計較。

當日教習，佟秋秋教的是改變臉部五官的小技巧。

季恆學得極快，不僅學會了她教的，還會提一些問題，她懂的都要被這傢伙榨乾啦。

說起來就要氣死人，這傢伙真和在異世時一樣討厭，學什麼都比旁人快。

因為今早的事，佟秋秋憋著壞水呢，就道：「技巧掌握得差不多了，今日再試一下整個面部化妝的效果。」

她打量季恆無可挑剔的俊美五官，若非他總是冷冰冰的，這得多招人，多少小娘子拋著小手絹趨之若鶩啊。

季恆點頭應允後，冷言警告道：「姑娘矜持些，注意妳的手，不要扒著我的臉不放。」

「誰扒……」佟秋秋氣結。「我那是過於專注，一時忘了。」

「那妳這次別忘了。」季恆面無表情。

佟秋秋一噎。「……閉眼。」一本正經。

隨時等待貼心為自家少爺服務的丁一，見佟秋秋準備上妝，在一旁當壁花，安靜偷師。

室內寂靜，佟秋秋和季恆面對著面，她幾乎能聽見自己的呼吸聲和心跳聲。

季恆的皮膚白皙，比姑娘家的皮膚還好。睫毛長而黑，在鼻梁下投下一片陰影；鼻梁高挺，兩瓣嘴唇薄厚適中，恰到好處。

這是一張不用修飾，已經極美的臉。

佟秋秋幫他略撲了撲粉，然後在眉毛邊沿塗抹，讓眉色稍淡些，再用眉筆輕勾，使他的眉尾微微上挑。

接著，她描眼線、鼻翼、嘴唇以及面部輪廓，弱化他的鋒銳氣質，讓五官顯得更柔和。

化完妝，她打散他的頭髮，如墨青絲鋪在他後背，還有幾縷調皮的髮絲在臉龐垂落。

佟秋秋覺得自己有些醉了，這才是真的神仙姊姊。她在異世跑過車展、跑過劇組幫人化妝，手下的美人不少，可從沒有哪一個讓她這般心臟怦怦直跳的。

啊啊啊啊，好想抱住季知非親一口，可是她不敢。

季恆見眼前的小姑娘看著他的臉咬唇，一副垂涎的樣子，簡直……不像樣！他伸手遮住她的眼睛。「看夠了沒有？」語氣裡竟然破天荒地帶了點情緒。羞惱了？

「咳咳……」佟秋秋回神，她是沒出息了點，看美人看得在美人面前樂起來，是有點丟臉，趕緊舉手保證。「下次我一定不這樣，真的，神仙姊姊。」

季恆的手抖了抖。

佟秋秋捂緊自己多話的嘴，她真不是故意的，就是沒控制住。

季恆放下手，拿起鏡子看了自己的樣子，臉抽搐了下。

此時當壁花的丁一恨不得把自己塞進牆縫了。他為什麼要來偷師，少爺會不會滅口，嗚嗚……

惹火了季知非，佟秋秋摸摸鼻子，決定老實幾天，低調做人。

老實了的佟秋秋，每天往返於府城和扶溪村，頂著季知非的冷臉掙束脩錢，兢兢業業。

如此每日奔波的還有府學教授榮久常。自榮夫人回娘家後，每日他下衙必來岳父這邊報到，做小伏低，要接了榮夫人回去。

不過，他接連幾天都吃了閉門羹，就算有女兒榮佩環從旁勸解，也不見榮夫人消氣。今日來照樣沒見到榮夫人的面，只得滿臉失落地離開。

七老太太見女婿如此低聲下氣，覺得女兒做的確實過了些，不由勸誡女兒幾句。

大宅裡的下人，本來還對姑爺在外頭養外室嘀嘀咕咕，現在見姑爺這般行事，都覺得姑爺脾氣好，借腹生子也是不得已為之，誰讓姑太太生育艱難，這些年肚子都沒動靜呢。

離開的榮久常上了車，待馬車遠離這處大宅，吩咐隨從。「去瞧瞧書院建得如何了。」

車夫應是，駛著馬車前行。

此時的榮久常已沒了人前的溫和恭謙，撣了撣衣袖，撩開窗簾朝外看去。

車子拐過一條彎彎的土路，就到了通往大麯河的路，便見到來來往往拉著磚石的騾車、牛車，兩邊都是忙得熱火朝天的工人，還多了些搭著草棚的攤販。

一日一變化，有一處建得快的房屋牆面砌得差不多，馬上就能蓋瓦，正是金家起的那間鋪子。

榮久常隨意掃過，並不放在心上，觀察著書院的情況，已經能大致看出外觀。這樣的規模，將來收的學生不會比府城少。

老頭子都快入土的人還折騰，是要把書院交給季恆那乳臭未乾的小子？

榮久常臉色陰鬱，問隨從。「最近我那內姪兒在幹什麼？」

隨從道：「還是老樣子，管著府城和縣裡的幾間鋪子，鋪子的生意極好。」

「呵呵，不學無術的玩意兒，也就這點出息。」榮久常嘲諷。

隨從想到下頭報來的消息，思量片刻，謹慎道：「聽下面的來報，說季小公子近日常去青魚胡同的那處宅子，有時還會拜訪老街坊。」

青魚胡同？季恆這是想幹什麼?!

榮久常扶在車壁上的手，微微顫抖。

佟秋秋與馬車擦身而過，略掃了眼，看著這樣式，大概又是來拜訪季七太爺的。自從書院開建以來，這路上常能見到往來運送磚石木料，還有來拜訪季七太爺的車。

她走到她娘的攤位，看到了無精打采的季子旦。

季子旦看見佟秋秋，卻是眼睛一亮。「妳幹什麼去了？想見都見不到妳的人影。」說著，挑起眉梢悄聲問：「是不是有什麼好買賣？帶上兄弟一個，兄弟絕對任勞任怨，能吃苦。」

稻收後，天氣轉涼，涼粉生意蕭條了，季子旦也沒想到其他好辦法，這幾天便挑著自家的菜和蛋去賣。掙這錢還真難，誰家不種點菜，就是家裡沒有的來買，菜略蔫了些，就往死裡砍價。雞蛋賣得還好一點，這幾天的雞蛋，都是佟秋秋她舅家直接包了。

這一比就比出來了，沒點特色的買賣，是真難做。就說賣菜，他也不是沒想過挑著菜去縣裡賣，可附近還有村子供應菜蔬，自家的種類和量都不多，拿什麼和人爭？再者，菜不好保鮮，送去大概都蔫了。

回頭一思量，還是跟著佟秋秋做買賣痛快。季子旦大徹大悟，果然得巴結佟秋秋這丫頭，跟著她有肉吃。至於臉不臉面的，掙到錢才是硬道理。

「我這不是在考察縣城賣什麼行情好嗎，不過還沒想好。」佟秋秋只能忽悠他。整整一百五十兩就要成為囊中之物，買賣可以暫時先放一放。

季子旦唉聲嘆氣，開始訴苦。「小樹和栓子都去讀書了，妳又不在，香香那丫頭也不知一天到晚忙活什麼。妳說，咱們一起做買賣多好，真是懷念啊！」

佟秋秋不理他，聽他一提，想起佟香香來。瞧她忙的，感覺好些日子沒見到佟香香了。

第二十六章

此時的佟香香，正心不在焉做著晚飯。

佟貞貞過來催她快點，看見佟香香的模樣，撇撇嘴道：「瞅妳這鬼樣子，罩個頭巾，醜人多作怪。」

佟香香正在盛菜的手一哆嗦，菜險些掉到地上去。

「端個菜都端不好，妳這是叫花子搽粉——窮打扮了，把這破頭巾給我摘下！」本來見佟香香這幾日做事拖拖拉拉就不滿的佟貞貞，看她不順眼，上去一把扯掉頭巾。

佟香香再也顧不得手裡的菜盤，鬆開手就去捂腦袋。

可就是慢了一瞬，頭巾沒了。

「啊啊啊啊！」佟貞貞一把甩掉頭巾，急忙往後退。「妳頭上長的是什麼噁心東西?!」額髮裡紅腫的瘡，上頭塗了不知道是什麼的綠糊糊東西。

佟貞貞退出廚房，離佟香香遠遠的，尖叫道：「妳給我滾出去，別待在廚房！」她噁心得要吐出來，飛快衝到缸邊打水洗手，尖叫道：「妳要是把這噁心的病傳給我，我就弄死妳！」

佟香香衝過去撿起頭巾，飛快地抱住頭，顫抖著緊緊捂著，已是淚流滿面，忍著恐慌，聽話地走出廚房，貼著柴房的牆站著，語無倫次道：「我……我已經找過田婆婆看過了，不會傳染，她說服過藥就會好的……」

聽到動靜的佟保忠夫妻並兩個兒子趕來，聽了佟貞貞疾風驟雨的一通說，看向佟香香。

「這飯還吃什麼吃？我不吃！」佟貞貞搓紅了手，用帕子使勁擦了，轉身離開。

趕來的幾人都不敢靠近佟香香，只見她抱著頭巾愣愣地哭。

曾大燕皺眉，大罵道：「妳這死丫頭，不是得了什麼見不得人的病吧？」說著，揀了根棍子，就要挑開佟香香的頭巾來看。

佟香香跟受驚的鳥一樣，避開伸過來的棍子，逃命似的從後門跑了出去。

「哎喲，死丫頭，跑出去就別回來！」曾大燕見佟香香跑了，扠腰罵道：「倒楣東西，倒是叫老娘瞧瞧，別禍害了一家子。」

「妳叫嚷什麼，別嚷嚷得鄰居都聽見。」佟保忠掃了院牆邊一眼。

「我也不吃了，還要去讀書。」佟大貴抿了抿嘴，甩下這句，回自個兒房裡。最近總聽先生誇隔壁班的佟嘉樹如何勤奮刻苦云云，心裡正不爽快呢。不過剛認識幾個字罷了，他還能讓佟小樹騎到頭上來？

佟大富看著佟香香離開的背影，有些著急，又拿不定主意。「爹，娘，香香這樣跑出去，要不要去找找？」

「找什麼找。」曾大燕轉了轉眼珠。「養她一回，就是個餵不熟的，八成找她二叔去了。這樣也好，可不是咱們不管她，喜歡她二叔一家，就叫她二叔管去。」她可沒藥錢給這死丫頭治病。

錢宗治正在房裡看書，便聽見隔壁傳來的尖叫跟叫嚷。同窗的奶奶在院子裡刷鍋，嘴裡念叨。「哎喲，香香那丫頭是不是又被貞貞欺負了？這沒爹沒娘的孩子就是可憐喲。」

想到小丫頭那天那副唯恐見人的模樣，錢宗治放下手中的書，就聽隔壁後院哐啷一響。錢宗治起身，循著聲音跟出後院，就見一個捂著腦袋的身影，嗚咽著朝竹林前無頭蒼蠅似的拔足狂奔。

這丫頭不會是要尋死吧？錢宗治趕忙去追。到底是高大壯碩的男人，在佟香香跑到河裡前，一把拉住了她的胳膊。

錢宗治輕吁口氣，看著被拽住還在兀自哭泣的小姑娘，也怕嚇著她。「受欺負了？有什麼難處，咱們想辦法，可不能尋死。」

佟香香也不知道自己要幹麼，她跑出來，只是想遠離那個地方，那個讓她待著就覺得自己是陰溝裡的耗子的地方。

佟香香緩過來，甩開錢宗治的手，卻甩不開。眼淚鼻涕糊了滿臉，她覺得很丟人，沒帶手帕出來，用袖子抹了，忍住抽噎，啞聲道：「你鬆開，我身上有病，小心傳染給你。」

她找過村裡常給人看些病症、開些土藥方子的婆婆瞧過頭上的瘡，說是能治好，也不傳染。可是貞貞姊那般嫌惡，她怕。

「什麼病？妳看我人高馬大的，身體好得很，不怕什麼傳染不傳染的。」錢宗治用另一隻手從袖子摸出手帕遞給佟香香。

佟香香搖頭不肯接。

錢宗治是情急之下才拉她胳膊的，見她哭得眼皮紅腫，不敢鬆開，又擔心她彆扭，就改為拽她衣袖，看向她包得嚴實的頭。

他想了想，小丫頭生活單純，只跟著佟秋秋出去做過幾天買賣，佟秋秋還有那幾個小子都活蹦亂跳，她不可能在外頭染了什麼病。而且也沒聽說周圍人病了，她大伯一家也好好的。小姑娘年紀小，自己嚇唬自己的可能居多。

見佟香香還是搖頭，錢宗治一時沒了辦法，想到她和佟秋秋要好，便道：「妳不願給我看，那去找妳秋秋姊姊瞧瞧。」

佟香香停住抽噎，思量半晌。「我擔心……」

「擔心什麼呀，妳不是今天突然病的吧？妳大伯一家健健康康的，罵人中氣十足，肯定不會傳人。妳看，我就站妳跟前，我都不擔心。」

於是，錢宗治抓著她的袖子去找佟秋秋，小姊妹間也好說話開解。

佟秋秋看著佟香香頭上的瘡，還能聞到上頭的藥草氣味。仔細看了看，瘡口紅腫著，沒破也沒潰爛，就是綠糊糊的草藥塗上去，看著嚇人。

「藥塗幾天了？」佟秋秋溫和道。

佟香香見佟秋秋沒有異色，溫柔地看著她，心下一鬆，乖乖道：「四天了。」

佟秋秋又問了傷口癢不癢、痛不痛？得知不癢，就是摸上去會痛，又問了塗藥後有沒有好轉，見佟香香搖頭。

突然長瘡，必然是有原因，問佟香香最近吃了什麼，沒什麼特殊的。又想到起居，不對啊，佟香香和大堂姊睡同一間房呢，怎麼今兒才發現她的病？

佟秋秋隨即問：「妳睡在哪裡？」

「我跟堂姊一起睡。」佟香香抿了抿嘴，低下頭。

佟秋秋不給她隱瞞的機會，直接道：「騙我吧？我知道妳沒和大堂姊睡，大堂姊將妳趕出來了。」

佟香香低頭摳著衣角，佟秋秋只能嚇唬她。「妳不跟我說，那明兒怎麼跟大夫說？大夫怎麼好對症下藥？」

佟香香這才支吾著說清楚。賣過月餅後，大堂姊便不准她睡房裡了。因為沒交出錢來，大伯母就趕她去睡廚房旁邊的柴房。

那個柴房，醬菜罈子、破衣爛衫什麼都堆，而且挨著廚房的下面還破了洞，靠著後頭流污水的水溝。

柴房的東西，大伯母不讓她丟，也不放到廚房去。即便她打掃了屋子，留給她睡的地方，也只有一塊門板的大小。

晚上，她感覺屋裡有老鼠，東西被打翻，傳來窸窸窣窣、磨擦地面的聲音。又覺得可能是蛇，整夜流冷汗不敢睡。

過了好幾天，頭上就開始長瘡了。

陰冷潮濕、環境髒亂，再加上夜裡驚懼，就算不長瘡，心裡也要生病。

佟秋秋不知該說什麼，佟香香也太能忍了些。要是她，不讓她好好睡，那就誰也別想睡，立刻鬧起來。

她拍拍佟香香的肩。「今兒跟我住，睡個好覺，明兒一早帶妳去醫館看大夫。一定能治好的，別怕。」說著，對站在遠處的錢宗治搖了搖手，示意他先走，帶著佟香香回家。

她對大伯一家是不抱任何希望的。佟香香頭上長了瘡，不弄清情況，聽了佟貞貞亂說就不管了，到現在也沒個人來尋。

回頭見佟香香又用頭巾包住頭，佟秋秋也不攔著。要是覺得這樣自在，且由著她去，待看了大夫再說。

到家時，佟小樹在房裡做先生出的功課，小苗兒跟著他學了一會兒字，就在旁邊安靜玩他爹做的玩具。

佟保良和金巧娘見女兒帶了佟香香來，不知發生什麼事，問佟香香吃飯沒有。

「沒吃，娘幫她下碗麵。」佟秋秋說道。

「還沒吃飯啊。」佟保良讓佟香香坐凳子，對金巧娘說：「麵上加個雞蛋。」

「曉得。」金巧娘答應著去了廚房。她比丈夫細心，看了佟香香紅紅的鼻頭，還有紅腫的眼睛，心裡一嘆，應該是在家裡受氣了。

佟秋秋倒了杯熱茶，放在佟香香手裡，讓她捧著慢慢喝。

夜裡冷，她拉佟香香回來的時候，佟香香的手就像冰塊似的。

見佟香香乖乖喝茶，平靜下來，佟秋秋拉了她爹去廚房，對她爹娘說了佟香香的事。

佟保良聽完，氣得手直抖。「大哥也不管？大哥可是在老娘臨終的床前答應過的，會替三弟好好照顧香香。」

家裡還有骨頭湯，金巧娘熱好湯，下了麵條，便停下手中的活，看著丈夫。她知道丈夫心軟，不會丟著姪女不管的。

以前，家裡窮得欠債，大房手裡還捏著三弟的撫恤銀子，日子不知比自家強多少。還有婆婆當年說的那些傷人的話，面對這個情況，她家大概只能和大房兩口子吵架，替佟香香討個公道罷了，她肯定不會答應撫養佟香香。

但現在家裡沒了負擔不說，還有錢買地建房。不提女兒掙來的錢，丈夫做木工她賣麵，就有了進項。

金巧娘將兩顆雞蛋打進鍋裡，對丈夫道：「明兒我帶著香香去看大夫，這是要緊的。你若想讓香香跟著咱們過活，我也不攔著。」

本來滿臉怒氣的佟保良，聞言看向自家媳婦，眼裡霎時帶了淚光。「巧娘……」

夫妻倆默默對視，眼波流轉，情意綿綿。

佟秋秋煞風景，出聲打斷他們。「我先去問香香再說，你們自己決定了沒用。再者，香香來咱們家，三叔的撫恤銀能要回來不？咱們家不要這個錢，給香香捏著也好啊。」

「這……」佟保良對曾大燕的脾氣還是了解一二，想從她手裡摳錢，幾乎不可能。

金巧娘被女兒打岔，掩飾臉上的紅暈，切了蔥，再把麵和雞蛋撈進碗裡，撒上蔥花。知道佟香香喜歡吃辣，又澆了辣醬，再舀幾勺湯淋在上頭。

麵做好了，佟秋秋拿了筷子端出去。

佟香香還在發呆，佟秋秋把麵擱在她面前的桌子上。「趁熱吃吧。」

佟香香笑笑，嗓音還有些啞。「好。」拿筷子吃起來。熱氣暈染臉蛋，本來忍住不哭的，眼淚不聽話地掉下來。

金巧娘和佟保良站在廚房門口張望著，眼神示意女兒，好好開解佟香香。

「香香，我掙的錢大多給我娘蓋房子，手頭又短了，卻想著等新房子蓋好，怎麼裝飾自己的房間呢。家什有我爹做，可我還想買點漂亮珠花什麼的，哪一樣都要錢。我打算做點長久買賣，妳看妳能幫我不？」佟秋秋為難道。

佟香香擦了眼淚，直點頭。

「那待妳病好了，咱們就開始。」佟秋秋高興起來。「明兒妳收拾東西，從大伯家搬過來吧，總是分開住著不方便。咱們悶聲發財，手藝要自己掌握，不然方子洩漏了可不好。妳就跟我一起睡吧，叫那兩個小子跟我爹娘住同一間屋去。」

佟香香已然忘了傷心，認認真真聽著佟秋秋說，聽見要讓她來這裡住，忙搖頭。「那怎麼行？」

「怎麼不行，不想掙錢了？妳可是有一畝好地的人，不想蓋亮亮堂堂的鋪子跟屋子？」

想，怎麼不想，作夢都想。但佟香香總覺得，自己是個麻煩。

金巧娘瞧著那邊的動靜，咳了一聲。「香香這是答應了吧？那我和妳二叔找妳大伯跟大伯母說去。」

佟香香聞聲朝後望，看見金巧娘夫妻的笑臉，眼淚又滾落下來，轉過身，給兩人磕了三個頭。

金巧娘和佟保良連忙上前，把她扶起來。金巧娘道：「以後就跟著妳秋秋姊在一處，咱們好好過日子。」

金巧娘是個當機立斷的性子，把佟香香按在凳子上坐下，也沒哄她，認真道：「不過，妳爹的撫恤銀，我和妳二伯大概是要不回來的。」

「我明白，多謝二伯母掛心。」佟香香心裡清楚，大伯跟大伯母養了她這些年，就占著理兒。她要來二伯家，以大伯母的性子，絕不會輕易答應。沒了她，大伯母到哪裡去找個能包攬家裡的活計，還不敢抱怨吭聲的人呢。

「秋秋，妳待在家陪香香。」金巧娘又對著女兒道。

佟秋秋蠢蠢欲動的心就被她娘按死了。

佟保良夫妻去三叔公家，說了佟香香的事，三叔公當即便過來看了，親眼見到佟香香頭上的瘡，心裡氣得不得了，姑娘家的頭上長這個，要是好不了可怎麼辦？

還有，竟然把佟香香趕去柴房睡。那青磚大瓦房有四間大廂房，真沒地方睡了嗎？那房子還是佟香香她爹當兵後建的，真是喪良心啊。

如今佟香香病了，那一家子就這樣丟開她不管了？

「香香，妳受苦了。」三叔公安撫完佟香香，領了大兒子跟大兒媳，和佟保良夫妻去了佟保忠家。

因為佟貞貞的厭惡，曾大燕把佟香香做的飯食餵了雞，心疼得不得了，罵佟香香這死丫頭禍害糧食。

這還不夠，佟貞貞還在廚房外指揮她大哥佟大富把廚房仔仔細細清理一遍，勢必要抹了佟香香留下的痕跡，才讓她娘做晚飯。

曾大燕和佟大富都被她折騰得夠累。

這會兒，一家人剛吃完麵疙瘩湊合一頓，佟保良一行人就上了門。

曾大燕一看來人，眼睛立即瞪了起來，指著佟保良。「香香不知沾染了什麼不乾不淨的東西得了病，可不能怪到我和你大哥頭上。怎麼，還找三叔來尋我們撒氣了？」

佟保良看著這樣的大嫂，頗覺無力，直言道：「香香願意跟我們二房過，我這是來和大哥大嫂商量的。」

「香香是怎麼回事，我這做大伯的有哪裡對不起她？」佟保忠義正詞嚴。「三叔公是知道的，我和她大伯母在地裡忙得要死，都沒叫香香下過一次地，哪家的農家姑娘會這樣縱著？這次貞貞是反應得過了些，但貞貞是個姑娘家，見到香香頭上長了東西害怕，也是情有可原。香香是臉皮薄，心裡存了氣，後來她大伯母問她是什麼病症，她不說就跑。」

三叔公聽佟保忠說出一串推諉的話，不耐煩了，直接打斷他。「你們是不是讓香香去睡柴房？」

佟保忠納悶。「香香不是和貞貞睡同一間房嗎？」這話倒不是他裝糊塗，他幾乎不去後院，飯有佟香香端上桌，晚上媳婦就送來洗澡水，並不知佟香香被趕去柴房睡了。

佟貞貞躲在她娘後面，瑟縮一下，又挺起腰來。佟秋秋那丫頭染病，關她什麼事？幸好她早把佟香香趕出房，不然豈不是要傳給她。她一想就頭皮發麻，絕對不要。

曾大燕正要反駁，金巧娘出聲道：「我們去柴房瞧瞧，不就知道了。」說著，恭敬地請三叔公去一探究竟。

三叔公跨步往後院去，一行人緊隨其後。

曾大燕想攔攔不住，氣得跺腳，指著金巧娘罵。「哪個做弟妹的會來大哥家裡橫衝直撞，簡直無法無天了。」

三叔公等人卻是不管，金巧娘也隨她說去，不予理會。如今不探個究竟，佟香香的委屈無人知。

——未完，待續，請看文創風1103《糕手小村姑》下

2022年9月出版

閒閒來養娃

文創風 1100～1101

丈夫學問好、皮相佳，偏偏胸無大志，
原本她是恨鐵不成鋼，負氣跟對方鬧和離，
老天卻透過夢來提點她，這婚姻一旦一步錯，
結局就是他失蹤了，她早逝了，兒子變壞了。
行，她不逼他考取功名，他倆好好帶娃總不會錯吧？

描繪日常小事，讀來暖心寫意／君子一夢

因為一場夢，蘇箏看見賭氣和離後的人生是一場悲劇——
兒子長大後成了惡貫滿盈的大貪官，最終不得好死，
她作為生母，在野史記載中則是愛慕虛榮、拋夫棄子的形象……
這一覺醒來，她摸著未顯懷的小腹，心想著這婚可不能離！
既然丈夫無心於仕途，只想在村裡私塾當個教書先生，
她也把名利視作浮雲，這輩子就安分跟著他在鄉下養娃吧～～
正所謂沒有比較沒有傷害，夢中她是一人苦撐孕期不適，
如今她不孤單了，身邊有個體貼又稱職的神隊友，
不僅平時幫忙打點吃食、包辦家務這些芝麻蒜皮的小事，
就連她害喜像孩子般發脾氣時，他也是各種包容呵護，
更別提兒子出生後，帶孩子、換尿布成了他倆的日常。
說實話，越是與他相處下去，越是感受到這個男人的好，
更重要的是，在他悉心指導下，兒子應該不會長歪吧～～

為流浪貓狗加油 和貓寶貝 狗寶貝 廝守終生(一定要終生喔！)的幸福機會

對人來說，貓寶貝狗寶貝只是生活的一部分，
但妳（你）對牠們來說，卻是生活的全部，領養前請一定要考慮清楚——

▲ 腳上風火輪「勁」如疾風 Jen寶

性　　別：女生（取名自美國殘障表演者Jennifer Bricker）
品　　種：米克斯
年　　紀：約2歲
個　　性：開朗慢熟、親人親狗親貓
健康狀況：曾感染犬小病毒已痊癒，因車禍開刀，左後腳截肢、
　　　　　右後腳僵直，但能完美使用狗輪椅。其他各方面都非常健康！
目前住所：屏東縣（中途家庭）

本期資料來源：柯先生

『Jen寶』的故事：

去年初，因車禍截肢的Jen寶，即使身體有點不完美，但活潑、愛玩、愛撒嬌，不喪志且樂觀看待狗生的牠，如同美國的雜技演員Jennifer Bricker，是勇敢的生命鬥士，上天賜予的「Jen寶」。

牠元氣滿滿、親人愛玩，個性不服輸，不認為自己肢體殘缺，坐上狗輪椅後總是電力飽滿健步如飛，偶爾導致後腳被輪子卡住，或是敏銳察覺到周遭有異樣而煞車警戒的反應，令人捧腹大笑。

至於生活習慣方面，Jen寶會善用特技——利用前腳撐起後半身，在尿墊上定點大小便，成功機率頗高；行走快跑沒問題，會上下樓梯，行動自如；玩累了就熟睡如幼犬型睡眠，夜晚可獨立空間睡覺；餵飼料、鮮食皆可，也愛零食，沒吃過的食物會慢慢淺嚐適應。

Jen寶渴望得到全心的愛與關照，適合偏愛一個毛孩子剛剛好的家庭。送養人Jerry先生提供手機號碼0932551669及Line ID：kojerry，很樂意與您分享更多關於Jen寶的大小事，期盼勇敢的孩子有一個永遠的家。

認養資格：

1. 認養人請先確認生活空間可讓Jen寶的輪椅自由活動，初步聯繫後填寫認養意願表單，再進一步與Jen寶互動。
2. 須同意簽認養寵物切結書。
3. 須同意送養人日後定期之追蹤家訪，對待Jen寶不離不棄。

來信請說明：

a. 個人基本資料：姓名、性別、年齡、家庭狀況、職業與經濟來源等。
b. 想認養Jen寶的理由。
c. 過去養寵物的經驗，及簡介一下您的飼養環境。
d. 若未來有結婚、懷孕、出國或搬家等計劃，將如何安置Jen寶？

風 文創
1102

糕手小村姑 上

國家圖書館出版品預行編目資料

糕手小村姑 / 揮鷺著. --
初版. -- 臺北市 : 狗屋出版社有限公司, 2022.09
冊 ; 公分. --（文創風 ; 1102-1103）
ISBN 978-986-509-361-7（上冊 : 平裝）. --

857.7 111012473

著作者	揮鷺
編輯	安愉
校對	吳帛奕
發行所	狗屋出版社有限公司
地址	台北市104中山區龍江路71巷15號1樓
電話	02-2776-5889～0
發行字號	局版台業字845號
法律顧問	蕭雄淋律師
總經銷	知遠文化事業有限公司
電話	02-2664-8800
初版	2022年9月
國際書碼	ISBN-13　978-986-509-361-7

本著作物由北京晉江原創網絡科技有限公司授權出版

定價270元
狗屋劃撥帳號：19001626
網址：love.doghouse.com.tw　E-mail：love@doghouse.com.tw